The Case of Charles Dexter Ward
El caso de Charles Dexter Ward

H. P. Lovecraft

The Case of
Charles Dexter Ward
El caso de
Charles Dexter Ward

Texto paralelo bilingüe
Bilingual edition

Ingles - Español
English - Spanish

texto en español, traducido del inglés por Guillermo Tirelli

Rosetta Edu

Título original: *The Case of Charles Dexter Ward*

Primera publicación: 1941

Primera edición: Junio 2023

Publicado por Rosetta Edu
Londres, Junio 2023
www.rosettaedu.com

ISBN: 978-1-915088-90-1

Rosetta Edu
Ediciones bilingües

Páginas enfrentadas
Páginas enfrentadas de la traducción y texto original en libros impresos.

Párrafos alineados en libros impresos
En libros impresos, los párrafos alineados entre los dos idiomas facilitan la comparación y la comprensión, ahorrando la necesidad de referirse constantemente al diccionario.

Párrafos enlazados en libros electrónicos
En libros electrónicos la comparación y la comprensión son facilitadas por citas al pie colocadas al principio de cada párrafo enlazando el texto en el idioma original y su traducción.

Integridad y fidelidad
Traducciones íntegras, fieles y no abreviadas del texto original.

Cuidado del vocabulario
Traducciones especiales para ediciones bilingües, con especial cuidado por la hegemonía de vocabulario utilizando glosarios en el proceso de traducción.

Contexto educativo
Ediciones enfocadas a estudiantes intermedios y avanzados del idioma original del texto en libros coleccionables y aptos para el contexto educativo.

INDICE

PART I — A RESULT AND A PROLOGUE

CHAPTER 1

From a private hospital for the insane near Providence, Rhode Island, there recently disappeared an exceedingly singular person. He bore the name of Charles Dexter Ward, and was placed under restraint most reluctantly by the grieving father who had watched his aberration grow from a mere eccentricity to a dark mania involving both a possibility of murderous tendencies and a profound and peculiar change in the apparent contents of his mind. Doctors confess themselves quite baffled by his case, since it presented oddities of a general physiological as well as psychological character.

In the first place, the patient seemed oddly older than his twenty-six years would warrant. Mental disturbance, it is true, will age one rapidly; but the face of this young man had taken on a subtle cast which only the very aged normally acquire. In the second place, his organic processes showed a certain queerness of proportion which nothing in medical experience can parallel. Respiration and heart action had a baffling lack of symmetry; the voice was lost, so that no sounds above a whisper were possible; digestion was incredibly prolonged and minimized, and neural reactions to standard stimuli bore no relation at all to anything heretofore recorded, either normal or pathological. The skin had a morbid chill and dryness, and the cellular structure of the tissue seemed exaggeratedly coarse and loosely knit. Even a large olive birthmark on the right hip had disappeared, whilst there had formed on the chest a very peculiar mole or blackish spot of which no trace existed before. In general, all physicians agree that in Ward the processes of metabolism had become retarded to a degree beyond precedent.

Psychologically, too, Charles Ward was unique. His madness held no affinity to any sort recorded in even the latest and most exhaustive of treatises, and was conjoined to a mental force which would have made him a genius or a leader had it not been twisted into strange and grotesque forms. Dr. Willett, who was Ward's family physician, affirms that the patient's gross mental capacity, as gauged by his re-

PARTE I — UN RESULTADO Y UN PRÓLOGO

CAPÍTULO 1

De un hospital privado para dementes cerca de Providence, Rhode Island, desapareció recientemente una persona sumamente singular. Llevaba el nombre de Charles Dexter Ward, y fue puesto bajo contención de muy mala gana por el afligido padre que había visto crecer su aberración desde una mera excentricidad hasta una oscura manía que implicaba tanto la posibilidad de tendencias asesinas como un cambio profundo y peculiar en el contenido aparente de su mente. Los médicos se confiesan bastante desconcertados por su caso, ya que presentaba rarezas de carácter tanto fisiológico en general como psicológico.

En primer lugar, el paciente parecía extrañamente mayor de lo que sus veintiséis años justificarían. La perturbación mental, es cierto, le envejece a uno rápidamente; pero el rostro de este joven había adquirido un sutil matiz que sólo los muy ancianos adquieren normalmente. En segundo lugar, sus procesos orgánicos mostraban una cierta rareza de marcadas proporciones que nada en la experiencia médica puede igualar. La respiración y la acción cardíaca presentaban una desconcertante falta de simetría; la voz se había perdido, de modo que no eran posibles sonidos superiores a un susurro; la digestión era increíblemente prolongada y mínima, y las reacciones neuronales a estímulos comunes no guardaban relación alguna con lo registrado hasta entonces, ni normal ni patológico. La piel tenía una frialdad y sequedad mórbidas, y la estructura celular del tejido parecía exageradamente gruesa y flojamente tejida. Incluso había desaparecido una gran marca de nacimiento aceitunada en la cadera derecha, mientras que en el pecho se había formado un lunar muy peculiar o una mancha negruzca de la que antes no había rastro. En general, todos los médicos coinciden en que en Ward los procesos del metabolismo se habían retrasado hasta un grado sin precedentes.

Psicológicamente, también, Charles Ward era único. Su locura no tenía afinidad con ninguna de las registradas incluyendo los últimos y más exhaustivos tratados, y estaba unida a una fuerza mental que le habría convertido en un genio o un líder si no se estuviera retorcida en formas extrañas y grotescas. El Dr. Willett, que era el médico de cabecera de Ward, afirma que la capacidad mental en bruto del pacien-

sponse to matters outside the sphere of his insanity, had actually increased since the seizure. Ward, it is true, was always a scholar and an antiquarian; but even his most brilliant early work did not show the prodigious grasp and insight displayed during his last examinations by the alienists. It was, indeed, a difficult matter to obtain a legal commitment to the hospital, so powerful and lucid did the youth's mind seem; and only on the evidence of others, and on the strength of many abnormal gaps in his stock of information as distinguished from his intelligence, was he finally placed in confinement. To the very moment of his vanishment he was an omnivorous reader and as great a conversationalist as his poor voice permitted; and shrewd observers, failing to foresee his escape, freely predicted that he would not be long in gaining his discharge from custody.

Only Dr. Willett, who brought Charles Ward into the world and had watched his growth of body and mind ever since, seemed frightened at the thought of his future freedom. He had had a terrible experience and had made a terrible discovery which he dared not reveal to his skeptical colleagues. Willett, indeed, presents a minor mystery all his own in his connection with the case. He was the last to see the patient before his flight, and emerged from that final conversation in a state of mixed horror and relief which several recalled when Ward's escape became known three hours later. That escape itself is one of the unsolved wonders of Dr. Waite's hospital. A window open above a sheer drop of sixty feet could hardly explain it, yet after that talk with Willett the youth was undeniably gone. Willett himself has no public explanations to offer, though he seems strangely easier in mind than before the escape. Many, indeed, feel that he would like to say more if he thought any considerable number would believe him. He had found Ward in his room, but shortly after his departure the attendants knocked in vain. When they opened the door the patient was not there, and all they found was the open window with a chill April breeze blowing in a cloud of fine bluish-grey dust that almost choked them. True, the dogs howled some time before; but that was while Willett was still present, and they had caught nothing and shown no disturbance later on. Ward's father was told at once over the telephone, but he seemed more saddened than surprised. By the time Dr. Waite called in person, Dr. Willett had been talking with him, and both disavowed any knowledge or complicity in the escape. Only from certain closely confidential friends of Willett and

te, medida por su respuesta a asuntos ajenos a la esfera de su locura, había aumentado realmente desde el ataque. Ward, es cierto, siempre fue un erudito y un anticuario; pero incluso sus primeros trabajos más brillantes no mostraban la prodigiosa comprensión y perspicacia mostradas durante sus últimos exámenes por los alienistas. Fue, de hecho, un asunto difícil obtener un internamiento legal en el hospital, tan poderosa y lúcida parecía la mente del joven; y sólo por la evidencia de otros, y por la fuerza de muchas lagunas anormales en su reserva de información a diferencia de su inteligencia, fue finalmente internado. Hasta el momento mismo de su desaparición fue un lector omnívoro y tan gran conversador como su pobre voz le permitía; y los observadores sagaces, al no prever su fuga, predijeron sin más que no tardaría mucho en conseguir su puesta en libertad.

Sólo el Dr. Willett, que había traído al mundo a Charles Ward y había observado su crecimiento corporal y mental desde entonces, parecía atemorizado ante la idea de su futura libertad. Había tenido una experiencia terrible y había hecho un descubrimiento terrible que no se atrevía a revelar a sus escépticos colegas. Willett, de hecho, presenta un pequeño misterio propio en su conexión con el caso. Fue el último en ver al paciente antes de su huida, y salió de aquella conversación final en un estado en que se mezclaban el horror y el alivio que varios recordaron cuando se conoció la fuga de Ward tres horas más tarde. Esa fuga en sí es una de las maravillas sin resolver del hospital del Dr. Waite. Una ventana abierta sobre una caída escarpada de sesenta pies difícilmente podía explicarlo, sin embargo, después de aquella charla con Willett el joven se había ido, sin lugar a dudas. El propio Willett no tiene explicaciones públicas que ofrecer, aunque parece extrañamente más tranquilo de mente que antes de la fuga. Muchos, de hecho, creen que le gustaría decir más si pensara que un número considerable le creería. Había encontrado a Ward en su habitación, pero poco después de su partida los asistentes llamaron en vano. Cuando abrieron la puerta el paciente no estaba allí, y todo lo que encontraron fue la ventana abierta con una fría brisa de abril que soplaba en una nube de fino polvo gris azulado que casi les asfixiaba. Es cierto que los perros habían aullado un rato antes; pero eso había sido mientras Willett aún estaba presente, y no habían atrapado nada ni mostrado ninguna perturbación más tarde. El padre de Ward fue informado de inmediato por teléfono, pero parecía más entristecido que sorprendido. Para cuando el Dr. Waite llamó en persona, el Dr. Willett había estado hablando con él, y ambos negaron

the senior Ward have any clues been gained, and even these are too wildly fantastic for general credence. The one fact which remains is that up to the present time no trace of the missing madman has been unearthed.

Charles Ward was an antiquarian from infancy, no doubt gaining his taste from the venerable town around him, and from the relics of the past which filled every corner of his parents' old mansion in Prospect Street on the crest of the hill. With the years his devotion to ancient things increased; so that history, genealogy, and the study of colonial architecture, furniture, and craftsmanship at length crowded everything else from his sphere of interests. These tastes are important to remember in considering his madness; for although they do not form its absolute nucleus, they play a prominent part in its superficial form. The gaps of information which the alienists noticed were all related to modern matters, and were invariably offset by a correspondingly excessive though outwardly concealed knowledge of bygone matters as brought out by adroit questioning; so that one would have fancied the patient literally transferred to a former age through some obscure sort of auto-hypnosis. The odd thing was that Ward seemed no longer interested in the antiquities he knew so well. He had, it appears, lost his regard for them through sheer familiarity; and all his final efforts were obviously bent toward mastering those common facts of the modern world which had been so totally and unmistakably expunged from his brain. That this wholesale deletion had occurred, he did his best to hide; but it was clear to all who watched him that his whole program of reading and conversation was determined by a frantic wish to imbibe such knowledge of his own life and of the ordinary practical and cultural background of the twentieth century as ought to have been his by virtue of his birth in 1902 and his education in the schools of our own time. Alienists are now wondering how, in view of his vitally impaired range of data, the escaped patient manages to cope with the complicated world of today; the dominant opinion being that he is "lying low" in some humble and unexacting position till his stock of modern information can be brought up to the normal.

cualquier conocimiento o complicidad en la fuga. Sólo de ciertos amigos íntimamente reservados de Willett y del mayor de los Ward se ha obtenido alguna pista, e incluso éstas son demasiado salvajemente fantásticas para la credibilidad general. El único hecho que permanece es que hasta el momento no se ha encontrado ningún rastro del desaparecido demente.

Charles Ward fue un anticuario desde la infancia, sin duda adquiriendo su gusto por la venerable ciudad que le rodeaba y por las reliquias del pasado que llenaban cada rincón de la vieja mansión de sus padres en Prospect Street, en la cresta de la colina. Con los años su devoción por las cosas antiguas fue en aumento, de modo que la historia, la genealogía y el estudio de la arquitectura, el mobiliario y la artesanía coloniales acabaron por desplazar todo lo demás de su esfera de intereses. Es importante recordar estos gustos al considerar su locura; pues aunque no forman su núcleo absoluto, desempeñan un papel destacado en su forma superficial. Las lagunas de información que notaban los alienistas estaban todas relacionadas con asuntos modernos, e invariablemente se veían compensadas por un conocimiento correspondientemente excesivo, aunque oculto exteriormente, de asuntos de antaño, puesto de manifiesto por un hábil interrogatorio; de modo que uno hubiera creído que el paciente se había trasladado literalmente a una época anterior a través de algún oscuro tipo de autohipnosis. Lo extraño era que Ward ya no parecía interesado en las antigüedades que tan bien conocía. Al parecer, les había perdido el respeto por pura familiaridad; y todos sus últimos esfuerzos estaban obviamente dirigidos a dominar esos hechos comunes del mundo moderno que habían sido tan total e inequívocamente expulsados de su cerebro. Hizo todo lo posible por ocultar que se había producido esta supresión masiva; pero era evidente para todos los que le observaban que todo su programa de lectura y conversación estaba determinado por un deseo frenético de impregnarse de los conocimientos sobre su propia vida y sobre el trasfondo práctico y cultural ordinario del siglo XX que deberían haberle correspondido en virtud de su nacimiento en 1902 y de su educación en las escuelas de nuestro propio tiempo. Los alienistas se preguntan ahora cómo, en vista de su gama de datos vitalmente deteriorada, el paciente fugado se las arregla para desenvolverse en el complicado mundo actual; la opinión dominante es que está «escondido» en alguna posición humilde e inexacta hasta que su reserva de información moderna pueda alcanzar la normalidad.

The beginning of Ward's madness is a matter of dispute among alienists. Dr. Lyman, the eminent Boston authority, places it in 1919 or 1920, during the boy's last year at the Moses Brown School, when he suddenly turned from the study of the past to the study of the occult, and refused to qualify for college on the ground that he had individual researches of much greater importance to make. This is certainly borne out by Ward's altered habits at the time, especially by his continual search through town records and among old burying-grounds for a certain grave dug in 1771; the grave of an ancestor named Joseph Curwen, some of whose papers he professed to have found behind the paneling of a very old house in Olney Court, on Stampers' Hill, which Curwen was known to have built and occupied. It is, broadly speaking, undeniable that the winter of 1919-20 saw a great change in Ward; whereby he abruptly stopped his general antiquarian pursuits and embarked on a desperate delving into occult subjects both at home and abroad, varied only by this strangely persistent search for his forefather's grave.

From this opinion, however, Dr. Willett substantially dissents; basing his verdict on his close and continuous knowledge of the patient, and on certain frightful investigations and discoveries which he made toward the last. Those investigations and discoveries have left their mark upon him; so that his voice trembles when he tells them, and his hand trembles when he tries to write of them. Willett admits that the change of 1919-20 would ordinarily appear to mark the beginning of a progressive decadence which culminated in the horrible and uncanny alienation of 1928; but believes from personal observation that a finer distinction must be made. Granting freely that the boy was always ill-balanced temperamentally, and prone to be unduly susceptible and enthusiastic in his responses to phenomena around him, he refuses to concede that the early alteration marked the actual passage from sanity to madness; crediting instead Ward's own statement that he had discovered or rediscovered something whose effect on human though was likely to be marvelous and profound. The true madness, he is certain, came with a later change; after the Curwen portrait and the ancient papers had been unearthed; after a trip to strange foreign places had been made, and some terrible invocations chanted under strange and secret circumstances; after certain answers to these invocations had been plainly indicated, and

El comienzo de la locura de Ward es objeto de disputa entre los alienistas. El Dr. Lyman, la eminente autoridad de Boston, lo sitúa en 1919 o 1920, durante el último año del muchacho en la escuela Moses Brown, cuando de repente pasó del estudio del pasado al estudio de lo oculto, y se negó a ingresar a la universidad aduciendo que tenía investigaciones individuales de mucha mayor importancia que realizar. Esto lo confirman sin duda los hábitos alterados de Ward en aquella época, especialmente por su continua búsqueda en los registros de la ciudad y entre los antiguos cementerios de cierta tumba excavada en 1771; la tumba de un antepasado llamado Joseph Curwen, algunos de cuyos papeles decía haber encontrado detrás de los paneles de una casa muy antigua en Olney Court, en Stampers' Hill, que se sabía que Curwen había construido y ocupado. A grandes rasgos, es innegable que el invierno de 1919-20 fue testigo de un gran cambio en Ward, por el que abandonó bruscamente sus afanes anticuarios generales y se embarcó en una desesperada indagación en temas ocultos tanto en su país como en el extranjero, variada únicamente por esta búsqueda extrañamente persistente de la tumba de su antepasado.

De esta opinión, sin embargo, el Dr. Willett disiente sustancialmente; basando su veredicto en su estrecho y continuo conocimiento del paciente, y en ciertas espantosas investigaciones y descubrimientos que hizo hacia el final. Esas investigaciones y descubrimientos han dejado su huella en él; de modo que le tiembla la voz cuando los cuenta y le tiembla la mano cuando intenta escribir sobre ellos. Willett admite que el cambio de 1919-20 parecería ordinariamente marcar el comienzo de una decadencia progresiva que culminó en la horrible y extraña alienación de 1928; pero cree por observación personal que debe hacerse una distinción más fina. Concediendo libremente que el muchacho siempre estuvo desequilibrado temperamentalmente, y propenso a ser excesivamente susceptible y entusiasta en sus respuestas a los fenómenos que le rodeaban, se niega a conceder que la temprana alteración marcara el paso real de la cordura a la locura; dando crédito, en cambio, a la propia declaración de Ward de que había descubierto o redescubierto algo cuyo efecto sobre el pensamiento humano podía ser maravilloso y profundo. La verdadera locura, está seguro, llegó con un cambio posterior; después de que el retrato de Curwen y los antiguos papeles hubieran sido desenterrados; después de que se hubiera realizado un viaje a extraños lugares extranjeros y se hubieran entonado algunas invocaciones terribles en circunstancias extrañas y secretas; después de

a frantic letter penned under agonizing and inexplicable conditions; after the wave of vampirism and the ominous Pawtuxet gossip; and after the patient's memory commenced to exclude contemporary images whilst his physical aspect underwent the subtle modification so many subsequently noticed.

It was only about this time, Willett points out with much acuteness, that the nightmare qualities became indubitably linked with Ward; and the doctor feels shudderingly sure that enough solid evidence exists to sustain the youth's claim regarding his crucial discovery. In the first place, two workmen of high intelligence saw Joseph Curwen's ancient papers found. Secondly, the boy once showed Dr. Willett those papers and a page of the Curwen diary, and each of the documents had every appearance of genuineness. The hole where Ward claimed to have found them was long a visible reality, and Willett had a very convincing final glimpse of them in surroundings which can scarcely be believed and can never perhaps be proved. Then there were the mysteries and coincidences of the Orne and Hutchinson letters, and the problem of the Curwen penmanship and of what the detectives brought to light about Dr. Allen; these things, and the terrible message in medieval minuscules found in Willett's pocket when he gained consciousness after his shocking experience.

And most conclusive of all, there are the two hideous *results* which the doctor obtained from a certain pair of formulae during his final investigations; results which virtually proved the authenticity of the papers and of their monstrous implications at the same time that those papers were borne forever from human knowledge.

que se hubieran indicado claramente ciertas respuestas a estas invocaciones, y de que se hubiera escrito una carta frenética en condiciones agonizantes e inexplicables; después de la oleada de vampirismo y de los ominosos cotilleos de Pawtuxet; y después de que la memoria del paciente comenzara a excluir imágenes contemporáneas mientras su aspecto físico sufría la sutil modificación que tantos notaron posteriormente.

Fue en esta época, señala Willett con mucha agudeza, cuando las cualidades de pesadilla se vincularon indudablemente con Ward; y el doctor se siente estremecedoramente seguro de que existen suficientes pruebas sólidas para sostener la afirmación del joven sobre su descubrimiento crucial. En primer lugar, dos obreros de gran inteligencia vieron cuando se encontraron los antiguos papeles de Joseph Curwen. En segundo lugar, el muchacho mostró una vez al Dr. Willett esos papeles y una página del diario de Curwen, y cada uno de los documentos tenía toda la apariencia de ser genuino. El orificio donde Ward afirmaba haberlos encontrado fue durante mucho tiempo una realidad visible, y Willett tuvo una visión final muy convincente de ellos en un entorno que apenas puede creerse y quizá nunca pueda probarse. Luego estaban los misterios y coincidencias de las cartas de Orne y Hutchinson, y el problema de la caligrafía de Curwen y de lo que los detectives sacaron a la luz sobre el Dr. Allen; estas cosas, y el terrible mensaje en minúsculas medievales encontrado en el bolsillo de Willett cuando recobró el conocimiento después de su espantosa experiencia.

Y lo más concluyente de todo son los dos espantosos *resultados* que el doctor obtuvo a partir de cierto par de fórmulas durante sus investigaciones finales; resultados que prácticamente demostraron la autenticidad de los papeles y de sus monstruosas implicaciones al mismo tiempo que esos papeles fueron borrados para siempre del conocimiento humano.

CHAPTER 2

One must look back at Charles Ward's earlier life as at something belonging as much to the past as the antiquities he loved so keenly. In the autumn of 1918, and with a considerable show of zest in the military training of the period, he had begun his junior year at the Moses Brown School, which lies very near his home. The old main building, erected in 1819, had always charmed his youthful antiquarian sense; and the spacious park in which the academy is set appealed to his sharp eye for landscape. His social activities were few; and his hours were spent mainly at home, in rambling walks, in his classes and drills, and in pursuit of antiquarian and genealogical data at the City Hall, the State House, the Public Library, the Athenaeum, the Historical Society, the John Carter Brown and John Hay Libraries of Brown University, and the newly opened Shepley Library in Benefit Street. One may picture him yet as he was in those days; tall, slim, and blond, with studious eyes and a slight droop, dressed somewhat carelessly, and giving a dominant impression of harmless awkwardness rather than attractiveness.

His walks were always adventures in antiquity, during which he managed to recapture from the myriad relics of a glamorous old city a vivid and connected picture of the centuries before. His home was a great Georgian mansion atop the well-nigh precipitous hill that rises just east of the river; and from the rear windows of its rambling wings he could look dizzily out over all the clustered spires, domes, roofs, and skyscraper summits of the lower town to the purple hills of the countryside beyond. Here he was born, and from the lovely classic porch of the double-bayed brick facade his nurse had first wheeled him in his carriage; past the little white farmhouse of two hundred years before that the town had long ago overtaken, and on toward the stately colleges along the shady, sumptuous street, whose old square brick mansions and smaller wooden houses with narrow, heavy-columned Doric porches dreamed solid and exclusive amidst their generous yards and gardens.

He had been wheeled, too, along sleepy Congdon Street, one tier lower down on the steep hill, and with all its eastern homes on high terraces. The small wooden houses averaged a greater age here, for it

CAPÍTULO 2

Hay que remontarse a la vida anterior de Charles Ward como a algo que pertenece tanto al pasado como las antigüedades que tanto amaba. En el otoño de 1918, y con una considerable muestra de entusiasmo por el entrenamiento militar de la época, había comenzado su penúltimo curso en la escuela Moses Brown, situada muy cerca de su casa. El viejo edificio principal, erigido en 1819, siempre había encantado a su juvenil sentido anticuario; y el espacioso parque en el que está enclavada la academia atraía su agudo ojo por su paisaje. Sus actividades sociales eran escasas; y sus horas las pasaba principalmente en casa, en paseos a pie, en sus clases y ejercicios, y en busca de datos anticuarios y genealógicos en el Ayuntamiento, el Parlamento, la Biblioteca Pública, el Ateneo, la Sociedad Histórica, las bibliotecas John Carter Brown y John Hay de la Universidad de Brown, y la recién inaugurada Biblioteca Shepley en Benefit Street. Uno puede imaginárselo todavía como era en aquellos días; alto, delgado y rubio, con ojos estudiosos y ligeramente encorvado, vestido de forma algo descuidada y dando una impresión dominante de torpeza inofensiva más que de falta de atractivo.

Sus paseos eran siempre aventuras en lo antiguo, durante las cuales conseguía recapturar de entre la miríada de reliquias de una vieja y glamorosa ciudad una imagen vívida y conectada de los siglos anteriores. Su casa era una gran mansión georgiana en lo alto de la colina casi escarpada que se eleva justo al este del río; y desde las ventanas traseras de sus alas ramificadas podía contemplar vertiginosamente todas las agujas, cúpulas, tejados y cimas de rascacielos agrupados de la ciudad baja hasta las colinas púrpuras de la campiña más allá. Aquí nació, y desde el encantador porche clásico de la fachada de ladrillo de doble viga su niñera le había paseado por primera vez en su carruaje; más allá de la pequeña granja blanca de doscientos años, antes que la ciudad la había rebasado hacía tiempo, y hacia los majestuosos colegios a lo largo de la sombreada y suntuosa calle, cuyas viejas mansiones cuadradas de ladrillo y pequeñas casas de madera con estrechos porches dóricos de pesadas columnas soñaban sólidas y exclusivas en medio de sus generosos patios y jardines.

También le habían paseado a lo largo de la soñolienta Congdon Street, un nivel más abajo en la empinada colina, con todas sus casas orientales en altas terrazas. Las pequeñas casas de madera promediaban aquí

was up this hill that the growing town had climbed; and in these rides he had imbibed something of the color of a quaint colonial village. The nurse used to stop and sit on the benches of Prospect Terrace to chat with policemen; and one of the child's first memories was of the great westward sea of hazy roofs and domes and steeples and far hills which he saw one winter afternoon from that great railed embankment, and violet and mystic against a fevered, apocalyptic sunset of reds and golds and purples and curious greens. The vast marble dome of the State House stood out in massive silhouette, its crowning statue haloed fantastically by a break in one of the tinted stratus clouds that barred the flaming sky.

When he was larger his famous walks began; first with his impatiently dragged nurse, and then alone in dreamy meditation. Farther and farther down that almost perpendicular hill he would venture, each time reaching older and quainter levels of the ancient city. He would hesitate gingerly down vertical Jenckes Street with its bank walls and colonial gables to the shady Benefit Street corner, where before him was a wooden antique with an Ionic-pilastered pair of doorways, and beside him a prehistoric gambrel-roofer with a bit of primal farmyard remaining, and the great Judge Durfee house with its fallen vestiges of Georgian grandeur. It was getting to be a slum here; but the titan elms cast a restoring shadow over the place, and the boy used to stroll south past the long lines of the pre-Revolutionary homes with their great central chimneys and classic portals. On the eastern side they were set high over basements with railed double flights of stone steps, and the young Charles could picture them as they were when the street was new, and red heels and periwigs set off the painted pediments whose signs of wear were now becoming so visible.

Westward the hill dropped almost as steeply as above, down to the old "Town Street" that the founders had laid out at the river's edge in 1636. Here ran innumerable little lanes with leaning, huddled houses of immense antiquity; and fascinated though he was, it was long before he dared to thread their archaic verticality for fear they would turn out a dream or a gateway to unknown terrors. He found it much less formidable to continue along Benefit Street past the iron fence of

una mayor edad, pues era por esta colina por donde había subido la creciente ciudad; y en estos paseos se había imbuido algo del color de un pintoresco pueblo colonial. La niñera solía detenerse y sentarse en los bancos de Prospect Terrace para charlar con los policías; y uno de los primeros recuerdos del niño fue el gran mar hacia el oeste de tejados y cúpulas brumosos y campanarios y colinas lejanas que vio una tarde de invierno desde aquel gran terraplén enrejado, y violeta y místico contra una puesta de sol febril y apocalíptica de rojos y dorados y morados y verdes curiosos. La vasta cúpula de mármol del Parlamento destacaba en una silueta maciza, su estatua coronadora aureolada fantásticamente por una brecha en una de las nubes de estrato tintado que cubrían el cielo llameante.

Cuando fue mayor comenzaron sus famosos paseos; primero con su impaciente niñera a rastras, y luego a solas en soñadora meditación. Cada vez se aventuraba más lejos por aquella colina casi perpendicular, alcanzando cada vez niveles más antiguos y pintorescos de la antigua ciudad. Vacilaba cautelosamente bajando por la vertical Jenckes Street, con sus muros de ribera y sus aguilones coloniales, hasta la sombreada esquina de Benefit Street, donde ante él había una antigüedad de madera con un par de portales de yeso jónico, y a su lado un prehistórico tejado de tejas con un poco de corral primitivo que aún quedaba, y la gran casa del Juez Durfee con sus vestigios caídos de grandeza georgiana. Aquello se estaba convirtiendo en un tugurio; pero los titánicos olmos proyectaban una sombra restauradora sobre el lugar, y el muchacho solía pasear hacia el sur junto a las largas hileras de las casas prerrevolucionarias con sus grandes chimeneas centrales y sus portales clásicos. En el lado este se alzaban éstos, sobre sótanos con dobles tramos de escalones de piedra enrejados, y el joven Charles podía imaginárselos tal y como eran cuando la calle era nueva, y los tacones rojos y las pelucas hacían resaltar los frontones pintados cuyos signos de desgaste se hacían ahora tan visibles.

Hacia el oeste, la colina descendía casi tan empinada como lo hacía arriba, hasta la antigua Town Street que los fundadores habían trazado al borde del río en 1636. Por aquí discurrían innumerables callejuelas con casas inclinadas y apiñadas de inmensa antigüedad; y por muy fascinado que estuviera, pasó mucho tiempo antes de que se atreviera a enhebrar su arcaica verticalidad por miedo a que se convirtieran en un sueño o en una puerta a terrores desconocidos. Le resultó mucho me-

St. John's hidden churchyard and the rear of the 1761 Colony House and the mouldering bulk of the Golden Ball Inn where Washington stopped. At Meeting Street—the successive Gaol Lane and King Street of other periods—he would look upward to the east and see the arched flight of steps to which the highway had to resort in climbing the slope, and downward to the west, glimpsing the old brick colonial schoolhouse that smiles across the road at the ancient Sign of Shakespeare's Head where the *Providence Gazette and Country-Journal* was printed before the Revolution. Then came the exquisite First Baptist Church of 1775, luxurious with its matchless Gibbs steeple, and the Georgian roofs and cupolas hovering by. Here and to the southward the neighborhood became better, flowering at last into a marvelous group of early mansions; but still the little ancient lanes led off down the precipice to the west, spectral in their many-gabled archaism and dipping to a riot of iridescent decay where the wicked old water-front recalls its proud East India days amidst polyglot vice and squalor, rotting wharves, and blear-eyed ship-chandleries, with such surviving alley names as Packet, Bullion, Gold, Silver, Coin, Doubloon, Sovereign, Guilder, Dollar, Dime, and Cent.

Sometimes, as he grew taller and more adventurous, young Ward would venture down into this maelstrom of tottering houses, broken transoms, tumbling steps, twisted balustrades, swarthy faces, and nameless odors; winding from South Main to South Water, searching out the docks where the bay and sound steamers still touched, and returning northward at this lower level past the steep-roofed 1816 warehouses and the broad square at the Great Bridge, where the 1773 Market House still stands firm on its ancient arches. In that square he would pause to drink in the bewildering beauty of the old town as it rises on its eastward bluff, decked with its two Georgian spires and crowned by the vast new Christian Science dome as London is crowned by St. Paul's. He like mostly to reach this point in the late afternoon, when the slanting sunlight touches the Market House and the ancient hill roofs and belfries with gold, and throws magic around the dreaming wharves where Providence Indiamen used to ride at anchor. After a long look he would grow almost dizzy with a

nos formidable continuar por Benefit Street pasando la verja de hierro del oculto cementerio de St. John y la parte trasera del Ayuntamiento de 1761 y la mohosa mole de la posada Bola de Oro, donde Washington se detuvo. En Meeting Street —la sucesora de Gaol Lane y King Street de otras épocas— miraba hacia arriba, hacia el este, y veía la escalinata arqueada a la que tenía que recurrir la carretera para subir la cuesta, y hacia abajo, hacia el oeste, vislumbraba la vieja escuela colonial de ladrillo que sonríe al otro lado de la carretera, en el antiguo *La cabeza de Shakespeare*, donde se imprimía la *Providence Gazette and Country-Journal* antes de la Revolución. Luego llegaba la exquisita Primera Iglesia Baptista de 1775, lujosa con su inigualable campanario estilo Gibbs, y los tejados y cúpulas georgianos que se cernían sobre ella. Aquí y hacia el sur el vecindario mejoraba, floreciendo al final en un maravilloso grupo de mansiones antiguas; pero las pequeñas callejuelas antiguas seguían descendiendo por el precipicio hacia el oeste, espectrales en su arcaísmo de muchos gabletes y sumergiéndose en un tumulto de decadencia iridiscente donde el viejo y malvado paseo marítimo recuerda sus orgullosos días de las Indias Orientales entre el vicio políglota y la miseria, los muelles podridos y las mansiones de barcos de ojos sombríos, con nombres de callejones supervivientes como Packet (Paquete), Bullion (Lingote), Gold (Oro), Silver (Plata), Coin (Moneda), Doubloon (Doblón), Sovereign (Soberano), Guilder (Florín), Dollar (Dólar), Dime (Centavo) y Cent (Centavo).

A veces, cuando creció y se volvió más aventurero, el joven Ward se adentraba en esta vorágine de casas tambaleantes, travesaños rotos, escalones caídos, balaustradas retorcidas, rostros morenos y olores sin nombre; serpenteando desde South Main hasta South Water, buscando los muelles donde aún tocaban la bahía y los barcos de vapor sonoros, y regresando hacia el norte en este nivel inferior, pasando por los almacenes de tejados empinados de 1816 y la amplia plaza del Gran Puente, donde el edificio del Mercado de 1773 aún se mantiene firme sobre sus antiguos arcos. En esa plaza se detenía a beber en la desconcertante belleza de la vieja ciudad cuando se eleva en su risco hacia el este, engalanada con sus dos agujas georgianas y coronada por la nueva y enorme cúpula de la Ciencia Cristiana como Londres está coronada por San Pablo. Le gustaba sobre todo llegar a este punto a última hora de la tarde, cuando la luz oblicua del sol toca de oro el edificio del Mercado y los antiguos tejados y campanarios de la colina, y arroja magia alrededor de los muelles de ensueño donde solían anclar los indios de Providence.

poet's love for the sight, and then he would scale the slope homeward in the dusk past the old white church and up the narrow precipitous ways where yellow gleams would begin to peep out in small-paned windows and through fanlights set high over double flights of steps with curious wrought-iron railings.

At other times, and in later years, he would seek for vivid contrasts; spending half a walk in the crumbling colonial regions northwest of his home, where the hill drops to the lower eminence of Stampers' Hill with its ghetto and negro quarter clustering round the place where the Boston stage coach used to start before the Revolution, and the other half in the gracious southerly realm about George, Benevolent, Power, and Williams Streets, where the old slope holds unchanged the fine estates and bits of walled garden and steep green lane in which so many fragrant memories linger. These rambles, together with the diligent studies which accompanied them, certainly account for a large amount of the antiquarian lore which at last crowded the modern world from Charles Ward's mind; and illustrate the mental soil upon which fell, in that fateful winter of 1919-20, the seeds that came to such strange and terrible fruition.

Dr. Willett is certain that, up to this ill-omened winter of first change, Charles Ward's antiquarianism was free from every trace of the morbid. Graveyards held for him no particular attraction beyond their quaintness and historic value, and of anything like violence or savage instinct he was utterly devoid. Then, by insidious degrees, there appeared to develop a curious sequel to one of his genealogical triumphs of the year before; when he had discovered among his maternal ancestors a certain very long-lived man named Joseph Curwen, who had come from Salem in March of 1692, and about whom a whispered series of highly peculiar and disquieting stories clustered.

Ward's great-great-grandfather Welcome Potter had in 1785 married a certain 'Ann Tillinghast, daughter of Mrs. Eliza, daughter to Capt. James Tillinghast,' of whose paternity the family had preserved no trace. Late in 1918, whilst examining a volume of original town

Después de una larga contemplación, casi se mareaba con el amor propio a un poeta por la vista, y luego escalaba la pendiente hacia su casa en el crepúsculo, pasando por delante de la vieja iglesia blanca y subiendo por los estrechos caminos escarpados, donde los destellos amarillos empezaban a asomar por las pequeñas ventanas de cristal y a través de las claraboyas colocadas en lo alto sobre dobles tramos de escaleras con curiosas barandillas de hierro forjado.

Otras veces, y en años posteriores, buscó contrastes vívidos; pasaba la mitad del tiempo paseando por las desmoronadas regiones coloniales al noroeste de su casa, donde la colina desciende hasta la prominencia más baja de Stampers' Hill, con su gueto y su barrio de negros agrupados en torno al lugar donde solía partir la diligencia de Boston antes de la Revolución, y la otra mitad en el gracioso dominio meridional en torno a las calles George, Benevolent, Power y Williams, donde la vieja ladera mantiene inalteradas las bellas propiedades y los trozos de jardín amurallado y el empinado sendero verde en el que perduran tantos recuerdos fragantes. Estas divagaciones, junto con los diligentes estudios que las acompañaron, dan cuenta sin duda de una gran cantidad de la sabiduría anticuaria que al fin abarrotó el mundo moderno de la mente de Charles Ward; e ilustran el suelo mental sobre el que cayeron, en aquel fatídico invierno de 1919-20, las semillas que llegaron a tan extraña y terrible fructificación.

El Dr. Willett está seguro de que, hasta este invierno de mal agüero del primer cambio, el anticuarismo de Charles Ward estaba libre de todo rastro de lo morboso. Los cementerios no tenían para él ninguna atracción particular más allá de su pintoresquismo y valor histórico, y de cualquier cosa parecida a la violencia o el instinto salvaje estaba totalmente desprovisto. Entonces, por insidiosos grados, pareció desarrollarse una curiosa secuela de uno de sus triunfos genealógicos del año anterior; cuando había descubierto entre sus antepasados maternos a cierto hombre muy longevo llamado Joseph Curwen, que había llegado de Salem en marzo de 1692, y sobre el que se agrupaba una susurrada serie de historias altamente peculiares e inquietantes.

El tatarabuelo de Ward, Welcome Potter, se había casado en 1785 con una tal «Ann Tillinghast, hija de Mrs. Eliza, hija del capitán James Tillinghast», de cuya paternidad la familia no conservaba rastro alguno. A finales de 1918, mientras examinaba un volumen de registros origi-

records in manuscript, the young genealogist encountered an entry describing a legal change of name, by which in 1772 a Mrs. Eliza Curwen, widow of Joseph Curwen, resumed, along with her seven-year-old daughter Ann, her maiden name of Tillinghast; on the ground 'that her Husband's name was become a public Reproach by Reason of what was knowne after his Decease; the which confirming an antient common Rumour, tho' not to be credited by a loyall Wife till so proven as to be wholely past Doubting.'

This entry came to light upon the accidental separation of two leaves which had been carefully pasted together and treated as one by a labored revision of the page numbers.

It was at once clear to Charles Ward that he had indeed discovered a hitherto unknown great-great-great-grandfather. The discovery doubly excited him because he had already heard vague reports and seen scattered allusions relating to this person; about whom there remained so few publicly available records, aside from those becoming public only in modern times, that it almost seemed as if a conspiracy had existed to blot him from memory. What did appear, moreover, was of such a singular and provocative nature that one could not fail to imagine curiously what it was that the colonial recorders were so anxious to conceal and forget; or to suspect that the deletion had reasons all too valid.

Before this, Ward had been content to let his romancing about old Joseph Curwen remain in the idle stage; but having discovered his own relationship to this apparently "hushed-up" character, he proceeded to hunt out as systematically as possible whatever he might find concerning him. In this excited quest he eventually succeeded beyond his highest expectations; for old letters, diaries, and sheaves of unpublished memoirs in cobwebbed Providence garrets and elsewhere yielded many illuminating passages which their writers had not thought it worth their while to destroy. One important sidelight came from a point as remote as New York, where some Rhode Island colonial correspondence was stored in the Museum at Fraunces' Tavern. The really crucial thing, though, and what in Dr. Willett's opinion formed the definite source of Ward's undoing, was the matter found in August 1919 behind the paneling of the crumbling house in Olney Court. It was that, beyond a doubt, which opened up those black vistas whose end was deeper than the pit.

nales de la ciudad en manuscrito, el joven genealogista se encontró con una entrada que describía un cambio de nombre legal, por el que en 1772 una tal Mrs. Eliza Curwen, viuda de Joseph Curwen, retomó, junto con su hija Ann de siete años, su apellido de soltera, Tillinghast, con el argumento de que «el apellido de su marido se había convertido en un reproche público por lo que ya se sabía después de su muerte; lo que confirmaba un antiguo rumor común, aunque no debía ser creído por una esposa leal hasta que se demostrara que ya no cabía duda alguna».

Esta entrada salió a la luz al separarse accidentalmente dos hojas que habían sido cuidadosamente pegadas y tratadas como una sola mediante una laboriosa revisión de los números de página.

Charles Ward tuvo claro de inmediato que, efectivamente, había descubierto a un tatarabuelo desconocido hasta entonces. El descubrimiento le excitó doblemente porque ya había oído vagos informes y visto alusiones dispersas relacionadas con esta persona; sobre la que quedaban tan pocos registros disponibles públicamente, aparte de los que se hicieron públicos sólo en tiempos modernos, que casi parecía como si hubiera existido una conspiración para borrarla de la memoria. Lo que aparecía, además, era de una naturaleza tan singular y provocativa que uno no podía dejar de imaginar con curiosidad qué era lo que los registradores coloniales estaban tan ansiosos por ocultar y olvidar; o sospechar que la supresión tenía razones demasiado válidas.

Antes de esto, Ward se había contentado con dejar que su romance sobre el viejo Joseph Curwen permaneciera en la etapa ociosa; pero habiendo descubierto su propia relación con este personaje aparentemente «silenciado», procedió a cazar lo más sistemáticamente posible todo lo que pudiera encontrar sobre él. En esta excitada búsqueda acabó teniendo un éxito que superó sus más altas expectativas; pues las viejas cartas, diarios y gavillas de memorias inéditas en los desvanes llenos de telarañas de Providence y otros lugares arrojaron muchos pasajes esclarecedores que sus escritores no habían creído conveniente destruir. Un dato importante llegó de un punto tan remoto como Nueva York, donde se guardaba cierta correspondencia colonial de Rhode Island en el museo de Fraunces' Tavern. Pero lo realmente crucial, y lo que en opinión del Dr. Willett constituyó la fuente definitiva de la perdición de Ward, fue el asunto hallado en agosto de 1919 tras los paneles de la casa en ruinas de Olney Court. Fue eso, sin lugar a dudas, lo que abrió aquellas negras perspectivas cuyo final fue más profundo que la fosa.

PART II — AN ANTECEDENT AND A HORROR

CHAPTER 1

Joseph Curwen, as revealed by the rambling legends embodied in what Ward heard and unearthed, was a very astonishing, enigmatic, and obscurely horrible individual. He had fled from Salem to Providence—that universal haven of the odd, the free, and the dissenting—at the beginning of the great witchcraft panic; being in fear of accusation because of his solitary ways and queer chemical or alchemical experiments. He was a colorless-looking man of about thirty, and was soon found qualified to become a freeman of Providence; thereafter buying a home lot just north of Gregory Dexter's at about the foot of Olney Street. His house was built on Stampers' Hill west of the Town Street, in what later became Olney Court; and in 1761 he replaced this with a larger one, on the same site, which is still standing.

Now the first odd thing about Joseph Curwen was that he did not seem to grow much older than he had been on his arrival. He engaged in shipping enterprises, purchased wharfage near Mile-End Cove, helped rebuild the Great Bridge in 1713, and in 1723 was one of the founders of the Congregational Church on the hill; but always did he retain his nondescript aspect of a man not greatly over thirty or thirty-five. As decades mounted up, this singular quality began to excite wide notice; but Curwen always explained it by saying that he came of hardy forefathers, and practiced a simplicity of living which did not wear him our. How such simplicity could be reconciled with the inexplicable comings and goings of the secretive merchant, and with the queer gleaming of his windows at all hours of night, was not very clear to the townsfolk; and they were prone to assign other reasons for his continued youth and longevity. It was held, for the most part, that Curwen's incessant mixings and boilings of chemicals had much to do with his condition. Gossip spoke of the strange substances he brought from London and the Indies on his ships or purchased in Newport, Boston, and New York; and when old Dr. Jabez Bowen came from Rehoboth and opened his apothecary shop across the Great Bridge at the Sign of the Unicorn and Mortar, there was ceaseless talk of the drugs, acids, and metals that the taciturn recluse incessantly bought or ordered from him. Acting on the assumption

PARTE II — UN ANTECEDENTE Y UN HORROR

CAPÍTULO 1

Joseph Curwen, tal y como revelan las farragosas leyendas plasmadas en lo que Ward oyó y desenterró, era un individuo asombroso, enigmático y oscuramente horrible. Había huido de Salem a Providence —ese refugio universal de los raros, los libres y los disidentes— al principio del gran pánico por la brujería; temía ser acusado por sus costumbres solitarias y sus extraños experimentos químicos o alquímicos. Era un hombre de aspecto incoloro de unos treinta años, y pronto se le consideró cualificado para convertirse en hombre libre de Providence; a partir de entonces compró un terreno para su casa justo al norte de la de Gregory Dexter, más o menos al pie de Olney Street. Construyó su casa en Stampers' Hill, al oeste de Town Street, en lo que más tarde se convertiría en Olney Court; y en 1761 la sustituyó por otra más grande, en el mismo emplazamiento, que sigue en pie.

Ahora bien, lo primero que resulta extraño de Joseph Curwen es que no parecía envejecer mucho más respecto a su llegada. Se dedicó a empresas navieras, compró muelles cerca de Mile-End Cove, ayudó a reconstruir el Gran Puente en 1713 y en 1723 fue uno de los fundadores de la Iglesia Congregacionalista de la colina; pero siempre conservó su aspecto anodino de hombre que no pasaba mucho de los treinta o treinta y cinco años. A medida que pasaban las décadas, esta singular cualidad empezó a llamar la atención; pero Curwen siempre la explicaba diciendo que procedía de antepasados robustos y que practicaba una sencillez de vida que no le desgastaba. Cómo podía conciliarse tal sencillez con las inexplicables idas y venidas del reservado comerciante, y con el extraño resplandor de sus ventanas a todas horas de la noche, no estaba muy claro para la gente del pueblo; y eran propensos a asignar otras razones a su continua juventud y longevidad. Se sostenía, en su mayoría, que las incesantes mezclas y ebulliciones de productos químicos de Curwen tenían mucho que ver con su estado. Las habladurías versaban sobre las extrañas sustancias que traía de Londres y las Indias en sus barcos o que compraba en Newport, Boston y Nueva York; y cuando el viejo Dr. Jabez Bowen llegó de Rehoboth y abrió su botica al otro lado del Gran Puente, junto a *El Unicornio y el mortero*, se habló incesantemente de las drogas, ácidos y metales que el taciturno recluso le compraba o encargaba sin cesar. Actuando bajo la suposición de que

that Curwen possessed a wondrous and secret medical skill, many sufferers of various sorts applied to him for aid; but though he appeared to encourage their belief in a non-committal way, and always gave them odd-colored potions in response to their requests, it was observed that his ministrations to others seldom proved of benefit. At length, when over fifty years had passed since the stranger's advent, and without producing more than five years' apparent change in his face and physique, the people began to whisper more darkly; and to meet more than half way that desire for isolation which he had always shown.

Private letters and diaries of the period reveal, too, a multitude of other reasons why Joseph Curwen was marvelled at, feared, and finally shunned like a plague. His passion for graveyards, in which he was glimpsed at all hours, and under all conditions, was notorious; though no one had witnessed any deed on his part which could actually be termed ghoulish. On the Pawtuxet Road he had a farm, at which he generally lived during the summer, and to which he would frequently be seen riding at various odd times of the day or night. Here his only visible servants, farmers, and caretakers were a sullen pair of aged Narragansett Indians; the husband dumb and curiously scarred, and the wife of a very repulsive cast of countenance, probably due to a mixture of negro blood. In the lead-to of this house was the laboratory where most of the chemical experiments were conducted. Curious porters and teamers who delivered bottles, bags, or boxes at the small read door would exchange accounts of the fantastic flasks, crucibles, alembics, and furnaces they saw in the low shelved room; and prophesied in whispers that the close-mouthed "chymist"—by which they meant *alchemist*—would not be long in finding the Philosopher's Stone. The nearest neighbors to this farm—the Fenners, a quarter of a mile away—had still queerer things to tell of certain sounds which they insisted came from the Curwen place in the night. There were cries, they said, and sustained howlings; and they did not like the large numbers of livestock which thronged the pastures, for no such amount was needed to keep a lone old man and a very few servants in meat, milk, and wool. The identity of the stock seemed to change from week to week as new droves were purchased from the Kingstown farmers. Then, too, there was something very obnoxious about a certain great stone outbuilding with only high narrow slits for windows.

Curwen poseía una maravillosa y secreta habilidad médica, muchos enfermos de diversa índole solicitaron su ayuda; pero aunque él parecía alentar su creencia de forma poco comprometida, y siempre les daba pociones de colores extraños en respuesta a sus peticiones, se observó que sus ministraciones a los demás rara vez resultaban beneficiosas. Por fin, cuando habían transcurrido más de cincuenta años desde la llegada del forastero, y sin que se produjera un cambio aparente de más de cinco años en su rostro y su físico, la gente empezó a murmurar más oscuramente; y a respetar ese deseo de aislamiento que él siempre había mostrado.

Las cartas privadas y los diarios de la época revelan, además, una multitud de otras razones por las que Joseph Curwen era objeto de admiración, temido y, finalmente, rechazado como una plaga. Su pasión por los cementerios, en los que se le vislumbraba a todas horas y bajo cualquier condición, era notoria; aunque nadie había presenciado ningún acto por su parte que pudiera calificarse realmente de macabro. En la carretera de Pawtuxet tenía una granja, en la que vivía generalmente durante el verano, y a la que se le veía con frecuencia cabalgando a diversas horas extrañas del día o de la noche. Aquí sus únicos sirvientes, granjeros y cuidadores visibles eran una hosca pareja de ancianos indios narragansett; el marido mudo y con curiosas cicatrices, y la esposa de un semblante muy repulsivo, probablemente debido a una mezcla de sangre negra. En la entrada de esta casa estaba el laboratorio donde se realizaban la mayoría de los experimentos químicos. Los curiosos porteros y mozos de cuadrilla que entregaban botellas, bolsas o cajas en la pequeña puerta de lectura intercambiaban relatos sobre los fantásticos matraces, crisoles, alambiques y hornos que veían en la sala de estanterías bajas; y profetizaban en susurros que el misántropo «quimista» —con lo que querían decir *alquimista*— no tardaría en encontrar la piedra filosofal. Los vecinos más próximos a esta granja —los Fenner, a un cuarto de milla de distancia— tenían cosas aún más extrañas que contar sobre ciertos sonidos que, insistían, procedían del lugar donde estaban los Curwen, por la noche. Había gritos, decían, y aullidos sostenidos; y no les gustaba la gran cantidad de ganado que abarrotaba los pastos, pues no se necesitaba tal cantidad para mantener a un anciano solitario y a unos pocos criados con carne, leche y lana. La identidad del ganado parecía cambiar de una semana a otra a medida que se compraban nuevos rebaños a los granjeros de Kingstown. Además, había algo muy detestable en cierta gran dependencia hecha de piedra que sólo tenía

Great Bridge idlers likewise had much to say of Curwen's town house in Olney Court; not so much the fine new one built in 1761, when the man must have been nearly a century old, but the first low gambrel-roofed one with the windowless attic and shingled sides, whose timbers he took the peculiar precaution of burning after its demolition. Here there was less mystery, it is true; but the hours at which lights were seen, the secretiveness of the two swarthy foreigners who comprised the only menservants, the hideous indistinct mumbling of the incredibly aged French housekeeper, the large amounts of food seen to enter a door within which only four persons lived, and the *quality* of certain voices often heard in muffled conversation at highly unseasonable times, all combined with what was known of the Pawtuxet farm to give the place a bad name.

In choicer circles, too, the Curwen home was by no means undiscussed; for as the newcomer had gradually worked into the church and trading life of the town, he had naturally made acquaintances of the better sort, whose company and conversation he was well fitted by education to enjoy. His birth was known to be good, since the Curwens or Corwins of Salem needed no introduction in New England. It developed that Joseph Curwen had traveled much in very early life, living for a time in England and making at least two voyages to the Orient; and his speech, when he deigned to use it, was that of a learned and cultivated Englishman. But for some reason or other Curwen did not care for society. Whilst never actually rebuffing a visitor, he always reared such a wall of reserve that few could think of anything to say to him which would not sound inane.

There seemed to lurk in his bearing some cryptic, sardonic arrogance, as if he had come to find all human beings dull though having moved among stranger and more potent entities. When Dr. Checkley the famous wit came from Boston in 1738 to be rector of King's Church, he did not neglect calling on one of whom he soon heard so much; but left in a very short while because of some sinister undercurrent he detected in his host's discourse. Charles Ward told his father, when they discussed Curwen one winter evening, that he would

altas y estrechas rendijas como ventanas.

Los ociosos del Gran Puente también tenían mucho que decir de la casa de Curwen en Olney Court; no tanto de la nueva y elegante construida en 1761, cuando el hombre debía de tener casi un siglo, sino de la primera, baja y con tejado de dos aguas, con el desván sin ventanas y los laterales cubiertos de tejas, cuyos maderos tuvo la peculiar precaución de quemar tras su demolición. Aquí había menos misterio, es cierto; pero las horas a las que se veían luces, el secretismo de los dos extranjeros morenos que eran los únicos criados, el horrible murmullo indistinto de la increíblemente anciana ama de llaves francesa, las grandes cantidades de comida que se veía entrar por una puerta en la que sólo vivían cuatro personas y la *calidad* de ciertas voces que se oían a menudo en conversaciones apagadas a horas muy intempestivas, todo ello se combinaba con lo que se sabía de la granja Pawtuxet para dar mala fama al lugar.

También en los círculos más selectos no se hablaba en absoluto de la casa de los Curwen, pues a medida que el recién llegado se había ido incorporando a la vida eclesiástica y comercial de la ciudad, había hecho naturalmente amistades de la mejor clase, de cuya compañía y conversación estaba en su justo derecho, por su educación, disfrutar. Se sabía que su nacimiento era bueno, ya que los Curwens o Corwins de Salem no necesitaban presentación en Nueva Inglaterra. Se supo que Joseph Curwen había viajado mucho en sus primeros años de vida, viviendo durante un tiempo en Inglaterra y realizando al menos dos viajes a Oriente; y su habla, cuando se dignaba a utilizarla, era la de un inglés culto y cultivado. Pero por una u otra razón a Curwen no le interesaba la sociedad. Aunque en realidad nunca rechazaba a un visitante, siempre levantaba tal muro de reserva que a pocos se les ocurría algo que decirle que no sonara inane.

Parecía acechar en su porte cierta arrogancia críptica y sardónica, como si hubiera llegado a encontrar aburridos a todos los seres humanos por haberse movido entre entidades más extrañas y potentes. Cuando el Dr. Checkley, famoso por su talento, vino de Boston en 1738 para ser rector de King's Church, no descuidó visitar a uno de quienes pronto oyó hablar tanto; pero se marchó al poco tiempo debido a algún trasfondo siniestro que detectó en el discurso de su anfitrión. Charles Ward le dijo a su padre, cuando hablaron de Curwen una tarde de in-

give much to learn what the mysterious old man had said to the sprightly cleric, but that all diarists agree concerning Dr. Checkley's reluctance to repeat anything he had heard. The good man had been hideously shocked, and could never recall Joseph Curwen without a visible loss of the gay urbanity for which he was famed.

More definite, however, was the reason why another man of taste and breeding avoided the haughty hermit. In 1746 Mr. John Merritt, an elderly English gentleman of literary and scientific leanings, came from Newport to the town which was so rapidly overtaking it in standing, and built a fine country seat on the Neck in what is now the heart of the best residence section. He lived in considerable style and comfort, keeping the first coach and liveried servants in town, and taking great pride in his telescope, his microscope, and his well-chosen library of English and Latin books. Hearing of Curwen as the owner of the best library in Providence, Mr. Merritt early paid him a call, and was more cordially received than most other callers at the house had been. His admiration for his host's ample shelves, which besides the Greek, Latin, and English classics were equipped with a remarkable battery of philosophical, mathematical, and scientific works including Paracelsus, Agricola, Van Helmont, Sylvius, Glauber, Boyle, Boerhaave, Becher, and Stahl, led Curwen to suggest a visit to the farmhouse and laboratory whither he had never invited anyone before; and the two drove out at once in Mr. Merritt's coach.

Mr. Merritt always confessed to seeing nothing really horrible at the farmhouse, but maintained that the titles of the books in the special library of thaumaturgical, alchemical, and theological subjects which Curwen kept in a front room were alone sufficient to inspire him with a lasting loathing. Perhaps, however, the facial expression of the owner in exhibiting them contributed much of the prejudice. This bizarre collection, besides a host of standard works which Mr. Merritt was not too alarmed to envy, embraced nearly all the cabalists, demonologists, and magicians known to man; and was a treasure-house of lore in the doubtful realms of alchemy and astrology. Hermes Trismegistus in Mesnard's edition, the *Turba Philosophorum*, Geber's *Liber Investigationis*, and Artephius's *Key of Wisdom* all were there; with the cabalistic *Zohar*, Peter Jammy's set of Albertus Mag-

vierno, que daría lo que fuera por saber lo que el misterioso anciano le había dicho al vivaracho clérigo, pero que todos los diaristas coinciden en la reticencia del Dr. Checkley a repetir nada de lo que había oído. El buen hombre había quedado horrorosamente conmocionado, y nunca pudo recordar a Joseph Curwen sin una visible pérdida de la alegre urbanidad por la que era famoso.

Más definitiva, sin embargo, fue la razón por la que otro hombre de gusto y alcurnia evitó al altivo ermitaño. En 1746, Mr. John Merritt, un anciano caballero inglés de inclinaciones literarias y científicas, llegó desde Newport a la ciudad que tan rápidamente la estaba superando en categoría, y construyó una bonita casa de campo en el Neck, en lo que hoy es el corazón de la mejor sección residencial. Vivía con bastante estilo y comodidad, poseía el primer carruaje y los primeros sirvientes con librea de la ciudad, y se enorgullecía de su telescopio, su microscopio y su bien seleccionada biblioteca de libros ingleses y latinos. Al oír hablar de Curwen como propietario de la mejor biblioteca de Providence, Mr. Merritt no tardó en hacerle una visita, y fue recibido más cordialmente de lo que lo habían sido la mayoría de los demás visitantes de la casa. Su admiración por las amplias estanterías de su anfitrión, que además de los clásicos griegos, latinos e ingleses estaban equipadas con una notable colección de obras filosóficas, matemáticas y científicas, entre las que se encontraban Paracelso, Agrícola, Van Helmont, Sylvius, Glauber, Boyle, Boerhaave, Becher y Stahl, llevó a Curwen a sugerirle una visita a la granja y al laboratorio, adonde nunca antes había invitado a nadie; y ambos partieron de inmediato en el carruaje de Mr. Merritt.

Mr. Merritt siempre confesó no haber visto nada realmente horrible en la granja, pero sostenía que los títulos de los libros de la biblioteca especial de temas taumatúrgicos, alquímicos y teológicos que Curwen guardaba en una habitación delantera eran por sí solos suficientes para inspirarle una aversión duradera. Quizá, sin embargo, la expresión facial del propietario al exhibirlos contribuyera en gran medida al prejuicio. Esta extraña colección, además de una multitud de obras estándar que Mr. Merritt no estaba lo suficientemente alarmado como para envidiar, abarcaba a casi todos los cabalistas, demonólogos y magos conocidos por el hombre; y era un tesoro de sabiduría en los dudosos reinos de la alquimia y la astrología. La *Turba Philosophorum* de Hermes Trismegistus en la edición de Mesnard, el *Liber Investigationis* de Geber y la *Clave de la Sabiduría* de Artephius se encontraban allí; con el cabalístico

nus, Raymond Lully's *Ars Magna et Ultima* in Zetsner's edition, Roger Bacon's *Thesaurus Chemicus*, Fludd's *Clavis Alchimiae*, and Trithemius's *De Lapide Philosophico* crowding them close. Medieval Jews and Arabs were represented in profusion, and Mr. Merritt turned pale when, upon taking down a fine volume conspicuously labeled as the *Qanoon-e-Islam*, he found it was in truth the forbidden *Necronomicon* of the mad Arab Abdul Alhazred, of which he had heard such monstrous things whispered some years previously after the exposure of nameless rites at the strange little fishing village of Kingsport, in the province of the Massachussetts-Bay.

But oddly enough, the worthy gentleman owned himself most impalpably disquieted by a mere minor detail. On the huge mahogany table there lay face downwards a badly worn copy of Borellus, bearing many cryptical marginalia and interlineations in Curwen's hand. The book was open at about its middle, and one paragraph displayed such thick and tremulous pen-strokes beneath the lines of mystic black-letter that the visitor could not resist scanning it through. Whether it was the nature of the passage underscored, or the feverish heaviness of the strokes which formed the underscoring, he could not tell; but something in that combination affected him very badly and very peculiarly. He recalled it to the end of his days, writing it down from memory in his diary and once trying to recite it to his close friend Dr. Checkley till he saw how greatly it disturbed the urbane rector. It read:

'The essential Saltes of Animals may be so prepared and preserved, that an ingenious Man may have the whole Ark of Noah in his own Studie, and raise the fine Shape of an Animal out of its Ashes at his Pleasure; and by the lyke Method from the essential Saltes of humane Dust, a Philosopher may, without any criminal Necromancy, call up the Shape of any dead Ancestour from the Dust whereinto his Bodie has been incinerated.'

It was near the docks along the southerly part of the Town Street, however, that the worst things were muttered about Joseph Curwen. Sailors are superstitious folk; and the seasoned salts who manned the infinite rum, slave, and molasses sloops, the rakish privateers, and the great brigs of the Browns, Crawfords, and Tillinghasts, all made strange furtive signs of protection when they saw the slim, de-

Zohar, la colección de Albertus Magnus de Peter Jammy, el *Ars Magna et Ultima* de Raymond Lully en la edición de Zetsner, el *Thesaurus Chemicus* de Roger Bacon, el *Clavis Alchimiae* de Fludd y el *De Lapide Philosophico* de Trithemius agolpándose. Judíos y árabes medievales estaban representados con profusión, y Mr. Merritt se puso pálido cuando, al descolgar un buen volumen rotulado llamativamente como el *Qanoon-e-Islam*, descubrió que en realidad era el *Necronomicón* prohibido del loco árabe Abdul Alhazred, del que había oído susurrar cosas tan monstruosas unos años antes tras la exposición de ritos sin nombre en el extraño pueblecito pesquero de Kingsport, en la provincia de la bahía de Massachussetts.

Pero, por extraño que parezca, el digno caballero se sentía inquieto por un detalle sin importancia. Sobre la enorme mesa de caoba yacía boca abajo un ejemplar muy desgastado de Borellus, con muchas marginalia crípticas y anotaciones marginales de puño y letra de Curwen. El libro estaba abierto más o menos por la mitad, y un párrafo mostraba unos trazos de pluma tan gruesos y temblorosos bajo las líneas de mística letra negra que el visitante no pudo resistirse a ojearlo. No sabía si era la naturaleza del pasaje subrayado o la pesadez febril de los trazos que formaban el subrayado, pero algo en aquella combinación le afectó terriblemente y de forma muy peculiar. Lo recordó hasta el final de sus días, escribiéndolo de memoria en su diario e intentando una vez recitárselo a su íntimo amigo, el Dr. Checkley, hasta que vio lo mucho que perturbaba al urbanita rector. Decía así:

«Las Sales esenciales de los Animales pueden prepararse y conservarse de tal modo que un Hombre ingenioso puede tener todo el Arca de Noé en su propio Estudio y hacer surgir la Forma de un Animal de sus Cenizas cuando le Plazca; y por el mismo Método, a partir de las Sales esenciales del Polvo humano, un Filósofo puede, sin ningún tipo de Nigromancia criminal, invocar la Forma de cualquier Antepasado muerto a partir del Polvo en el que se ha incinerado su Cuerpo».

Sin embargo, fue cerca de los muelles, en la parte sur de la calle de la ciudad, donde se murmuraron las peores cosas sobre Joseph Curwen. Los marineros son gente supersticiosa; y los avezados lobos de mar que tripulaban las infinitas balandras de ron, esclavos y melaza, los temerarios corsarios y los grandes bergantines de los Brown, los Crawford y los Tillinghast, todos hacían extraños signos furtivos de protección cuando

ceptively young-looking figure with its yellow hair and slight stoop entering the Curwen warehouse in Doubloon Street or talking with captains and supercargoes on the long quay where the Curwen ships rode restlessly. Curwen's own clerks and captains hated and feared him, and all his sailors were mongrel riff-raff from Martinique, St. Eustatius, Havana, or Port Royal. It was, in a way, the frequency with which these sailors were replaced which inspired the acutest and most tangible part of the fear in which the old man was held. A crew would be turned loose in the town on shore leave, some of its members perhaps charged with this errand or that; and when reassembled it would be almost sure to lack one or more men. That many of the errands had concerned the farm of Pawtuxet Road, and that few of the sailors had ever been seen to return from that place, was not forgotten; so that in time it became exceedingly difficult for Curwen to keep his oddly assorted hands. Almost invariably several would desert soon after hearing the gossip of the Providence wharves, and their replacement in the West Indies became an increasingly great problem to the merchant.

By 1760 Joseph Curwen was virtually an outcast, suspected of vague horrors and daemoniac alliances which seemed all the more menacing because they could not be named, understood, or even proved to exist. The last straw may have come from the affair of the missing soldiers in 1758, for in March and April of that year two Royal regiments on their way to New France were quartered in Providence, and depleted by an inexplicable process far beyond the average rate of desertion. Rumor dwelt on the frequency with which Curwen was wont to be seen talking with the red-coated strangers; and as several of them began to be missed, people thought of the odd conditions among his own seamen. What would have happened if the regiments had not been ordered on, no one can tell.

Meanwhile the merchant's worldly affairs were prospering. He had a virtual monopoly of the town's trade in saltpeter, black pepper, and cinnamon, and easily led any other one shipping establishment save the Browns in his importation of brassware, indigo, cotton, woolens, salt, rigging, iron, paper, and English goods of every kind. Such shopkeepers as James Green, at the Sign of the Elephant in Cheapside,

veían la figura esbelta y de aspecto engañosamente joven, con su pelo amarillento y su ligera inclinación, entrar en su almacén en Doubloon Street o hablar con los capitanes y contramaestres en el largo muelle donde los barcos de Curwen atracaban inquietos. Los propios empleados y capitanes de Curwen le odiaban y temían, y todos sus marineros eran gentuza mestiza de Martinica, San Eustaquio, La Habana o Port Royal. Era, en cierto modo, la frecuencia con la que se sustituía a estos marineros lo que inspiraba la parte más aguda y tangible del miedo que se tenía al viejo. Una tripulación bajaba a tierra con permiso y paseaba en la ciudad, con algunos de sus miembros quizá encargados de este o aquel recado, y cuando volvía a reunirse era casi seguro que le faltaban uno o más hombres. No se había olvidado que muchos de los recados habían tenido que ver con la granja de Pawtuxet Road, y que a pocos de los marineros se les había visto regresar jamás de aquel lugar, de modo que con el tiempo a Curwen le resultó sumamente difícil mantener sus extrañamente surtidas manos. Casi invariablemente, varios desertaban poco después de oír los cotilleos de los muelles de Providence, y su sustitución en las Indias Occidentales se convirtió en un problema cada vez mayor para el comerciante.

Hacia 1760 Joseph Curwen era prácticamente un paria, sospechoso de horrores imprecisos y alianzas demoníacas que parecían tanto más amenazadoras dado que que no se podía nombrarlas, comprenderlas o incluso demostrar que existían. La gota que colmó el vaso pudo venir del asunto de los soldados desaparecidos en 1758, pues en marzo y abril de ese año dos regimientos reales que se dirigían a Nueva Francia fueron acuartelados en Providence y mermados por un proceso inexplicable muy superior a la tasa media de deserción. Se rumoreaba sobre la frecuencia con la que se solía ver a Curwen hablando con los forasteros de capa roja; y cuando se empezó a echar de menos a varios de ellos, la gente pensó en las extrañas condiciones que se daban entre sus propios marineros. Nadie puede decir qué habría ocurrido si no se hubiera ordenado el embarque de los regimientos.

Mientras tanto, los asuntos mundanos del comerciante prosperaban. Tenía prácticamente el monopolio del comercio de salitre, pimienta negra y canela de la ciudad, y aventajaba fácilmente a cualquier otro establecimiento naviero, salvo a los Brown, en la importación de artículos de latón, añil, algodón, lana, sal, jarcias, hierro, papel y artículos ingleses de todo tipo. Comerciantes como James Green, dueño de *El Ele-*

the Russells, at the Sign of the Golden Eagle across the Bridge, or Clark and Nightingale at the Frying-Pan and Fish near New Coffee-House, depended almost wholly upon him for their stock; and his arrangements with the local distillers, the Narragansett dairymen and horse-breeders, and the Newport candle-makers, made him one of the prime exporters of the Colony.

Ostracized though he was, he did not lack for civic spirit of a sort. When the Colony House burned down, he subscribed handsomely to the lotteries by which the new brick one—still standing at the head of its parade in the old main street—was built in 1761. In that same year, too, he helped rebuild the Great Bridge after the October gale. He replaced many of the books of the public library consumed in the Colony House fire, and bought heavily in the lottery that gave the muddy Market Parade and deep-rutted Town Street their pavement of great round stones with a brick footwalk or "causey" in the middle. About this time, also, he built the plain but excellent new house whose doorway is still such a triumph of carving. When the Whitefield adherents broke off from Dr. Cotton's hill church in 1743 and founded Deacon Snow's church across the Bridge, Curwen had gone with them; though his zeal and attendance soon abated. Now, however, he cultivated piety once more; as if to dispel the shadow which had thrown him into isolation and would soon begin to wreck his business fortunes if not sharply checked.

fante en Cheapside, los Russell, dueños de *El Águila Dorada* al otro lado del puente, o Clark y Nightingale en *La sartén y el pescado* cerca de New Coffee-House, dependían casi totalmente de él para sus existencias; y sus acuerdos con los destiladores locales, los lecheros y criadores de caballos narragansett y los fabricantes de velas de Newport, le convirtieron en uno de los principales exportadores de la Colonia.

Por muy marginado que estuviera, no le faltaba una especie de espíritu cívico. Cuando se incendió el Ayuntamiento, contribuyó generosamente con las rifas, por medio de las cuales se construyó en 1761 el nuevo edificio, de ladrillo, que sigue en pie a la cabeza de la antigua calle principal. Ese mismo año, también, ayudó a reconstruir el Gran Puente tras el vendaval de octubre. Reemplazó muchos de los libros de la biblioteca pública consumidos en el incendio del Ayuntamiento, y compró grandes cantidades en la rifa que dio a la embarrada Market Parade y a la profundamente surcada Town Street su pavimento de grandes piedras redondas con una pasarela o «peatonal» de ladrillo en medio. También por esa época construyó la sencilla pero excelente casa nueva cuya puerta sigue siendo un triunfo de la talla. Cuando los seguidores de Whitefield se separaron de la iglesia de la colina del Dr. Cotton en 1743 y fundaron la iglesia del diácono Snow al otro lado del puente, Curwen se había ido con ellos; aunque su celo y asistencia pronto disminuyeron. Ahora, sin embargo, cultivaba la piedad una vez más; como si quisiera disipar la sombra que le había sumido en el aislamiento y que pronto empezaría a arruinar su fortuna empresarial si no se frenaba bruscamente.

CHAPTER 2

The sight of this strange, pallid man, hardly middle-aged in aspect yet certainly not less than a full century old, seeking at last to emerge from a cloud of fright and detestation too vague to pin down or analyze, was at once a pathetic, a dramatic, and a contemptible thing. Such is the power of wealth and of surface gestures, however, that there came indeed a slight abatement in the visible aversion displayed toward him; especially after the rapid disappearances of his sailors abruptly ceased. He must likewise have begun to practice an extreme care and secrecy in his graveyard expeditions, for he was never again caught at such wanderings; whilst the rumors of uncanny sounds and maneuvers at his Pawtuxet farm diminished in proportion. His rate of food consumption and cattle replacement remained abnormally high; but not until modern times, when Charles Ward examined a set of his accounts and invoices in the Shepley Library, did it occur to any person—save one embittered youth, perhaps—to make dark comparisons between the large number of Guinea blacks he imported until 1766, and the disturbingly small number for whom he could produce bona fide bills of sale either to slave-dealers at the Great Bridge or to the planters of the Narragansett Country. Certainly, the cunning and ingenuity of this abhorred character were uncannily profound, once the necessity for their exercise had become impressed upon him.

But of course the effect of all this belated mending was necessarily slight. Curwen continued to be avoided and distrusted, as indeed the one fact of his continued air of youth at a great age would have been enough to warrant; and he could see that in the end his fortunes would be likely to suffer. His elaborate studies and experiments, whatever they may have been, apparently required a heavy income for their maintenance; and since a change of environment would deprive him of the trading advantages he had gained, it would not have profited him to begin anew in a different region just then. Judgment demanded that he patch up his relations with the townsfolk of Providence, so that his presence might no longer be a signal for hushed conversation, transparent excuses or errands elsewhere, and a general atmosphere of constraint and uneasiness. His clerks, being now reduced to the shiftless and impecunious residue whom no one else would employ, were giving him much worry; and he held

CAPÍTULO 2

La visión de este hombre extraño y pálido, de aspecto apenas de mediana edad pero ciertamente no menos de un siglo completo de edad, tratando por fin de emerger de una nube de espanto y aversión demasiado vaga para precisarla o analizarla, era a la vez algo patético, dramático y despreciable. Sin embargo, tal es el poder de la riqueza y de los gestos superficiales que, efectivamente, se produjo una ligera disminución de la visible animosidad que se mostraba hacia él, sobre todo después de que cesaran bruscamente las rápidas desapariciones de sus marineros. Asimismo, debió de empezar a practicar un cuidado y un secretismo extremos en sus expediciones a los cementerios, ya que nunca más fue sorprendido en tales andanzas; mientras que los rumores de sonidos y maniobras extrañas en su granja de Pawtuxet disminuyeron en proporción. Su tasa de consumo de alimentos y de reposición de ganado siguió siendo anormalmente alta; pero hasta los tiempos modernos, cuando Charles Ward examinó un conjunto de sus cuentas y facturas en la Biblioteca Shepley, a nadie se le ocurrió —salvo a un joven amargado, tal vez— hacer oscuras comparaciones entre el gran número de negros de Guinea que importó hasta 1766, y el número inquietantemente pequeño para el que pudo presentar facturas de venta de buena fe, ya fuera a traficantes de esclavos en el Gran Puente o a los plantadores del Condado de Narragansett.

Pero, por supuesto, el efecto de todo este remiendo tardío fue necesariamente escaso. Curwen seguía siendo evitado y objeto de desconfianza, como en realidad el solo hecho de su continuo aire de juventud a una edad avanzada habría bastado para justificar; y podía ver que al final su fortuna probablemente se resentiría. Sus elaborados estudios y experimentos, fuesen cuales fuesen, requerían al parecer unos cuantiosos ingresos para su mantenimiento; y puesto que un cambio de entorno le privaría de las ventajas comerciales que había obtenido, no le habría beneficiado empezar de nuevo en una región diferente justo en ese momento. El juicio le exigía que arreglara sus relaciones con la gente del pueblo de Providence, para que su presencia dejara de ser una señal para conversaciones en voz baja, excusas transparentes o recados en otra parte, y una atmósfera general de constricción e inquietud. Sus dependientes, reducidos ahora al residuo vago e insolvente que nadie más emplearía, le daban muchas preocupaciones; y se aferraba a sus capi-

to his sea-captains and mates only by shrewdness in gaining some kind of ascendancy over them—a mortgage, a promissory note, or a bit of information very pertinent to their welfare. In many cases, diarists have recorded with some awe, Curwen showed almost the power of a wizard in unearthing family secrets for questionable use. During the final five years of his life it seemed as though only direct talks with the long-dead could possibly have furnished some of the data which he had so glibly at his tongue's end.

About this time the crafty scholar hit upon a last desperate expedient to regain his footing in the community. Hitherto a complete hermit, he now determined to contract an advantageous marriage; securing as a bride some lady whose unquestioned position would make all ostracism of his home impossible. It may be that he also had deeper reasons for wishing an alliance; reasons so far outside the known cosmic sphere that only papers found a century and a half after his death caused anyone to suspect them; but of this nothing certain can ever be learned. Naturally he was aware of the horror and indignation with which any ordinary courtship of his would be received, hence he looked about for some likely candidate upon whose parents he might exert a suitable pressure. Such candidates, he found, were not at all easy to discover; since he had very particular requirements in the way of beauty, accomplishments, and social security. At length his survey narrowed down to the household of one of his best and oldest ship-captains, a widower of high birth and unblemished standing named Dutee Tillinghast, whose only daughter Eliza seemed dowered with every conceivable advantage save prospects as an heiress. Capt. Tillinghast was completely under the domination of Curwen; and consented, after a terrible interview in his cupolaed house on Power's Lane hill, to sanction the blasphemous alliance.

Eliza Tillinghast was at that time eighteen years of age, and had been reared as gently as the reduced circumstances of her father permitted. She had attended Stephen Jackson's school opposite the Court-House Parade; and had been diligently instructed by her mother, before the latter's death of smallpox in 1757, in all the arts and refinements of domestic life. A sampler of hers, worked in 1753 at the age of nine, may still be found in the rooms of the Rhode Island Historical Society. After her mother's death she had kept the

tanes de barco y a sus marineros sólo con astucia para conseguir algún tipo de ascendiente sobre ellos: una hipoteca, un pagaré o un poco de información muy pertinente para su bienestar. En muchos casos, según han registrado los diaristas con cierto asombro, Curwen mostraba casi el poder de un mago a la hora de desenterrar secretos familiares para un uso cuestionable. Durante los últimos cinco años de su vida parecía como si sólo las conversaciones directas con los difuntos hubieran podido proporcionarle algunos de los datos que tenía tan a la ligera.

Por aquel entonces, al astuto erudito se le ocurrió un último recurso desesperado para recuperar su posición en la comunidad. Hasta entonces un completo ermitaño, decidió ahora contraer un ventajoso matrimonio; asegurándose como novia a alguna dama cuya incuestionable posición hiciera imposible todo ostracismo de su hogar. Puede que también tuviera razones más profundas para desear una alianza; razones tan ajenas a la esfera cósmica conocida que sólo unos papeles encontrados siglo y medio después de su muerte hicieron sospechar de ellas; pero de esto nunca se podrá saber nada con certeza. Naturalmente, era consciente del horror y la indignación con que sería recibido cualquier cortejo ordinario suyo, de ahí que buscara a su alrededor alguna candidata probable sobre cuyos padres pudiera ejercer una presión adecuada. Descubrió que tales candidatas no eran nada fáciles de encontrar, ya que él tenía requisitos muy particulares en cuanto a belleza, logros y seguridad social. Al final, su encuesta se redujo al hogar de uno de sus mejores y más antiguos capitanes de barco, un viudo de alta cuna y posición intachable llamado Dutee Tillinghast, cuya única hija, Eliza, parecía dotada de todas las ventajas concebibles, salvo las de ser una buena heredera. El Capitán Tillinghast estaba completamente bajo el dominio de Curwen; y consintió, tras una terrible entrevista en su casa con cúpula de la colina de Power's Lane, en sancionar la blasfema alianza.

Eliza Tillinghast tenía por aquel entonces dieciocho años y había sido criada con tanta delicadeza como lo permitían las reducidas circunstancias de su padre. Había asistido a la escuela de Stephen Jackson, frente a Court-House Parade; y había sido instruida diligentemente por su madre, antes de la muerte de ésta a causa de la viruela en 1757, en todas las artes y refinamientos de la vida doméstica. Un muestrario suyo, realizado en 1753 a la edad de nueve años, aún puede encontrarse en las salas de la Sociedad Histórica de Rhode Island. Tras la muerte de su

house, aided only by one old black woman. Her arguments with her father concerning the proposed Curwen marriage must have been painful indeed; but of these we have no record. Certain it is that her engagement to young Ezra Weeden, second mate of the Crawford packet *Enterprise*, was dutifully broken off, and that her union with Joseph Curwen took place on the seventh of March, 1763, in the Baptist church, in the presence of the most distinguished assemblages which the town could boast; the ceremony being performed by the younger Samuel Winsor. The *Gazette* mentioned the event very briefly and in most surviving copies the item in question seems to be cut or torn out. Ward found a single intact copy after much search in the archives of a private collector of note, observing with amusement the meaningless urbanity of the language:

'Monday evening last, Mr. Joseph Curwen, of this Town, Merchant, was married to Miss Eliza Tillinghast, Daughter of Capt. Dutee Tillinghast, a young Lady who has real Merit, added to a beautiful Person, to grace the connubial State and perpetuate its Felicity.'

The collection of Durfee-Arnold letters, discovered by Charles Ward shortly before his first reputed madness in the private collection of Melville F. Peters, Esq., of George St., and covering this and a somewhat antecedent period, throws vivid light on the outrage done to public sentiment by this ill-assorted match. The social influence of the Tillinghasts, however, was not to be denied; and once more Joseph Curwen found his house frequented by persons whom he could never otherwise have induced to cross his threshold. His acceptance was by no means complete, and his bride was socially the sufferer through her forced venture; but at all events the wall of utter ostracism was somewhat torn down. In his treatment of his wife the strange bridegroom astonished both her and the community by displaying an extreme graciousness and consideration. The new house in Olney Court was now wholly free from disturbing manifestations, and although Curwen was much absent at the Pawtuxet farm which his wife never visited, he seemed more like a normal citizen than at any other time in his long years of residence. Only one person remained in open enmity with him, this being the youthful ship's officer whose engagement to Eliza Tillinghast had been so abruptly broken. Ezra Weeden had frankly vowed vengeance; and though of a

madre se había quedado al cuidado de la casa, ayudada únicamente por una anciana negra. Sus discusiones con su padre sobre el matrimonio propuesto con Curwen debieron de ser realmente dolorosas; pero de ellas no tenemos constancia. Es cierto que su compromiso con el joven Ezra Weeden, segundo oficial del barco *Enterprise* de Crawford, se rompió obedientemente, y que su unión con Joseph Curwen tuvo lugar el 7 de marzo de 1763 en la Iglesia Baptista, en presencia de las asambleas más distinguidas de las que podía presumir la ciudad; la ceremonia fue oficiada por el joven Samuel Winsor. La *Gazette* mencionó el acontecimiento muy brevemente y en la mayoría de los ejemplares conservados el artículo en cuestión parece estar cortado o arrancado. Ward encontró un único ejemplar intacto después de mucho buscar en los archivos de un notable coleccionista privado, observando con diversión la urbanidad sin sentido del lenguaje:

«El lunes pasado por la noche, Mr. Joseph Curwen, de esta Ciudad, Comerciante, se casó con Miss Eliza Tillinghast, Hija del Capitán Dutee Tillinghast, una joven Dama que tiene verdadero Mérito, sumado a una bella Persona, para adornar el Estado conyugal y perpetuar su Felicidad».

La colección de cartas de Durfee-Arnold, descubierta por Charles Ward poco antes de su primera supuesta locura en la colección privada de Melville F. Peters, Esq., de George St., y que abarca éste y un periodo algo anterior, arroja vívida luz sobre el ultraje hecho al sentimiento público por este mal avenido matrimonio. Sin embargo, no se podía negar la influencia social de los Tillinghast; y una vez más Joseph Curwen encontró su casa frecuentada por personas a las que de otro modo nunca habría podido inducir a cruzar su umbral. Su aceptación no fue ni mucho menos completa, y su novia fue socialmente la más perjudicada por su forzada aventura; pero en cualquier caso el muro de ostracismo absoluto fue derribado en cierta medida. En el trato que dispensó a su esposa, el extraño novio asombró tanto a ella como a la comunidad al hacer gala de una gentileza y una consideración extremas. La nueva casa de Olney Court estaba ahora totalmente libre de manifestaciones perturbadoras, y aunque Curwen estaba muy ausente en la granja de Pawtuxet que su esposa nunca visitaba, parecía más un ciudadano normal que en cualquier otro momento de sus largos años de residencia. Sólo una persona seguía enemistada abiertamente con él, se trataba del joven oficial de barco cuyo compromiso con Eliza Tillinghast se había roto tan bruscamente. Ezra Weeden había jurado con franqueza la ven-

quiet and ordinarily mild disposition, was now gaining a hate-bred, dogged purpose which boded no good to the usurping husband.

On the seventh of May, 1765, Curwen's only child Ann was born; and was christened by the Rev. John Graves of King's Church, of which both husband and wife had become communicants shortly after their marriage, in order to compromise between their respective Congregational and Baptist affiliations. The record of this birth, as well as that of the marriage two years before, was stricken from most copies of the church and town annals where it ought to appear; and Charles Ward located both with the greatest difficulty after his discover of the widow's change of name had apprised him of his own relationship, and engendered the feverish interest which culminated in his madness. The birth entry, indeed, was found very curiously through correspondence with the heirs of the loyalist Dr. Graves, who had taken with him a duplicate set of records when he left his pastorate at the outbreak of the Revolution. Ward had tried this source because he knew that his great-great-grandmother Ann Tillinghast Potter had been an Episcopalian.

Shortly after the birth of his daughter, an event he seemed to welcome with a fervor greatly out of keeping with his usual coldness, Curwen resolved to sit for a portrait. This he had painted by a very gifted Scotsman named Cosmo Alexander, then a resident of Newport, and since famous as the early teacher of Gilbert Stuart. The likeness was said to have been executed on a wall-panel of the library of the house in Olney Court, but neither of the two old diaries mentioning it gave any hint of its ultimate disposition. At this period the erratic scholar showed signs of unusual abstraction, and spent as much time as he possibly could at his farm on the Pawtuxet Road. He seemed, as was stated, in a condition of suppressed excitement or suspense; as if expecting some phenomenal thing or on the brink of some strange discovery. Chemistry or alchemy would appear to have played a great part, for he took from his house to the farm the greater number of his volumes on that subject.

His affectation of civic interest did not diminish, and he lost no opportunities for helping such leaders as Stephen Hopkins, Joseph Brown, and Benjamin West in their efforts to raise the cultural tone

ganza; y aunque de carácter tranquilo y ordinariamente apacible, estaba adquiriendo ahora un propósito, con obstinación y lleno de odio, que no presagiaba nada bueno para el marido usurpador.

El 7 de mayo de 1765 nació Ann, la única hija de Curwen, y fue bautizada por el Reverendo John Graves de la Iglesia del Rey, de la que tanto el marido como la mujer se habían hecho comulgantes poco después de casarse, con el fin de llegar a un compromiso entre sus respectivas afiliaciones congregacionalista y baptista. El registro de este nacimiento, así como el del matrimonio dos años antes, fue borrado de la mayoría de las copias de los anales de la iglesia y de la ciudad donde debería aparecer; y Charles Ward localizó ambos con la mayor dificultad después de que el descubrimiento del cambio de nombre de la viuda le hubiera informado de su propio parentesco y engendrado el febril interés que culminó en su locura. El acta de nacimiento, de hecho, se encontró muy curiosamente a través de la correspondencia con los herederos del loyalista Dr. Graves, que se había llevado consigo un duplicado de los registros cuando abandonó su pastorado al estallar la Revolución. Ward había intentado esta fuente porque sabía que su tatarabuela Ann Tillinghast Potter había sido episcopalista.

Poco después del nacimiento de su hija, acontecimiento que pareció acoger con un fervor muy poco acorde con su frialdad habitual, Curwen resolvió hacerse un retrato. Éste lo mandó pintar a un escocés muy dotado llamado Cosmo Alexander, entonces residente en Newport, y desde entonces famoso por ser el temprano maestro de Gilbert Stuart. Se dice que el retrato fue ejecutado en un panel de la pared de la biblioteca de la casa de Olney Court, pero ninguno de los dos diarios antiguos que lo mencionan da ninguna pista sobre su destino final. En este periodo, el errático erudito mostró signos de una abstracción inusual y pasó todo el tiempo que pudo en su granja en Pawtuxet Road. Parecía, como se ha dicho, en un estado de excitación o *suspense* reprimidos; como si esperara algo fenomenal o estuviera al borde de algún descubrimiento extraño. La química o la alquimia parecen haber desempeñado un gran papel, ya que se llevó de su casa a la granja la mayor parte de sus volúmenes sobre ese tema.

Su afectación de interés cívico no disminuyó, y no perdió ninguna oportunidad de ayudar a líderes como Stephen Hopkins, Joseph Brown y Benjamin West en sus esfuerzos por elevar el tono cultural de la ciu-

of the town, which was then much below the level of Newport in its patronage of the liberal arts. He had helped Daniel Jenckes found his bookshop in 1763, and was thereafter his best customer; extending aid likewise to the struggling *Gazette* that appeared each Wednesday at the Sign of Shakespeare's Head. In politics he ardently supported Governor Hopkins against the Ward party whose prime strength was in Newport, and his really eloquent speech at Hacher's Hall in 1765 against the setting off of North Providence as a separate town with a pro-Ward vote in the General Assembly did more than any other thing to wear down the prejudice against him. But Ezra Weeden, who watched him closely, sneered cynically at all this outward activity; and freely swore it was no more than a mask for some nameless traffic with the blackest gulfs of Tartarus. The revengeful youth began a systematic study of the man and his doings whenever he was in port; spending hours at night by the wharves with a dory in readiness when he saw lights in the Curwen warehouses, and following the small boat which would sometimes steal quietly off and down the bay. He also kept as close a watch as possible on the Pawtuxet farm, and was once severely bitten by the dogs the old Indian couple loosed upon him.

dad, que entonces estaba muy por debajo del nivel de Newport en su mecenazgo de las artes liberales. Había ayudado a Daniel Jenckes a fundar su librería en 1763, y fue a partir de entonces su mejor cliente; extendiendo su ayuda igualmente a la esforzada *Gazette* que aparecía cada miércoles en *La cabeza de Shakespeare*. En política apoyó ardientemente al Gobernador Hopkins contra el partido de Ward, cuya principal fuerza estaba en Newport, y su discurso realmente elocuente en Hacher's Hall en 1765 contra el establecimiento de North Providence como una ciudad separada con un voto a favor de Ward en la Asamblea General hizo más que cualquier otra cosa para desgastar los prejuicios contra él. Pero Ezra Weeden, que le observaba de cerca, se mofaba cínicamente de toda esta actividad exterior; y juraba libremente que no era más que una máscara para algún tráfico sin nombre en los más negros abismos del Tártaro. El joven vengativo comenzó un estudio sistemático del hombre y de sus actos siempre que estaba en el puerto; pasaba horas por la noche junto a los muelles con un bote preparado cuando veía luces en los almacenes de Curwen, y seguía el pequeño bote que a veces se escabullía tranquilamente por la bahía. También vigilaba lo más de cerca posible la granja de Pawtuxet, y una vez fue mordido gravemente por los perros que la vieja pareja de indios le soltó.

CHAPTER 3

In 1766 came the final change in Joseph Curwen. It was very sudden, and gained wide notice amongst the curious townsfolk; for the air of suspense and expectancy dropped like an old cloak, giving instant place to an ill-concealed exaltation of perfect triumph. Curwen seemed to have difficulty in restraining himself from public harangues on what he had found or learned or made; but apparently the need of secrecy was greater than the longing to share his rejoicing, for no explanation was ever offered by him. It was after this transition, which appears to have come early in July, that the sinister scholar began to astonish people by his possession of information which only their long-dead ancestors would seem to be able to impart.

But Curwen's feverish secret activities by no means ceased with this change. On the contrary, they tended rather to increase; so that more and more of his shipping business was handled by the captains whom he now bound to him by ties of fear as potent as those of bankruptcy had been. He altogether abandoned the slave trade, alleging that its profits were constantly decreasing. Every possible moment was spent at the Pawtuxet farm; although there were rumors now and then of his presence in places which, though not actually near graveyards, were yet so situated in relation to graveyards that thoughtful people wondered just how thorough the old merchant's change of habits really was. Ezra Weeden, though his periods of espionage were necessarily brief and intermittent on account of his sea voyaging, had a vindictive persistence which the bulk of the practical townsfolk and farmers lacked; and subjected Curwen's affairs to a scrutiny such as they had never had before.

Many of the odd maneuvers of the strange merchant's vessels had been taken for granted on account of the unrest of the times, when every colonist seemed determined to resist the provisions of the Sugar Act which hampered a prominent traffic. Smuggling and evasion were the rule in Narragansett Bay, and nocturnal landings of illicit cargoes were continuous commonplaces. But Weeden, night after night following the lighters or small sloops which he saw steal off from the Curwen warehouses at the Town Street docks, soon felt

CAPÍTULO 3

En 1766 se produjo el cambio definitivo en Joseph Curwen. Fue muy repentino, y obtuvo una amplia repercusión entre la curiosa gente de la ciudad; pues el aire de *suspense* y expectación cayó como un viejo manto, dando paso al instante a una mal disimulada exaltación de perfecto triunfo. Curwen parecía tener dificultades para contenerse en sus arengas públicas sobre lo que había encontrado o aprendido o fabricado; pero al parecer la necesidad de guardar el secreto era mayor que el deseo de compartir su regocijo, pues nunca ofreció ninguna explicación. Fue después de esta transición, que parece haber tenido lugar a principios de julio, cuando el siniestro erudito comenzó a asombrar a la gente por su posesión de información que sólo sus antepasados muertos hace mucho tiempo parecían capaces de impartir.

Pero las febriles actividades secretas de Curwen no cesaron en absoluto con este cambio. Al contrario, más bien tendieron a aumentar; de modo que cada vez más sus negocios navieros eran manejados por los capitanes a los que ahora unía a él por lazos de miedo tan potentes como lo habían sido los de la bancarrota. Abandonó por completo el comercio de esclavos, alegando que sus beneficios disminuían constantemente. Pasaba todos los momentos posibles en la granja de Pawtuxet; aunque de vez en cuando corrían rumores de su presencia en lugares que, aunque no estaban realmente cerca de los cementerios, sí estaban tan situados en relación con ellos que la gente propensa a cavilar se preguntaba hasta qué punto era realmente profundo el cambio de hábitos del viejo comerciante. Ezra Weeden, aunque sus periodos de espionaje eran necesariamente breves e intermitentes a causa de sus viajes por mar, tenía una persistencia vengativa de la que carecía el grueso de los pueblerinos y granjeros prácticos; y sometió los asuntos de Curwen a un escrutinio que nunca antes habían sufrido.

Muchas de las extrañas maniobras de los extraños barcos mercantes se habían dado por descontadas debido a la agitación de la época, en la que todos los colonos parecían decididos a resistirse a las disposiciones de la Ley del Azúcar que obstaculizaban un tráfico prominente. El contrabando y la evasión eran la norma en la bahía de Narragansett, y los desembarcos nocturnos de cargamentos ilícitos eran continuos lugares comunes. Pero Weeden, noche tras noche siguiendo a las lanchas o pequeñas balandras que veía alejarse de los almacenes Curwen en los

assured that it was not merely His Majesty's armed ships which the sinister skulker was anxious to avoid. Prior to the change in 1766 these boats had for the most part contained chained negroes, who were carried down and across the bay and landed at an obscure point on the shore just north of Pawtuxet; being afterward driven up the bluff and across country to the Curwen farm, where they were locked in that enormous stone outbuilding which had only five high narrow slits for windows. After that change, however, the whole program was altered. Importation of slaves ceased at once, and for a time Curwen abandoned his midnight sailings. Then, about the spring of 1767, a new policy appeared. Once more the lighters grew wont to put out from the black, silent docks, and this time they would go down the bay some distance, perhaps as far as Namquit Point, where they would meet and receive cargo from strange ships of considerable size and widely varied appearance. Curwen's sailors would then deposit this cargo at the usual point on the shore, and transport it overland to the farm; locking it in the same cryptical stone building which had formerly received the negroes. The cargo consisted almost wholly of boxes and cases, of which a large proportion were oblong and heavy and disturbingly suggestive of coffins.

Weeden always watched the farm with unremitting assiduity; visiting it each night for long periods, and seldom letting a week go by without a sight except when the ground bore a footprint-revealing snow. Even then he would often walk as close as possible in the traveled road or on the ice of the neighboring river to see what tracks others might have left. Finding his own vigils interrupted by nautical duties, he hired a tavern companion named Eleazar Smith to continue the survey during his absence; and between them the two could have set in motion some extraordinary rumors. That they did not do so was only because they knew the effect of publicity would be to warn their quarry and make further progress impossible. Instead, they wished to learn something definite before taking any action. What they did learn must have been startling indeed, and Charles Ward spoke many times to his parents of his regret at Weeden's later burning of his notebooks. All that can be told of their discoveries is what Eleazar Smith jotted down in a non too coherent diary, and what other diarists and letter-writers have timidly repeated from

muelles de Town Street, pronto se sintió seguro de que no eran sólo los barcos armados de Su Majestad lo que el siniestro merodeador estaba ansioso por evitar. Antes del cambio de 1766, estos barcos contenían en su mayor parte negros encadenados, que eran transportados a través de la bahía y desembarcados en un oscuro punto de la costa, justo al norte de Pawtuxet, después eran conducidos por el acantilado y a través del campo, hasta la granja Curwen, donde eran encerrados en esa enorme dependencia de piedra que sólo tenía cinco estrechas rendijas altas como ventanas. Después de ese cambio, sin embargo, todo el programa se alteró. La importación de esclavos cesó de inmediato y durante un tiempo Curwen abandonó sus salidas a medianoche. Entonces, hacia la primavera de 1767, apareció una nueva política. Una vez más, los cargueros empezaron a zarpar de los negros y silenciosos muelles, y esta vez recorrían cierta distancia por la bahía, quizá hasta Namquit Point, donde se encontraban y recibían cargamentos de extraños barcos de tamaño considerable y aspecto muy variado. Los marineros de Curwen depositaban entonces este cargamento en el punto habitual de la orilla y lo transportaban por tierra hasta la granja, encerrándolo en el mismo edificio críptico de piedra que antes había recibido a los negros. La carga consistía casi en su totalidad en cajas y estuches, de los cuales una gran proporción eran oblongos y pesados y sugerían inquietantemente la forma de ataúdes.

Weeden siempre vigiló la granja con una asiduidad infatigable; la visitaba cada noche durante largos periodos y rara vez dejaba pasar una semana sin verla, excepto cuando el suelo dejaba una huella de nieve reveladora. Incluso entonces caminaba a menudo lo más cerca posible del camino transitado o sobre el hielo del río vecino para ver qué huellas podían haber dejado otros. Al ver interrumpidas sus vigilias por deberes náuticos, contrató a un compañero de taberna llamado Eleazar Smith para que continuara la prospección durante su ausencia; y entre los dos podrían haber puesto en marcha algunos rumores extraordinarios. Que no lo hicieran fue sólo porque sabían que el efecto de la publicidad sería alertar a su presa e imposibilitar nuevos avances. En lugar de eso, deseaban aprender algo definitivo antes de emprender cualquier acción. Lo que aprendieron debió de ser realmente asombroso, y Charles Ward habló muchas veces a sus padres de su pesar por la posterior quema de sus cuadernos por parte de Weeden. Todo lo que se puede contar de sus descubrimientos es lo que Eleazar Smith anotó en un diario no demasiado coherente, y lo que otros diaristas y escritores de cartas han

the statements which they finally made—and according to which the farm was only the outer shell of some vast and revolting menace, of a scope and depth too profound and intangible for more than shadowy comprehension.

It is gathered that Weeden and Smith became early convinced that a great series of tunnels and catacombs, inhabited by a very sizeable staff of persons besides the old Indian and his wife, underlay the farm. The house was an old peaked relic of the middle seventeenth century with enormous stack chimney and diamond-paned lattice windows, the laboratory being in a lean-to toward the north, where the roof came nearly to the ground. This building stood clear of any other; yet judging by the different voices heard at odd times within, it must have been accessible through secret passages beneath. These voices, before 1766, were mere mumblings and negro whisperings and frenzied screams, coupled with curious chants or invocations. After that date, however, they assumed a very singular and terrible cast as they ran the gamut betwixt dronings of dull acquiescence and explosions of frantic pain or fury, rumblings of conversations and whines of entreaty, pantings of eagerness and shouts of protest. They appeared to be in different languages, all known to Curwen, whose rasping accents were frequently distinguishable in reply, reproof, or threatening. Sometimes it seemed that several persons must be in the house; Curwen, certain captives, and the guards of those captives. There were voices of a sort that neither Weeden nor Smith had ever heard before despite their wide knowledge of foreign parts, and many that they did seem to place as belonging to this or that nationality. The nature of the conversations seemed always a kind of catechism, as if Curwen were extorting some sort of information from terrified or rebellious prisoners.

Weeden had many verbatim reports of overheard scraps in his notebook, for English, French, and Spanish, which he knew, were frequently used; but of these nothing has survived. He did, however, say that besides a few ghoulish dialogues in which the past affairs of Providence families were concerned, most of the questions and answers he could understand were historical or scientific; occasionally pertaining to very remote places and ages. Once, for example, an alternately raging and sullen figure was questioned in French about the Black Prince's massacre at Limoges in 1370, as if there were some

repetido tímidamente a partir de las declaraciones que finalmente hicieron, y según las cuales la granja era sólo la cáscara exterior de alguna vasta y repugnante amenaza, de un alcance y profundidad demasiado profundos e intangibles para una comprensión más que velada.

Se deduce que Weeden y Smith se convencieron pronto de que bajo la granja había una gran serie de túneles y catacumbas, habitados por un número muy considerable de personas además del viejo indio y su esposa. La casa era una vieja reliquia de mediados del siglo XVII con una enorme chimenea apilada y ventanas de celosía con cristales de diamante; el laboratorio se ubicaba en un cobertizo hacia el norte, donde el tejado llegaba casi hasta el suelo. Este edificio estaba alejado de cualquier otro; sin embargo, a juzgar por las diferentes voces que se oían en momentos inusitados en su interior, debía de ser accesible a través de pasadizos secretos situados por debajo. Estas voces, antes de 1766, eran meros murmullos y susurros oscuros y gritos frenéticos, acompañados de curiosos cánticos o invocaciones. Después de esa fecha, sin embargo, asumieron un matiz muy singular y terrible, ya que oscilaban entre zumbidos de aburrida aquiescencia y explosiones de frenético dolor o furia, retumbos de conversaciones y quejidos de súplica, jadeos de ansia y gritos de protesta. Parecían estar en diferentes idiomas, todos conocidos por Curwen, cuyos ásperos acentos se distinguían con frecuencia al responder, reprender o amenazar. A veces parecía que había varias personas en la casa; Curwen, ciertos cautivos y los guardias de esos cautivos. Había voces de cierta clase que ni Weeden ni Smith habían oído nunca a pesar de su amplio conocimiento del extranjero, y muchas que sí parecían situar como pertenecientes a tal o cual nacionalidad. La naturaleza de las conversaciones parecía siempre una especie de catecismo, como si Curwen estuviera extorsionando algún tipo de información a prisioneros aterrorizados o rebeldes.

Weeden tenía en su cuaderno muchos informes literales de conversaciones escuchadas, ya que el inglés, el francés y el español, que él conocía, se utilizaban con frecuencia; pero de éstos no ha sobrevivido nada. Sin embargo, dijo que, aparte de unos pocos diálogos macabros en los que se trataban los asuntos pasados de las familias de Providence, la mayoría de las preguntas y respuestas que pudo entender eran históricas o científicas; en ocasiones, relativas a lugares y épocas muy remotos. Una vez, por ejemplo, un personaje alternativamente furioso y hosco fue interrogado en francés sobre la masacre del Príncipe Negro

hidden reason which he ought to know. Curwen asked the prisoner—if prisoner he were— whether the order to slay was given because of the Sign of the Goat found on the altar in the ancient Roman crypt beneath the Cathedral, or whether the Dark Man of the Haute Vienne had spoken the Three Words. Failing to obtain replies, the inquisitor had seemingly resorted to extreme means; for there was a terrific shriek followed by silence and muttering and a bumping sound.

None of these colloquies was ever ocularly witnessed, since the windows were always heavily draped. Once, though, during a discourse in an unknown tongue, a shadow was seen on the curtain which startled Weeden exceedingly; reminding him of one of the puppets in a show he had seen in the autumn of 1764 in Hacher's Hall, when a man from Germantown, Pennsylvania, had given a clever mechanical spectacle advertised as

'A View of the Famous City of Jerusalem, in which are represented Jerusalem, the Temple of Solomon, his Royal Throne, the noted Towers, and Hills, likewise the Suffering of Our Saviour from the Garden of Gethsemane to the Cross on the Hill of Golgotha; an artful piece of Statuary, Worthy to be seen by the Curious.'

It was on this occasion that the listener, who had crept close to the window of the front room whence the speaking proceeded, gave a start which roused the old Indian pair and caused them to loose the dogs on him. After that no more conversations were ever heard in the house, and Weeden and Smith concluded that Curwen had transferred his field of action to regions below.

That such regions in truth existed, seemed amply clear from many things. Faint cries and groans unmistakably came up now and then from what appeared to be the solid earth in places far from any structure; whilst hidden in the bushes along the river-bank in the rear, where the high ground sloped steeply down to the valley of the Pawtuxet, there was found an arched oaken door in a frame of heavy masonry, which was obviously an entrance to caverns within the hill. When or how these catacombs could have been constructed, Weeden was unable to say; but he frequently pointed out how easily the place

en Limoges en 1370, como si hubiera alguna razón oculta que debiera conocer. Curwen preguntó al prisionero —si es que era prisionero— si la orden de matar se había dado a causa del Signo de la Cabra encontrado en el altar de la antigua cripta romana bajo la catedral, o si el Hombre Oscuro de la Haute Vienne había pronunciado las Tres Palabras. Al no obtener respuestas, el inquisidor había recurrido aparentemente a medios extremos, pues se oyó un chillido espantoso seguido de silencio y murmullos y un ruido de golpes.

Ninguno de estos coloquios fue nunca presenciado ocularmente, ya que las ventanas estaban siempre fuertemente tapiadas. Una vez, sin embargo, durante un discurso en una lengua desconocida, se vio una sombra en la cortina que sobresaltó a Weeden sobremanera; le recordó a una de las marionetas de un espectáculo que había visto en el otoño de 1764 en Hacher's Hall, cuando un hombre de Germantown, Pennsylvania, había dado un ingenioso espectáculo mecánico anunciado como

«Una Vista de la Famosa Ciudad de Jerusalén, en la que están representados Jerusalén, el Templo de Salomón, su Trono Real, las notables Torres y Colinas, así como el Sufrimiento de Nuestro Salvador desde el Huerto de Getsemaní hasta la Cruz en la Colina del Gólgota; una pieza artística de Estatuaria, digna de ser vista por los Curiosos».

Fue en esta ocasión cuando el oyente, que se había acercado sigilosamente a la ventana de la habitación delantera de donde procedía la conversación, tuvo un sobresalto que despertó a la vieja pareja de indios y les hizo soltar los perros sobre él. Después de aquello no se volvieron a oír más conversaciones en la casa, y Weeden y Smith llegaron a la conclusión de que Curwen había trasladado su campo de acción a las zonas de abajo.

Que tales zonas existían en realidad, parecía sobradamente claro gracias a muchas señales. Débiles gritos y gemidos surgían de vez en cuando de lo que parecía ser la tierra sólida en lugares alejados de cualquier estructura; mientras que oculta entre los arbustos a lo largo de la orilla del río en la parte trasera, donde el terreno alto descendía abruptamente hacia el valle del Pawtuxet, se encontró una puerta arqueada de roble en un marco de pesada mampostería, que era obviamente una entrada a cavernas dentro de la colina. Cuándo o cómo pudieron construirse estas catacumbas, Weeden era incapaz de decirlo; pero señalaba con

might have been reached by bands of unseen workmen from the river. Joseph Curwen put his mongrel seamen to diverse uses indeed! During the heavy spring rains of 1769 the two watchers kept a sharp eye on the steep river-bank to see if any subterrene secrets might be washed to light, and were rewarded by the sight of a profusion of both human and animal bones in places where deep gullies had been worn in the banks. Naturally there might be many explanations of such things in the rear of a stock farm, and a locality where old Indian burying-grounds were common, but Weeden and Smith drew their own inferences.

It was in January 1770, whilst Weeden and Smith were still debating vainly on what, if anything, to think or do about the whole bewildering business, that the incident of the *Fortaleza* occurred. Exasperated by the burning of the revenue sloop *Liberty* at Newport during the previous summer, the customs fleet under Admiral Wallace had adopted an increased vigilance concerning strange vessels; and on this occasion His Majesty's armed schooner *Cygnet*, under Capt. Charles Leslie, captured after a short pursuit one early morning the scow *Fortaleza* of Barcelona, Spain, under Capt. Manuel Arruda, bound according to its log from Grand Cairo, Egypt, to Providence. When searched for contraband material, this ship revealed the astonishing fact that its cargo consisted exclusively of Egyptian mummies, consigned to "Sailor A. B. C.", who would come to remove his goods in a lighter just off Namquit Point and whose identity Capt. Arruda felt himself in honor bound not to reveal. The Vice-Admiralty at Newport, at a loss what to do in view of the non-contraband nature of the cargo on the one hand and of the unlawful secrecy of the entry on the other hand, compromised on Collector Robinson's recommendation by freeing the ship but forbidding it a port in Rhode Island waters. There were later rumors of its having been seen in Boston Harbor, though it never openly entered the Port of Boston.

This extraordinary incident did not fail of wide remark in Providence, and there were not many who doubted the existence of some connection between the cargo of mummies and the sinister Joseph Curwen. His exotic studies and his curious chemical importations being common knowledge, and his fondness for graveyards being

frecuencia la facilidad con la que bandas de obreros invisibles podían haber llegado al lugar desde el río. Joseph Curwen dio a sus marineros mestizos usos muy diversos. Durante las fuertes lluvias de la primavera de 1769, los dos vigilantes mantuvieron un ojo avizor en la escarpada orilla del río para ver si algún secreto subterráneo podía salir a la luz, y fueron recompensados por la visión de una profusión de huesos tanto humanos como de animales en lugares donde profundos barrancos habían sido desgastados en las orillas. Naturalmente podría haber muchas explicaciones para tales cosas en la parte trasera de una granja de ganado, y en una localidad donde eran comunes los antiguos cementerios indios, pero Weeden y Smith sacaron sus propias deducciones.

Fue en enero de 1770, mientras Weeden y Smith aún debatían en vano sobre qué pensar o hacer, si es que debían hacer algo en todo este desconcertante asunto, cuando se produjo el incidente del *Fortaleza*. Exasperada por el incendio de la balandra aduanera *Liberty* en Newport durante el verano anterior, la flota de aduanas al mando del Almirante Wallace había adoptado una mayor vigilancia de los buques extraños; y en esta ocasión la goleta armada de Su Majestad, *Cygnet*, al mando del Capitán Charles Leslie, capturó tras una corta persecución una madrugada la balandra *Fortaleza* de Barcelona, España, al mando del Capitán Manuel Arruda, con destino según su cuaderno de bitácora desde El Gran Cairo, Egipto, a Providence. Al ser registrado en busca de material de contrabando, este barco reveló el asombroso hecho de que su cargamento consistía exclusivamente en momias egipcias, consignadas al «Marinero A. B. C.», que vendría a retirar su mercancía en un mechero frente a Namquit Point y cuya identidad el Capitán Arruda se sentía en el deber honorífico de no revelar. El Vicealmirantazgo de Newport, sin saber qué hacer ante el hecho, por un lado, de que la carga no se trataba de contrabando y, por el otro, del secreto ilícito de la entrada, transigió por recomendación del Recaudador Robinson, liberando el barco pero prohibiéndole un puerto en aguas de Rhode Island. Hubo rumores posteriores de que había sido visto en el Puerto de Boston, aunque nunca entró abiertamente en el Puerto de Boston.

Este extraordinario incidente no dejó de ser ampliamente comentado en Providence, y no fueron muchos los que dudaron de la existencia de alguna conexión entre el cargamento de momias y el siniestro Joseph Curwen. Siendo sus estudios exóticos y sus curiosas importaciones químicas de dominio público y siendo su afición a los cementerios una

common suspicion; it did not take much imagination to link him with a freakish importation which could not conceivably have been destined for anyone else in the town. As if conscious of this natural belief, Curwen took care to speak casually on several occasions of the chemical value of the balsams found in mummies; thinking perhaps that he might make the affair seem less unnatural, yet stopping just short of admitting his participation. Weeden and Smith, of course, felt no doubt whatsoever of the significance of the thing; and indulged in the wildest theories concerning Curwen and his monstrous labors.

The following spring, like that of the year before, had heavy rains; and the watchers kept careful track of the river-bank behind the Curwen farm. Large sections were washed away, and a certain number of bones discovered; but no glimpse was afforded of any actual subterranean chambers or burrows. Something was rumored, however, at the village of Pawtuxet about a mile below, where the river flows in falls over a rocky terrace to join the placed landlocked cove. There, where quaint old cottages climbed the hill from the rustic bridge, and fishing-smacks lay anchored at their sleepy docks, a vague report went round of things that were floating down the river and flashing into sight for a minute as they went over the falls. Of course the Pawtuxet in a long river which winds through many settled regions abounding in graveyards, and of course the spring rains had been very heavy; but the fisherfolk about the bridge did not like the wild way that one of the things stared as it shot down to the still waters below, or the way that another half cried out although its condition had greatly departed from that of objects which normally cried out. That rumor sent Smith—for Weeden was just then at sea—in haste to the river-bank behind the farm; where surely enough there remained the evidence of an extensive cave-in. There was, however, no trace of a passage into the steep bank; for the miniature avalanche had left behind a solid wall of mixed earth and shrubbery from aloft. Smith went to the extent of some experimental digging, but was deterred by lack of success—or perhaps by fear of possible success. It is interesting to speculate on what the persistent and revengeful Weeden would have done had he been ashore at the time.

sospecha común, no hacía falta mucha imaginación para relacionarlo con una importación estrafalaria que no podía concebirse destinada a nadie más en la ciudad. Como si fuera consciente de esta creencia natural, Curwen se preocupó de hablar casualmente en varias ocasiones del valor químico de los bálsamos encontrados en las momias; pensando quizás que podría hacer que el asunto pareciera menos antinatural, pero deteniendo su discurso antes de admitir su participación. Weeden y Smith, por supuesto, no tuvieron la menor duda de la importancia del asunto; y se entregaron a las teorías más descabelladas sobre Curwen y sus monstruosas labores.

En la primavera siguiente, como la del año anterior, hubo fuertes lluvias; y los vigilantes siguieron con atención la orilla del río detrás de la granja de Curwen. Grandes secciones fueron arrastradas por la corriente y se descubrió un cierto número de huesos; pero no se vislumbró ninguna cámara o madriguera subterránea real. Algo se rumoreaba, sin embargo, en la aldea de Pawtuxet, aproximadamente una milla más abajo, donde el río fluye en cascada sobre una terraza rocosa para unirse a la cala situada sin salida al mar. Allí, donde las pintorescas y viejas casitas subían la colina desde el rústico puente, y los pesqueros yacían anclados en sus soñolientos muelles, circulaba un vago conjunto de cosas que flotaban río abajo y aparecían a la vista durante un minuto al pasar por encima de las cataratas. Por supuesto el Pawtuxet es un río largo que serpentea a través de muchas regiones asentadas en las que abundan los cementerios, y por supuesto las lluvias primaverales habían sido muy fuertes; pero a los pescadores que estaban cerca del puente no les gustó la forma salvaje en que una de las cosas miraba fijamente mientras descendía disparada hacia las tranquilas aguas de abajo, ni la forma en que otra gritaba a medias aunque su estado se había alejado mucho del de los objetos que normalmente gritan. Aquel rumor envió a Smith —pues Weeden estaba en ese momento en el mar— apresuradamente a la orilla del río detrás de la granja; donde sin duda quedaba la evidencia de un extenso derrumbe. No había, sin embargo, rastro alguno de un paso hacia la escarpada orilla; pues la avalancha en miniatura había dejado tras de sí un sólido muro de tierra mezclada y arbustos desde lo alto. Smith llegó a realizar algunas excavaciones experimentales, pero se vio disuadido por la falta de éxito... o quizá por el miedo a un posible éxito. Es interesante especular sobre lo que habría hecho el persistente y vengativo Weeden de haber estado en tierra en aquel momento.

CHAPTER 4

By the autumn of 1770 Weeden decided that the time was ripe to tell others of his discoveries; for he had a large number of facts to link together, and a second eye-witness to refute the possible charge that jealousy and vindictiveness had spurred his fancy. As his first confidant he selected Capt. James Mathewson of the *Enterprise*, who on the one hand knew him well enough not to doubt his veracity, and on the other hand was sufficiently influential in the town to be heard in turn with respect. The colloquy took place in an upper room of Sabin's Tavern near the docks, with Smith present to corroborate virtually every statement; and it could be seen that Capt. Mathewson was tremendously impressed. Like nearly everyone else in the town, he had had black suspicions of his own anent Joseph Curwen; hence it needed only this confirmation and enlargement of data to convince him absolutely. At the end of the conference he was very grave, and enjoined strict silence upon the two younger men. He would, he said, transmit the information separately to some ten or so of the most learned and prominent citizens of Providence; ascertaining their views and following whatever advice they might have to offer. Secrecy would probably be essential in any case, for this was no matter that the town constables or militia could cope with; and above all else the excitable crowd must be kept in ignorance, lest there be enacted in these already troublous times a repetition of that frightful Salem panic of less than a century before which had first brought Curwen hither.

The right persons to tell, he believed, would be Dr. Benjamin West, whose pamphlet on the late transit of Venus proved him a scholar and keen thinker; Rev. James Manning, President of the College which had just moved up from Warren and was temporarily housed in the new King Street schoolhouse awaiting the completion of its building on the hill above Presbyterian Lane; ex-Governor Stephen Hopkins, who had been a member of the Philosophical Society at Newport, and was a man of very broad perceptions; John Carter, publisher of the *Gazette*; all four of the Brown brothers, John, Joseph, Nicholas, and Moses, who formed the recognized local magnates, and of whom Joseph was an amateur scientist of parts; old Dr. Jabez

CAPÍTULO 4

En el otoño de 1770 Weeden decidió que había llegado el momento de contar a otros sus descubrimientos, ya que tenía un gran número de hechos encadenados y un segundo testigo ocular para refutar la posible acusación de que los celos y la venganza habían estimulado su fantasía. Como primer confidente eligió al Capitán James Mathewson del *Enterprise*, que por un lado le conocía lo suficientemente bien como para no dudar de su veracidad, y por otro era lo suficientemente influyente en la ciudad como para ser escuchado a su vez con respeto. El coloquio tuvo lugar en una sala superior de la taberna de Sabin, cerca de los muelles, con Smith presente para corroborar prácticamente todas las declaraciones; y se pudo comprobar que el Capitán Mathewson estaba tremendamente impresionado. Como casi todo el mundo en la ciudad, había tenido sus propias oscuras sospechas sobre Joseph Curwen; de ahí que sólo necesitara esta confirmación y ampliación de datos para convencerse por completo. Al final de la conferencia se mostró muy serio y ordenó un estricto silencio a los dos hombres más jóvenes. Dijo que transmitiría la información por separado a alrededor de una decena de los ciudadanos más eruditos y prominentes de Providence; indagando sus puntos de vista y siguiendo cualquier consejo que tuvieran a bien ofrecer. La confidencialidad sería probablemente esencial en cualquier caso, ya que no era un asunto al que los alguaciles de la ciudad o la milicia pudieran hacer frente; y por encima de todo, la excitable multitud debía mantenerse en la ignorancia, no fuera que se promulgara en estos tiempos ya problemáticos una repetición de aquel espantoso pánico de Salem de menos de un siglo antes que había traído aquí a Curwen por primera vez.

Las personas adecuadas para contarlo, según él, serían el Dr. Benjamin West, cuyo panfleto sobre el último tránsito de Venus demostraba que era un erudito y un pensador agudo; el Reverendo James Manning, Presidente del Colegio que acababa de trasladarse desde Warren y se alojaba temporalmente en la nueva escuela de King Street a la espera de que se terminara su edificio en la colina sobre Presbyterian Lane; el ex Gobernador Stephen Hopkins, que había sido miembro de la Sociedad Filosófica de Newport y era un hombre de muy amplias percepciones; John Carter, editor de la *Gazette*; los cuatro hermanos Brown: John, Joseph, Nicholas y Moses, que eran los reconocidos magnates locales, y de los cuales Joseph era un científico aficionado; el viejo Dr. Jabez Bowen,

Bowen, whose erudition was considerable, and who had much first-hand knowledge of Curwen's odd purchases; and Capt. Abraham Whipple, a privateersman of phenomenal boldness and energy who could be counted on to lead in any active measures needed. These men, if favorable, might eventually be brought together for collective deliberation; and with them would rest the responsibility of deciding whether or not to inform the Governor of the Colony, Joseph Wanton of Newport, before taking action.

The mission of Capt. Mathewson prospered beyond his highest expectations; for whilst he found one or two of the chosen confidants somewhat skeptical of the possible ghastly side of Weeden's tale, there was not one who did not think it necessary to take some sort of secret and co-ordinated action. Curwen, it was clear, formed a vague potential menace to the welfare of the town and Colony; and must be eliminated at any cost. Late in December 1770 a group of eminent townsmen met at the home of Stephen Hopkins and debated tentative measures. Weeden's notes, which he had given to Capt. Mathewson, were carefully read; and he and Smith were summoned to give testimony anent details. Something very like fear seized the whole assemblage before the meeting was over, though there ran through that fear a grim determination which Capt. Whipple's bluff and resonant profanity best expressed. They would not notify the Governor, because a more than legal course seemed necessary. With hidden powers of uncertain extent apparently at his disposal, Curwen was not a man who could safely be warned to leave town. Nameless reprisals might ensue, and even if the sinister creature complied, the removal would be no more than the shifting of an unclean burden to another place. The times were lawless, and men who had flouted the King's revenue forces for years were not the ones to balk at sterner things when duty impelled. Curwen must be surprised at his Pawtuxet farm by a large raiding-party of seasoned privateersmen and given one decisive chance to explain himself. If he proved a madman, amusing himself with shrieks and imaginary conversations in different voices, he would be properly confined. If something graver appeared, and if the underground horrors indeed turned out to be real, he and all with him must die. It could be done quietly, and even the widow and her father need not be told how it came about.

cuya erudición era considerable, y que tenía mucho conocimiento de primera mano de las extrañas compras de Curwen; y el Capitán Abraham Whipple, un corsario de audacia y energía fenomenales con el que se podía contar para liderar cualquier medida activa que fuera necesaria. Estos hombres, en caso de ser favorables, podrían ser finalmente reunidos para una deliberación colectiva; y sobre ellos recaería la responsabilidad de decidir si informar o no al Gobernador de la Colonia, Joseph Wanton de Newport, antes de tomar medidas.

La misión del Capitán Mathewson prosperó más allá de sus más altas expectativas; pues aunque encontró a uno o dos de los confidentes elegidos algo escépticos ante el posible lado espantoso del relato de Weeden, no hubo ni uno solo que no creyera necesario emprender algún tipo de acción secreta y coordinada. Curwen, estaba claro, constituía una vaga amenaza potencial para el bienestar de la ciudad y de la Colonia; y debía ser eliminado a cualquier precio. A finales de diciembre de 1770, un grupo de eminentes ciudadanos se reunió en casa de Stephen Hopkins y debatió las medidas provisionales. Las notas de Weeden, que había entregado al Capitán Mathewson, fueron leídas cuidadosamente; y él y Smith fueron citados para dar testimonio sobre los detalles. Algo parecido al miedo se apoderó de toda la asamblea antes de que terminara la reunión, aunque a través de ese miedo corría una sombría determinación que la fanfarronada y resonante blasfemia del Capitán Whipple expresaba mejor que nada. No se lo notificarían al Gobernador, porque parecía necesario un proceder más que legal. Con poderes ocultos de alcance incierto aparentemente a su disposición, Curwen no era un hombre al que se pudiera advertir ya que con seguridad abandonaría la ciudad. Podrían sobrevenir represalias sin nombre, e incluso si la siniestra criatura cumplía, la mudanza no sería más que el traslado de una carga impura a otro lugar. Los tiempos eran sin ley, y los hombres que habían burlado a las fuerzas de recaudación del Rey durante años no eran de los que se resistían a cosas más duras cuando el deber les apremiaba. Curwen debía ser sorprendido en su granja de Pawtuxet por una gran partida de corsarios avezados y se le debía dar una oportunidad decisiva para explicarse. Si resultaba ser un loco, que se divertía con gritos y conversaciones imaginarias a distintas voces, sería debidamente confinado. Si aparecía algo más grave, y si los horrores subterráneos resultaban ser reales, él y todos los que estaban con él debían morir. Podría hacerse en silencio, y ni siquiera sería necesario contar a la viuda y a su padre cómo se produjo.

While these serious steps were under discussion there occurred in the town an incident so terrible and inexplicable that for a time little else was mentioned for miles around. In the middle of a moon-light January night with heavy snow underfoot there resounded over the river and up the hill a shocking series of cries which brought sleepy heads to every window; and people around Weybosset Point saw a great white thing plunging frantically along the badly cleared space in front of the Turk's Head. There was a baying of dogs in the distance, but this subsided as soon as the clamor of the awakened town became audible. Parties of men with lanterns and muskets hurried out to see what was happening, but nothing rewarded their search. The next morning, however, a giant, muscular body, stark naked, was found on the jams of ice around the southern piers of the Great Bridge, where the Long Dock stretched out beside Abbott's distill-house, and the identity of this object became a theme for endless speculation and whispering. It was not so much the younger as the older folk who whispered, for only in the patriarchs did that rigid face with horror-bulging eyes strike any chord of memory. They, shaking as they did so, exchanged furtive murmurs of wonder and fear; for in those stiff, hideous features lay a resemblance so marvelous as to be almost an identity—and that identity was with a man who had died full fifty years before.

Ezra Weeden was present at the finding; and remembering the baying of the night before, set out along Weybosset Street and across Muddy Dock Bridge whence the sound had come. He had a curious expectancy, and was not surprised when, reaching the edge of the settled district where the street merged into the Pawtuxet Road, he came upon some very curious tracks in the snow. The naked giant had been pursued by dogs and many booted men, and the returning tracks of the hounds and their masters could be easily traced. They had given up the chase upon coming too near the town. Weeden smiled grimly, and as a perfunctory detail traced the footprints back to their source. It was the Pawtuxet farm of Joseph Curwen, as he well knew it would be; and he would have given much had the yard been less confusingly trampled. As it was, he dared not seem too interested in full daylight. Dr. Bowen, to whom Weeden went at once with his report, performed an autopsy on the strange corpse, and discovered peculiarities which baffled him utterly. The digestive tracts of

Mientras se discutían estas serias medidas ocurrió en el pueblo un incidente tan terrible e inexplicable que durante un tiempo apenas se habló de otra cosa en millas a la redonda. En medio de una noche de enero iluminada por la luna y con una intensa nevada bajo los pies, resonó sobre el río y colina arriba una espeluznante serie de gritos que hizo que las cabezas adormiladas se asomaran a todas las ventanas; y la gente de los alrededores de Weybosset Point vio una gran cosa blanca que se precipitaba frenéticamente a lo largo del espacio mal despejado frente a *La cabeza de turco*. Se oyó un aullido de perros a lo lejos, pero se calmó en cuanto se hizo audible el clamor de la ciudad despierta. Grupos de hombres con linternas y mosquetes se apresuraron a ver qué ocurría, pero nada recompensó su búsqueda. A la mañana siguiente, sin embargo, un cuerpo gigante y musculoso, completamente desnudo, fue encontrado en los atascos de hielo alrededor de los pilares meridionales del Gran Puente, donde el Muelle Largo se extendía junto a la destilería de Abbott, y la identidad de este objeto se convirtió en tema de interminables especulaciones y cuchicheos. No eran tanto los más jóvenes como los más viejos los que susurraban, pues sólo en los patriarcas aquel rostro rígido de ojos desorbitados por el horror tocaba alguna fibra de la memoria. Ellos, temblorosos, intercambiaron furtivos murmullos de asombro y miedo; porque en aquellos rasgos rígidos y horribles había un parecido tan maravilloso que casi era una identidad... y esa identidad era la de un hombre que había muerto hacía ya cincuenta años.

Ezra Weeden estaba presente en el hallazgo; y recordando los aullidos de la noche anterior, se encaminó a lo largo de Weybosset Street y a través del puente de Muddy Dock de donde había procedido el sonido. Estaba curiosamente expectante, y no se sorprendió cuando, al llegar al límite del barrio poblado donde la calle se fundía con la Pawtuxet Road, se topó con unas huellas muy curiosas en la nieve. El gigante desnudo había sido perseguido por perros y muchos hombres con botas, y las huellas de regreso de los sabuesos y sus amos podían rastrearse fácilmente. Habían abandonado la persecución al acercarse demasiado al pueblo. Weeden sonrió sombríamente y, como un detalle superficial, rastreó las huellas hasta su origen. Era la granja Pawtuxet de Joseph Curwen, como bien sabía que sería; y esto habría revelado aún más si el terreno hubiera estado menos confusamente pisoteado. Así las cosas, no se atrevía a parecer demasiado interesado a plena luz del día. El Dr. Bowen, a quien Weeden acudió de inmediato con su informe, realizó una autopsia al extraño cadáver y descubrió peculiaridades que le

the huge man seemed never to have been in use, whilst the whole skin had a coarse, loosely knit texture impossible to account for. Impressed by what the old men whispered of this body's likeness to the long-dead blacksmith Daniel Green, whose great-grandson Aaron Hoppin was a supercargo in Curwen's employ, Weeden asked casual questions till he found where Green was buried. That night a party of ten visited the old North Burying Ground opposite Herrenden's Lane and opened a grave. They found it vacant, precisely as they had expected.

Meanwhile arrangements had been made with the post riders to intercept Joseph Curwen's mail, and shortly before the incident of the naked body there was found a letter from one Jedediah Orne of Salem which made the co-operating citizens think deeply. Parts of it, copied and preserved in the private archives of the Smith family where Charles Ward found it, ran as follows.

I delight that you continue in ye Gett'g at Olde Matters in your Way, and doe not think better was done at Mr. Hutchinson's in Salem-Village. Certainely, there was Noth'g but ye liveliest Awfulness in that which H. rais'd upp from What he cou'd gather onlie a part of. What you sente, did not Worke, whether because of Any Thing miss'g, or because ye Wordes were not Righte from my Speak'g or yr Copy'g. I alone am at a Loss. I have not ye Chymicall art to followe Borellus, and owne my Self confounded by ye VII. Booke of ye Necronomicon that you recommende. But I wou'd have you Observe what was told to us aboute tak'g Care whom to calle upp, for you are Sensible what Mr. Mather writ in ye Magnalia of —, and can judge how truely that Horrendous thing is reported. I say to you againe, doe not call up Any that you can not put downe; by the Which I meane, Any that can in Turne call up Somewhat against you, whereby your Powerfullest Devices may not be of use. Ask of the Lesser, lest the Greater shal not wish to Answer, and shal commande more than you. I was frighted when I read of your know'g what Ben Zariatnatmik hadde in his ebony Boxe, for I was conscious who must have tolde you. And againe I ask that you shalle write me as Jedediah and not Simon. In this Community a Man may not live too long, and you knowe my Plan by which I came back as my Son. I am desirous you will Acquaint me with what ye Black Man learnt from Sylvanus Cocidius in ye Vault, under ye Roman Wall, and will be oblig'd for ye lend'g of ye MS. you speak of.

desconcertaron por completo. Las vías digestivas del enorme hombre parecían no haber estado nunca en uso, mientras que toda la piel tenía una textura áspera y suelta imposible de explicar. Impresionado por lo que susurraban los ancianos sobre el parecido de este cuerpo con el del herrero Daniel Green, fallecido hacía mucho tiempo, cuyo bisnieto Aaron Hoppin era un sobrecargo al servicio de Curwen, Weeden hizo preguntas casuales hasta que averiguó dónde estaba enterrado Green. Esa noche, un grupo de diez personas visitó el antiguo Cementerio del Norte, frente a Herrenden's Lane, y abrió una tumba. La encontraron vacía, precisamente como habían esperado.

Mientras tanto se habían hecho arreglos con los carteros para interceptar el correo de Joseph Curwen, y poco antes del incidente del cuerpo desnudo se encontró una carta de un tal Jedediah Orne de Salem que hizo reflexionar profundamente a los ciudadanos que cooperaron. Partes de ella, copiadas y conservadas en los archivos privados de la familia Smith donde Charles Ward la encontró, decían lo siguiente.

Me complace que continúe tratando Asuntos Antiguos a su Manera, y no creo que se haya hecho mejor en Casa de Mr. Hutchinson en Salem Village. Ciertamente, no había Nada más que su más viva Horrorosidad en lo Que H. levantó de lo que sólo pudo recoger una parte. Lo que usted envió no Funcionó, ya sea porque Faltó Algo o porque sus Palabras no eran Correctas a causa de mi Habla y mi Copia. Sólo yo me encuentro Perdido. No tengo el arte Quimico para seguir a Borellus, y me veo a mí Mismo confundido por el VII. Libro de su Necronomicón que usted recomienda. Pero me gustaría que Observara lo que se nos dijo acerca de tener Cuidado en cuanto quién llamar, ya que usted es Consciente de lo que Mr. Mather escribió en la Magnalia de..., y puede juzgar la veracidad de ese Horrendo informe. Le digo de nuevo, no convoque a Nadie a quien no pueda derribar; con lo Cual quiero decir, Cualquiera que pueda a su Vez convocar Algo contra usted, por lo que sus más Poderosos Dispositivos pueden no ser de utilidad. Pregunte al Menor, no sea que el Mayor no quiera Responderle y le ordene más que a usted. Me asusté cuando leí que sabía lo que Ben Zariatnatmik tenía en su Caja de ébano, pues era consciente de quién debía habérselo dicho. Y de nuevo le pido que me escriba como Jedediah y no como Simon. En esta Comunidad un Hombre no puede vivir demasiado tiempo, y usted conoce mi Plan por el cual regresé como mi Hijo. Deseo que me Informe de lo que el hombre negro aprendió de Sylvanus Cocidius en la Bóveda, bajo la Muralla Romana, y le agradeceré que me preste el Manuscrito del que habla.

Another and unsigned letter from Philadelphia provoked equal thought, especially for the following passage:

I will observe what you say respecting the sending of Accounts only by yr Vessels, but can not always be certain when to expect them. In the Matter spoke of, I require onlie one more thing; but wish to be sure I apprehend you exactly. You inform me, that no Part must be missing if the finest Effects are to be had, but you can not but know how hard it is to be sure. It seems a great Hazard and Burthen to take away the whole Box, and in Town (i.e. St. Peter's, St. Paul's, St. Mary's or Christ Church) it can scarce be done at all. But I know what Imperfections were in the one I rais'd up October last, and how many live Specimens you were forc'd to imploy before you hit upon the right Mode in the year 1766; so will be guided by you in all Matters. I am impatient for yr Brig, and inquire daily at Mr. Biddle's Wharf.

A third suspicious letter was in an unknown tongue and even an unknown alphabet. In the Smith diary found by Charles Ward a single oft-repeated combination of characters is clumsily copied; and authorities at Brown University have pronounced the alphabet Amharic or Abyssinian, although they do not recognize the word. None of these epistles was ever delivered to Curwen, though the disappearance of Jedediah Orne from Salem as recorded shortly afterward showed that the Providence men took certain quiet steps. The Pennsylvania Historical Society also has some curious letters received by Dr. Shippen regarding the presence of an unwholesome character in Philadelphia. But more decisive steps were in the air, and it is in the secret assemblages of sworn and tested sailors and faithful old privateersmen in the Brown warehouses by night that we must look for the main fruits of Weeden's disclosures. Slowly and surely a plan of campaign was under development which would leave no trace of Joseph Curwen's noxious mysteries.

Curwen, despite all precautions, apparently felt that something was in the wind; for he was now remarked to wear an unusually worried look. His coach was seen at all hours in the town and on the Pawtuxet Road, and he dropped little by little the air of forced geniality with which he had latterly sought to combat the town's prejudice. The nearest neighbors to his farm, the Fenners, one night remarked a great shaft of light shooting into the sky from some aperture in the roof of that cryptical stone building with the high, excessively nar-

Otra carta sin firma procedente de Filadelfia provocó igual reflexión, especialmente por el siguiente pasaje:

Observaré lo que dice respecto al envío de Cuentas sólo por sus Buques, pero no siempre puedo estar seguro de cuándo esperarlos. En cuanto al Asunto mencionado, sólo requiero una cosa más; pero deseo estar seguro de entenderlo exactamente. Usted me informa de que no debe faltar ninguna Parte si se quieren obtener los mejores Efectos, pero no puede dejar de saber lo difícil que es estar seguro. Parece un gran Peligro y una gran Carga llevarse toda la Caja, y en la Ciudad (es decir, en St. Peter, St. Paul, St. Mary o Christ Church) apenas puede hacerse. Pero sé qué Imperfecciones había en la que levanté el pasado octubre y cuántos Especímenes vivos se vio obligado a emplear antes de dar con el Modo correcto en el año 1766; así que me guiaré por usted en todos los Asuntos. Estoy impaciente por recibir su Brigada y me informo a diario en el Muelle de Mr. Biddle.

Una tercera carta sospechosa estaba en una lengua desconocida e incluso en un alfabeto desconocido. En el diario de Smith encontrado por Charles Ward se copia torpemente una única combinación de caracteres muy repetida; y las autoridades de la Universidad de Brown han identificado el alfabeto amárico o abisinio, aunque no reconocen las palabras. Ninguna de estas epístolas llegó a ser entregada a Curwen, aunque la desaparición de Jedediah Orne de Salem, registrada poco después, demostró que los hombres de Providence dieron ciertos pasos discretos. La Sociedad Histórica de Pensilvania también tiene algunas cartas curiosas recibidas por el Dr. Shippen sobre la presencia de un personaje malsano en Filadelfia. Pero se estaban dando pasos más decisivos, y es en las reuniones secretas de marineros probados y bajo juramento y de viejos corsarios fieles en los almacenes Brown por la noche donde debemos buscar los principales frutos de las revelaciones de Weeden. Lenta y seguramente se estaba desarrollando un plan de campaña que no dejaría rastro de los nocivos misterios de Joseph Curwen.

Curwen, a pesar de todas las precauciones, percibió al parecer que algo se tramaba, pues ahora se le notaba con un aspecto inusualmente preocupado. Su carruaje era visto a todas horas en la ciudad y en la carretera de Pawtuxet, y poco a poco fue abandonando con su aire de forzada genialidad con el que últimamente había intentado combatir los prejuicios de la ciudad. Los vecinos más próximos a su granja, los Fenner, observaron una noche un gran rayo de luz que salía disparado hacia el cielo desde alguna abertura del tejado de aquel críptico edificio

row windows; an event which they quickly communicated to John Brown in Providence. Mr. Brown had become the executive leader of the select group bent on Curwen's extirpation, and had informed the Fenners that some action was about to be taken. This he deemed needful because of the impossibility of their not witnessing the final raid; and he explained his course by saying that Curwen was known to be a spy of the customs officers at Newport, against whom the hand of every Providence skipper, merchant, and farmer was openly or clandestinely raised. Whether the ruse was wholly believed by neighbors who had seen so many queer things is not certain; but at any rate the Fenners were willing to connect any evil with a man of such queer ways. To them Mr. Brown had entrusted the duty of watching the Curwen farmhouse, and of regularly reporting every incident which took place there.

de piedra con ventanas altas y excesivamente estrechas; un acontecimiento que comunicaron rápidamente a John Brown en Providence. Mr. Brown se había convertido en el líder ejecutivo del selecto grupo empeñado en la extirpación de Curwen, y había informado a los Fenner de que estaba a punto de tomarse alguna medida. Esto lo consideró necesario debido a la imposibilidad de que no presenciaran la incursión final; y explicó su proceder diciendo que Curwen era conocido por ser un espía de los aduaneros de Newport, contra quien se levantaba abierta o clandestinamente la mano de todos los patrones, comerciantes y granjeros de Providence. No es seguro que los vecinos, que habían visto tantas cosas extrañas, creyeran del todo la treta; pero, en cualquier caso, los Fenner estaban dispuestos a relacionar cualquier mal con un hombre de costumbres tan extrañas. A ellos les había confiado Mr. Brown el deber de vigilar la granja de los Curwen y de informar regularmente de cada incidente que allí ocurriera.

CHAPTER 5

The probability that Curwen was on guard and attempting unusual things, as suggested by the odd shaft of light, precipitated at last the action so carefully devised by the band of serious citizens. According to the Smith diary a company of about 100 men met at 10 p.m. on Friday, April 12th, 1771, in the great room of Thurston's Tavern at the Sign of the Golden Lion on Weybosset Point across the Bridge. Of the guiding group of prominent men in addition to the leader John Brown there were present Dr. Bowen, with his case of surgical instruments, President Manning without the great periwig (the largest in the Colonies) for which he was noted, Governor Hopkins, wrapped in his dark cloak and accompanied by his seafaring brother Esek, whom he had initiated at the last moment with the permission of the rest, John Carter, Capt. Mathewson, and Capt. Whipple, who was to lead the actual raiding party. These chiefs conferred apart in a rear chamber, after which Capt. Whipple emerged to the great room and gave the gathered seamen their last oaths and instructions. Eleazar Smith was with the leaders as they sat in the rear apartment awaiting the arrival of Ezra Weeden, whose duty was to keep track of Curwen and report the departure of his coach for the farm.

About 10:30 a heavy rumble was heard on the Great Bridge, followed by the sound of a coach in the street outside; and at that hour there was no need of waiting for Weeden in order to know that the doomed man had set out for his last night of unhallowed wizardry. A moment later, as the receding coach clattered faintly over the Muddy Dock Bridge, Weeden appeared; and the raiders fell silently into military order in the street, shouldering the firelocks, fowling-pieces, or whaling harpoons which they had with them. Weeden and Smith were with the party, and of the deliberating citizens there were present for active service Capt. Whipple, the leader, Capt. Esek Hopkins, John Carter, President Manning, Capt. Mathewson, and Dr. Bowen; together with Moses Brown, who had come up at the eleventh hour though absent from the preliminary session in the tavern. All these freemen and their hundred sailors began the long march without delay, grim and a trifle apprehensive as they left the Muddy Dock behind and mounted the gentle rise of Broad Street toward the Pawtuxet Road. Just beyond Elder Snow's church some of the men turned

CAPÍTULO 5

La probabilidad de que Curwen estuviera en guardia e intentara cosas insólitas, como sugería el extraño rayo de luz, precipitó al fin la acción tan cuidadosamente planificada por el conjunto de graves ciudadanos. Según el diario de Smith, una compañía de unos cien hombres se reunió a las diez de la noche del viernes 12 de abril de 1771 en la gran sala de la taberna de Thurston, en *El león dorado*, en Weybosset Point, al otro lado del puente. Del grupo guía de hombres prominentes además del líder, John Brown, estaban presentes el Dr. Bowen, con su maletín de instrumentos quirúrgicos, el Presidente Manning sin la gran peluca (la más grande de las Colonias) por la que era conocido, el Gobernador Hopkins, envuelto en su capa oscura y acompañado por su hermano marinero Esek, al que había iniciado a último momento con el permiso del resto, John Carter, el Capitán Mathewson y el Capitán Whipple, que iba a dirigir el verdadero grupo de asalto. Estos jefes conferenciaron aparte en una cámara trasera, tras lo cual el Capitán Whipple salió a la gran sala y tomó a los marineros reunidos sus últimos juramentos y dio sus instrucciones. Eleazar Smith estaba junto a los jefes sentados en el aposento trasero esperando la llegada de Ezra Weeden, cuyo deber era seguir la pista de Curwen e informar de la salida de su carruaje hacia la granja.

Hacia las diez y media se oyó un fuerte estruendo en el Gran Puente, seguido del sonido de un carruaje en la calle exterior; y a esa hora no hubo necesidad de esperar a Weeden para saber que el condenado había partido para su última noche de magia profana. Un momento después, cuando el carruaje que se alejaba repiqueteaba débilmente sobre el puente de Muddy Dock, apareció Weeden; y los asaltantes se dispusieron silenciosamente en orden militar en la calle, empuñando los trabucos, las herramientas de caza o los arpones balleneros que llevaban consigo. Weeden y Smith estaban con el grupo, y de los ciudadanos deliberantes estaban presentes para el servicio activo el Capitán Whipple, el líder, el Capitán Esek Hopkins, John Carter, el Presidente Manning, el Capitán Mathewson y el Dr. Bowen; junto con Moses Brown, que había llegado a última hora aunque estuvo ausente en la sesión preliminar en la taberna. Todos estos hombres libres y su centenar de marineros emprendieron la larga marcha sin demora, sombríos y un poco aprensivos cuando dejaron atrás el Muddy Dock y subieron la suave subida de Broad Street hacia Pawtuxet Road. Justo más allá de la iglesia de El-

back to take a parting look at Providence lying outspread under the early spring stars. Steeples and gables rose dark and shapely, and salt breezes swept up gently from the cove north of the Bridge. Vega was climbing above the great hill across the water, whose crest of trees was broken by the roof-line of the unfinished College edifice. At the foot of that hill, and along the narrow mounting lanes of its side, the old town dreamed; Old Providence, for whose safety and sanity so monstrous and colossal a blasphemy was about to be wiped out.

An hour and a quarter later the raiders arrived, as previously agreed, at the Fenner farmhouse; where they heard a final report on their intended victim. He had reached his farm over half an hour before, and the strange light had soon afterward shot once more into the sky, but there were no lights in any visible windows. This was always the case of late. Even as this news was given another great glare arose toward the south, and the party realized that they had indeed come close to the scene of awesome and unnatural wonders. Capt. Whipple now ordered his force to separate into three divisions; one of twenty men under Eleazar Smith to strike across to the shore and guard the landing-place against possible reinforcements for Curwen until summoned by a messenger for desperate service, a second of twenty men under Capt. Esek Hopkins to steal down into the river valley behind the Curwen farm and demolish with axes or gunpowder the oaken door in the high, steep bank, and the third to close in on the house and adjacent buildings themselves. Of this division one third was to be led by Capt. Mathewson to the cryptical stone edifice with high narrow windows, another third to follow Capt. Whipple himself to the main farmhouse, and the remaining third to preserve a circle around the whole group of buildings until summoned by a final emergency signal.

The river party would break down the hillside door at the sound of a single whistle-blast, then wait and capture anything which might issue from the regions within. At the sound of two whistle-blasts it would advance through the aperture to oppose the enemy or join the rest of the raiding contingent. The party at the stone building would

der Snow, algunos de los hombres se volvieron para echar un vistazo de despedida a Providence, que yacía extendida bajo las estrellas del comienzo de la primavera. Los campanarios y los frontones se alzaban oscuros y torneados, y las brisas saladas subían suavemente desde la cala al norte del puente. La estrella Vega subía por encima de la gran colina al otro lado del agua, cuya cresta de árboles estaba rota por la línea del tejado del edificio inacabado de la universidad. Al pie de esa colina, y a lo largo de las estrechas callejuelas de su ladera, soñaba la vieja ciudad; la vieja Providencia, por cuya seguridad y cordura estaba a punto de aniquilarse una blasfemia tan monstruosa y colosal.

Una hora y cuarto más tarde, los asaltantes llegaron, como habían acordado previamente, a la granja de Fenner, donde escucharon un último informe sobre su pretendida víctima. Éste había llegado a su granja más de media hora antes, y la extraña luz se había disparado nuevamente hacia el cielo poco después, pero no había luces en ninguna de las ventanas visibles. Éste era siempre el caso últimamente. Incluso mientras se daba esta noticia surgió otro gran resplandor hacia el sur, y el grupo se dio cuenta de que, efectivamente, se habían acercado al escenario de maravillas impresionantes y antinaturales. El Capitán Whipple ordenó ahora a su fuerza que se separara en tres divisiones: una de veinte hombres al mando de Eleazar Smith para atacar hacia la orilla y vigilar el lugar de desembarco contra posibles refuerzos para Curwen hasta que fuera llamado por un mensajero para un servicio desesperado, una segunda de veinte hombres al mando del Capitán Esek Hopkins para bajar al valle del río detrás de la granja de Curwen y demoler con hachas o pólvora la puerta de roble en la alta y empinada orilla, y la tercera para cercar la casa y los edificios adyacentes propiamente dichos. De esta división, un tercio debía ser conducido por el Capitán Mathewson hasta el críptico edificio de piedra con altas y estrechas ventanas, otro tercio debía seguir al propio Capitán Whipple hasta la granja principal, y el tercio restante debía formar un círculo alrededor de todo el grupo de edificios hasta ser convocado por una señal final de emergencia.

La partida fluvial derribaría la puerta de la ladera al sonido de un solo toque de silbato, luego esperaría y capturaría cualquier cosa que pudiera salir de las regiones del interior. Al sonido de dos silbidos avanzaría por la abertura para oponerse al enemigo o unirse al resto del contingente de incursión. El grupo en el edificio de piedra aceptaría estas

accept these respective signals in an analogous manner; forcing an entrance at the first, and at the second descending whatever passage into the ground might be discovered, and joining the general or focal warfare expected to take place within the caverns. A third or emergency signal of three blasts would summon the immediate reserve from its general guard duty; its twenty men dividing equally and entering the unknown depths through both farmhouse and stone building. Capt. Whipple's belief in the existence of catacombs was absolute, and he took no alternative into consideration when making his plans. He had with him a whistle of great power and shrillness, and did not fear any upsetting or misunderstanding of signals. The final reserve at the landing, of course, was nearly out of the whistle's range; hence would require a special messenger if needed for help. Moses Brown and John Carter went with Capt. Hopkins to the riverbank, while President Manning was detailed with Capt. Mathewson to the stone building. Dr. Bowen, with Ezra Weeden, remained in Capt. Whipple's party which was to storm the farmhouse itself. The attack was to begin as soon as a messenger from Capt. Hopkins had joined Capt. Whipple to notify him of the river party's readiness. The leader would then deliver the loud single blast, and the various advance parties would commence their simultaneous attack on three points. Shortly before 1 a.m. the three divisions left the Fenner farmhouse; one to guard the landing, another to seek the river valley and the hillside door, and the third to subdivide and attend to the actual buildings of the Curwen farm.

Eleazar Smith, who accompanied the shore-guarding party, records in his diary an uneventful march and a long wait on the bluff by the bay; broken once by what seemed to be the distant sound of the signal whistle and again by a peculiar muffled blend of roaring and crying and a powder blast which seemed to come from the same direction. Later on one man thought he caught some distant gunshots, and still later Smith himself felt the throb of titanic and thunderous words resounding in upper air. It was just before dawn that a single haggard messenger with wild eyes and a hideous unknown odor about his clothing appeared and told the detachment to disperse quietly to their homes and never again think or speak of the night's doings or of him who had been Joseph Curwen. Something about the

señales respectivas de manera análoga; forzando una entrada a la primera, y a la segunda descendiendo por cualquier pasadizo en el suelo que pudiera descubrirse, y uniéndose a la guerra general o focal que se esperaba que tuviera lugar dentro de las cavernas. Una tercera señal o señal de emergencia de tres silbidos convocaría a la reserva inmediata desde su deber de guardia general; sus veinte hombres se dividirían en partes iguales y entrarían en las profundidades desconocidas a través de la granja y el edificio de piedra. La creencia del Capitán Whipple en la existencia de catacumbas era absoluta, y no tuvo en cuenta ninguna alternativa a la hora de hacer sus planes. Llevaba consigo un silbato de gran potencia y estridencia, y no temía ninguna alteración o malentendido de las señales. La reserva final en el desembarco, por supuesto, estaba casi fuera del alcance del silbato, por lo que se necesitaría un mensajero especial si se necesitaba ayuda. Moses Brown y John Carter fueron con el Capitán Hopkins a la orilla del río, mientras que el Presidente Manning fue destinado junto con el Capitán Mathewson al edificio de piedra. El Dr. Bowen, que estaba con Ezra Weeden, permaneció en el grupo del Capitán Whipple que debía asaltar la granja propiamente dicha. El ataque debía comenzar tan pronto como un mensajero del Capitán Hopkins se hubiera reunido con el Capitán Whipple para notificarle que el grupo del río estaba listo. El líder lanzaba entonces la sonora ráfaga solitaria y las distintas partidas de avanzada comenzaban su ataque simultáneo en tres puntos. Poco antes de la una de la madrugada, las tres divisiones salieron de la granja Fenner; una para vigilar el desembarco, otra para buscar el valle del río y la puerta de la ladera, y la tercera para subdividirse y ocuparse de los edificios propiamente dichos de la granja Curwen.

Eleazar Smith, que acompañaba a la partida de guardacostas, recoge en su diario una marcha sin incidentes y una larga espera en el acantilado junto a la bahía; interrumpida una vez por lo que parecía ser el sonido lejano del silbato de señales y otra vez por una peculiar mezcla amortiguada de rugidos y gritos y una explosión de pólvora que parecían proceder de la misma dirección. Más tarde un hombre creyó captar unos disparos lejanos, y aún más tarde el propio Smith sintió el tremor de unas palabras titánicas y atronadoras que resonaban en el aire superior. Fue justo antes del amanecer cuando apareció un solo mensajero demacrado, con ojos desorbitados y un espantoso olor desconocido en su ropa y dijo al destacamento que se dispersara tranquilamente hacia sus casas y que nunca más pensaran ni hablaran de los hechos de la

bearing of the messenger carried a conviction which his mere words could never have conveyed; for though he was a seaman well known to many of them, there was something obscurely lost or gained in his soul which set him for evermore apart. It was the same later on when they met other old companions who had gone into that zone of horror. Most of them had lost or gained something imponderable and indescribable. They had seen or heard or felt something which was not for human creatures, and could not forget it. From them there was never any gossip, for to even the commonest of mortal instincts there are terrible boundaries. And from that single messenger the party at the shore caught a nameless awe which almost sealed their own lips. Very few are the rumors which ever came from any of them, and Eleazar Smith's diary is the only written record which has survived from that whole expedition which set forth from the Sign of the Golden Lion under the stars.

Charles Ward, however, discovered another vague sidelight in some Fenner correspondence which he found in New London, where he knew another branch of the family had lived. It seems that the Fenners, from whose house the doomed farm was distantly visible, had watched the departing columns of raiders; and had heard very clearly the angry barking of the Curwen dogs, followed by the first shrill blast which precipitated the attack. This blast had been followed by a repetition of the great shaft of light from the stone building, and in another moment, after a quick sounding of the second signal ordering a general invasion, there had come a subdued prattle of musketry followed by a horrible roaring cry which the correspondent Luke Fenner had represented in his epistle by the characters *'Waaaahrrrrr—R'waaahrrr.'*

This cry, however, had possessed a quality which no mere writing could convey, and the correspondent mentions that his mother fainted completely at the sound. It was later repeated less loudly, and further but more muffled evidences of gunfire ensued; together with a loud explosion of powder from the direction of the river. About an hour afterward all the dogs began to bark frightfully, and there were vague ground rumblings so marked that the candlesticks tottered on the mantelpiece. A strong smell of sulphur was noted; and Luke Fenner's father declared that he heard the third or emergency whistle signal, though the others failed to detect it. Muffled musket-

noche ni de aquel que había sido Joseph Curwen. Algo en el porte del mensajero transmitía una convicción que sus meras palabras nunca habrían podido transmitir; pues aunque era un marinero bien conocido por muchos de ellos, había algo oscuramente perdido o ganado en su alma que lo apartaba para siempre. Lo mismo ocurrió más tarde cuando se encontraron con otros viejos compañeros que se habían adentrado en esa zona de horror. La mayoría de ellos había perdido o ganado algo imponderable e indescriptible. Habían visto u oído o sentido algo que no estaba destinado a las criaturas humanas y no podían olvidarlo. De ellos nunca se hablaba, pues incluso para el más común de los instintos mortales existen límites terribles. Y de ese único mensajero el grupo en la orilla captó un temor sin nombre que casi selló sus propios labios. Muy pocos son los rumores que llegaron de alguno de ellos, y el diario de Eleazar Smith es el único registro escrito que ha sobrevivido de toda aquella expedición que partió de *El león dorado* bajo las estrellas.

Charles Ward, sin embargo, descubrió otro vago dato en una correspondencia de los Fenner que encontró en New London, donde sabía que había vivido otra rama de la familia. Parece que los Fenner, desde cuya casa se divisaba a lo lejos la granja condenada, habían observado la partida de las columnas de asaltantes; y habían oído muy claramente los ladridos furiosos de los perros de Curwen, seguidos del primer estruendo que precipitó el ataque. A este estallido le había seguido una repetición del gran rayo de luz procedente del edificio de piedra, y en otro momento, tras un rápido toque de la segunda señal que ordenaba una invasión general, había llegado un tenue murmullo de mosquetes seguido de un horrible grito rugiente que el corresponsal Luke Fenner había representado en su epístola con los caracteres *«Waaaahrrrrr-R'waaahrrr»*.

Este grito, sin embargo, poseía una cualidad que ninguna mera escritura podría transmitir, y el corresponsal menciona que su madre se desmayó por completo ante el sonido. Más tarde se repitió con menos fuerza, y se produjeron más evidencias, aunque más apagadas, de disparos; junto con una fuerte explosión de pólvora procedente de la dirección del río. Aproximadamente una hora después todos los perros empezaron a ladrar espantosamente, y hubo vagos retumbos en el suelo tan marcados que los candelabros se tambalearon sobre la repisa de la chimenea. Se percibió un fuerte olor a azufre; y el padre de Luke Fenner declaró haber oído la tercera señal de silbido, de emergencia, aunque

ry sounded again, followed by a deep scream less piercing but even more horrible than the those which had preceded it; a kind of throaty, nastily plastic cough or gurgle whose quality as a scream must have come more from its continuity and psychological import than from its actual acoustic value.

Then the flaming thing burst into sight at a point where the Curwen farm ought to lie, and the human cries of desperate and frightened men were heard. Muskets flashed and cracked, and the flaming thing fell to the ground. A second flaming thing appeared, and a shriek of human origin was plainly distinguished. Fenner wrote that he could even gather a few words belched in frenzy: Almighty, protect thy lamb! Then there were more shots, and the second flaming thing fell. After that came silence for about three-quarters of an hour; at the end of which time little Arthur Fenner, Luke's brother, exclaimed that he saw "a red fog" going up to the stars from the accursed farm in the distance. No one but the child can testify to this, but Luke admits the significant coincidence implied by the panic of almost convulsive fright which at the same moment arched the backs and stiffened the fur of the three cats then within the room.

Five minutes later a chill wind blew up, and the air became suffused with an intolerable stench that only the strong freshness of the sea could have prevented its being notice by the shore party or by any wakeful souls in the Pawtuxet village. This stench was nothing which any of the Fenners had ever encountered before, and produced a kind of clutching, amorphous fear beyond that of the tomb or the charnel-house. Close upon it came the awful voice which no hapless hearer will ever be able to forget. It thundered out of the sky like a doom, and windows rattled as its echoes died away. It was deep and musical; powerful as a bass organ, but evil as the forbidden books of the Arabs. What it said no man can tell, for it spoke in an unknown tongue, but this is the writing Luke Fenner set down to portray the daemoniac intonations:

'DEESMEES JESHET BONE DOSEFE DUVEMA ENITEMOSS.'

Not till the year 1919 did any soul link this crude transcript with anything else in mortal knowledge, but Charles Ward paled as he rec-

los demás no la percibieron. Volvieron a sonar mosquetes apagados, seguidos de un grito profundo menos penetrante pero aún más horrible que los que le habían precedido; una especie de tos o gorgoteo gutural y asquerosamente plástico cuya cualidad de grito debió provenir más de su continuidad e importancia psicológica que de su valor acústico real.

Entonces la cosa en llamas irrumpió a la vista en un punto donde debería estar la granja Curwen, y se oyeron los gritos humanos de hombres desesperados y asustados. Los mosquetes destellaron y chasquearon, y la cosa llameante cayó al suelo. Apareció una segunda cosa llameante y se distinguió claramente un chillido de origen humano. Fenner escribió que incluso pudo recoger algunas palabras eructadas con frenesí: «Todopoderoso, ¡protege a tu cordero!». Luego hubo más disparos y cayó la segunda cosa en llamas. Después vino el silencio durante unos tres cuartos de hora; al cabo de los cuales el pequeño Arthur Fenner, hermano de Luke, exclamó que había visto «una niebla roja» que subía hacia las estrellas desde la granja maldita, en la distancia. Nadie más que el niño puede atestiguarlo, pero Luke admite la significativa coincidencia implícita en el pánico de espanto casi convulsivo que en el mismo momento arqueó los lomos y endureció el pelaje de los tres gatos que entonces se encontraban en la habitación.

Cinco minutos más tarde se levantó un viento helado y el aire se impregnó de un hedor intolerable que sólo la fuerte frescura del mar podría haber impedido que fuera percibido por el grupo de la orilla o por cualquier alma despierta del pueblo de Pawtuxet. Este hedor no era nada que ninguno de los Fenner hubiera encontrado antes, y produjo una especie de miedo atenazador y amorfo más allá del de la tumba o el osario. Cerca de ello llegó la horrible voz que ningún desventurado oyente podrá olvidar jamás. Tronó desde el cielo como una fatalidad, y las ventanas repiquetearon cuando sus ecos se apagaron. Era profunda y musical; poderosa como un órgano bajo, pero maligna como los libros prohibidos de los árabes. Lo que decía nadie puede decirlo, pues hablaba en una lengua desconocida, pero ésta es la escritura que Luke Fenner plasmó para retratar las entonaciones demoníacas:

«DEESMEES JESHET BONE DOSEFE DUVEMA ENITEMOSS».

Hasta el año 1919 ningún alma relacionó esta burda transcripción con algo perteneciente al conocimiento mortal, pero Charles Ward pali-

ognized what Mirandola had denounced in shudders as the ultimate horror among black magic's incantations.

An unmistakable human shout or deep chorused scream seemed to answer this malign wonder from the Curwen farm, after which the unknown stench grew complex with an added odor equally intolerable. A wailing distinctly different from the scream now burst out, and was protracted ululantly in rising and falling paroxysms. At times it became almost articulate, though no auditor could trace any definite words; and at one point it seemed to verge toward the confines of diabolic and hysterical laughter. Then a yell of utter, ultimate fright and stark madness wrenched from scores of human throats—a yell which came strong and clear despite the depth from which it must have burst; after which darkness and silence ruled all things. Spirals of acrid smoke ascended to blot out the stars, though no flames appeared and no buildings were observed to be gone or injured on the following day.

Toward dawn two frightened messengers with monstrous and unplaceable odors saturating their clothing knocked at the Fenner door and requested a keg of rum, for which they paid very well indeed. One of them told the family that the affair of Joseph Curwen was over, and that the events of the night were not to be mentioned again. Arrogant as the order seemed, the aspect of him who gave it took away all resentment and lent it a fearsome authority; so that only these furtive letters of Luke Fenner, which he urged his Connecticut relative to destroy, remain to tell what was seen and heard. The non-compliance of that relative, whereby the letters were saved after all, has alone kept the matter from a merciful oblivion. Charles Ward had one detail to add as a result of a long canvass of Pawtuxet residents for ancestral traditions. Old Charles Slocum of that village said that there was known to his grandfather a queer rumor concerning a charred, distorted body found in the fields a week after the death of Joseph Curwen was announced. What kept the talk alive was the notion that this body, so far as could be seen in its burnt and twisted condition, was neither thoroughly human nor wholly allied to any animal which Pawtuxet folk had ever seen or read about.

deció al reconocer lo que Mirandola había denunciado, con escalofríos, como el horror supremo entre los conjuros de la magia negra.

Un inconfundible grito humano o un profundo alarido a coro parecieron responder a esta maligna maravilla procedente de la granja Curwen, tras lo cual el hedor desconocido se hizo complejo con un olor añadido igualmente intolerable. Un lamento claramente distinto del grito estalló ahora, y se prolongó ululantemente en paroxismos ascendentes y descendentes. A veces se volvió casi articulado, aunque ningún auditor pudo rastrear ninguna palabra definida; y en un momento dado pareció rozar los confines de la risa diabólica e histérica. A continuación, un grito de espanto absoluto y de locura descarnada brotó de decenas de gargantas humanas, un grito que llegó fuerte y claro a pesar de la profundidad de la que debió brotar; después de lo cual la oscuridad y el silencio gobernaron todas las cosas. Espirales de humo acre ascendieron hasta borrar las estrellas, aunque no aparecieron llamas ni se observaron edificios desaparecidos o dañados al día siguiente.

Hacia el amanecer, dos asustados mensajeros, de lo que emanaban olores monstruosos e insólitos saturando sus ropas, llamaron a la puerta de los Fenner y pidieron un barril de ron por el que pagaron muy bien. Uno de ellos dijo a la familia que el asunto de Joseph Curwen había terminado y que no debían volver a mencionarse los sucesos de la noche. Por arrogante que pareciera la orden, el aspecto de quien la dio le quitó todo resentimiento y le confirió una autoridad temible; de modo que sólo quedan estas cartas furtivas de Luke Fenner, que instó a su pariente de Connecticut a destruir, para contar lo que se vio y oyó. El incumplimiento de ese pariente, por el que las cartas se salvaron después de todo, ha sido lo único que ha evitado que el asunto caiga en un olvido misericordioso. Charles Ward tenía un detalle que añadir como resultado de un largo sondeo entre los residentes de Pawtuxet en busca de tradiciones ancestrales. El viejo Charles Slocum, de ese pueblo, dijo que su abuelo conocía un extraño rumor sobre un cuerpo carbonizado y deformado encontrado en los campos una semana después de que se anunciara la muerte de Joseph Curwen. Lo que mantenía viva la charla era la idea de que este cuerpo, por lo que se podía ver en su estado quemado y retorcido, no era ni completamente humano ni totalmente parecido a ningún animal que la gente de Pawtuxet hubiera visto o sobre el que hubiera leído.

CHAPTER 6

Not one man who participated in that terrible raid could ever be induced to say a word concerning it, and every fragment of the vague data which survives comes from those outside the final fighting party. There is something frightful in the care with which these actual raiders destroyed each scrap which bore the least allusion to the matter. Eight sailors had been killed, but although their bodies were not produced their families were satisfied with the statement that a clash with customs officers had occurred. The same statement also covered the numerous cases of wounds, all of which were extensively bandaged and treated only by Dr. Jabez Bowen, who had accompanied the party. Hardest to explain was the nameless odor clinging to all the raiders, a thing which was discussed for weeks. Of the citizen leaders, Capt. Whipple and Moses Brown were most severely hurt, and letters of their wives testify the bewilderment which their reticence and close guarding of their bandages produced. Psychologically every participant was aged, sobered, and shaken. It is fortunate that they were all strong men of action and simple, orthodox religionists, for with more subtle introspectiveness and mental complexity they would have fared ill indeed. President Manning was the most disturbed; but even he outgrew the darkest shadow, and smothered memories in prayers. Every man of those leaders had a stirring part to play in later years, and it is perhaps fortunate that this is so. Little more than a twelvemonth afterward Capt. Whipple led the mob who burnt the revenue ship *Gaspee*, and in this bold act we may trace one step in the blotting out of unwholesome images.

There was delivered to the widow of Joseph Curwen a sealed leaden coffin of curious design, obviously found ready on the spot when needed, in which she was told her husband's body lay. He had, it was explained, been killed in a customs battle about which it was not politic to give details. More than this no tongue ever uttered of Joseph Curwen's end, and Charles Ward had only a single hint wherewith to construct a theory. This hint was the merest thread —a shaky underscoring of a passage in Jedediah Orne's confiscated letter to Curwen, as partly copied in Ezra Weeden's handwriting. The copy was found in the possession of Smith's descendants; and we are left to decide

CAPÍTULO 6

Ni uno solo de los hombres que participaron en aquella terrible incursión pudo ser inducido jamás a decir una palabra al respecto, y cada fragmento de los vagos datos que sobreviven procede de los que estaban fuera del grupo de combate final. Hay algo espantoso en el cuidado con que estos verdaderos asaltantes destruyeron cada trozo que contenía la menor alusión al asunto. Ocho marineros habían muerto, pero aunque no se presentaron sus cadáveres sus familias se conformaron con la declaración de que se había producido un enfrentamiento con los aduaneros. La misma declaración cubría también los numerosos casos de heridas, todas ellas vendadas extensamente y tratadas únicamente por el Dr. Jabez Bowen, que había acompañado a la partida. Lo más difícil de explicar fue el olor sin nombre que desprendían todos los asaltantes, algo de lo que se habló durante semanas. De los líderes ciudadanos, el Capitán Whipple y Moses Brown fueron los más gravemente heridos, y las cartas de sus esposas atestiguan el desconcierto que les produjo su reticencia y la estrecha vigilancia de sus vendajes. Psicológicamente todos los participantes estaban envejecidos, sobrios y conmocionados. Es una suerte que todos fueran hombres fuertes de acción y religiosos sencillos y ortodoxos, pues con una introspección más sutil y una complejidad mental les habría ido realmente mal. El Presidente Manning fue el más perturbado; pero incluso él superó la sombra más oscura y sofocó los recuerdos en oraciones. Cada uno de aquellos líderes tuvo un papel conmovedor que desempeñar en años posteriores, y quizá sea una suerte que así fuera. Poco más de doce meses después, el Capitán Whipple lideró la turba que quemó el barco recaudador *Gaspee*, y en este audaz acto podemos rastrear un paso en el borrado de imágenes malsanas.

Se entregó a la viuda de Joseph Curwen un ataúd de plomo sellado de curioso diseño, que obviamente se encontraba listo en el lugar cuando se necesitaba, en el que se le dijo que yacía el cuerpo de su marido. Se le explicó que había muerto en una batalla aduanera sobre la que no era político dar detalles. Más allá de esto ninguna lengua pronunció jamás el final de Joseph Curwen, y Charles Ward sólo tenía un indicio con el que construir una teoría. Este indicio era el mero hilo... un tembloroso subrayado de un pasaje de la carta confiscada de Jedediah Orne a Curwen, copiada en parte de puño y letra de Ezra Weeden. La copia se encontró en posesión de los descendientes de Smith; y nos queda por

whether Weeden gave it to his companion after the end, as a mute clue to the abnormality which had occurred, or whether, as is more probable, Smith had it before, and added the underscoring himself from what he had managed to extract from his friend by shrewd guessing and adroit cross-questioning. The underlined passage is merely this:

> I say to you againe, doe not call up Any that you can not put downe; by the Which I meane, Any that can in Turne call up Somewhat against you, whereby your Powerfullest Devices may not be of use. Ask of the Lesser, lest the Greater shal not wish to Answer, and shal commande more than you.

In the light of this passage, and reflecting on what last unmentionable allies a beaten man might try to summon in his direst extremity, Charles Ward may well have wondered whether any citizen of Providence killed Joseph Curwen.

The deliberate effacement of every memory of the dead man from Providence life and annals was vastly aided by the influence of the raiding leaders. They had not at first meant to be so thorough, and had allowed the widow and her father and child to remain in ignorance of the true conditions; but Capt. Tillinghast was an astute man, and soon uncovered enough rumors to whet his horror and cause him to demand that the daughter and granddaughter change their name, burn the library and all remaining papers, and chisel the inscription from the slate slab above Joseph Curwen's grave. He knew Capt. Whipple well, and probably extracted more hints from that bluff mariner and anyone else ever gained respecting the end of the accursed sorcerer.

From that time on the obliteration of Curwen's memory became increasingly rigid, extending at last by common consent even to the town records and files of the *Gazette*. It can be compared in spirit only to the hush that lay on Oscar Wilde's name for a decade after his disgrace, and in extent only to the fate of that sinful King of Runazar in Lord Dunsany's tale, whom the Gods decided must not only cease to be, but must cease ever to have been.

decidir si Weeden se la dio a su compañero después del final, como pista muda de la anormalidad que se había producido, o si, como es más probable, Smith la tenía antes y añadió él mismo el subrayado a partir de lo que había conseguido sonsacar a su amigo mediante astutas conjeturas y hábiles interrogaciones cruzadas. El pasaje subrayado es simplemente éste:

Le digo de nuevo, no convoque a Nadie que no pueda derribar; con lo cual quiero decir, Cualquiera que a su Vez pueda convocar Algo contra usted, por lo cual sus Dispositivos más Poderosos no puedan ser de utilidad. Pregunte al Menor, no sea que el Mayor no quiera Responder y mande más que usted.

A la luz de este pasaje, y reflexionando sobre qué últimos aliados inconfesables podría intentar invocar un hombre apaleado en su más extrema necesidad, Charles Ward bien podría haberse preguntado si algún ciudadano de Providence mató a Joseph Curwen.

La deliberada eliminación de todo recuerdo del muerto de la vida y los anales de Providence se vio enormemente favorecida por la influencia de los líderes de la incursión. Al principio no habían querido ser tan minuciosos y habían permitido que la viuda, su padre y su hija permanecieran en la ignorancia de las verdaderas condiciones; pero el Capitán Tillinghast era un hombre astuto y pronto descubrió suficientes rumores como para avivar su horror y hacer que exigiera que la hija y la nieta cambiaran su nombre, quemaran la biblioteca y todos los papeles restantes y cincelaran la inscripción de la losa de pizarra sobre la tumba de Joseph Curwen. Conocía bien al Capitán Whipple, y probablemente extrajo más pistas de aquel marino fanfarrón que de cualquier otra persona posible respecto al final del hechicero maldito.

A partir de ese momento, la obliteración de la memoria de Curwen se hizo cada vez más rígida, extendiéndose al final de común acuerdo incluso a los registros de la ciudad y a los archivos de la *Gazette*. Sólo puede compararse en espíritu al silencio que se cernió sobre el nombre de Oscar Wilde durante una década después de su desgracia, y en extensión únicamente al destino de aquel pecador Rey de Runazar del cuento de Lord Dunsany, a quien los dioses decidieron que no sólo debía dejar de ser, sino que debía dejar de haber sido jamás.

Mrs. Tillinghast, as the widow became known after 1772, sold the house in Olney Court and resided with her father in Power's Lane till her death in 1817. The farm at Pawtuxet, shunned by every living soul, remained to moulder through the years; and seemed to decay with unaccountable rapidity. By 1780 only the stone and brickwork were standing, and by 1800 even these had fallen to shapeless heaps. None ventured to pierce the tangled shrubbery on the river-bank behind which the hillside door may have lain, nor did any try to frame a definite image of the scenes amidst which Joseph Curwen departed from the horrors he had wrought.

Only robust old Capt. Whipple was heard by alert listeners to mutter once in a while to himself, "Pox on that —, but he had no business to laugh while he screamed. 'Twas as though the damn'd — had some'at up his sleeve. For half a crown I'd burn his — home.'

Mrs. Tillinghast, como se conoció a la viuda después de 1772, vendió la casa de Olney Court y residió con su padre en Power's Lane hasta su muerte en 1817. La granja de Pawtuxet, rechazada por toda alma viviente, siguió enmoheciéndose con el paso de los años y parecía decaer con una rapidez inexplicable. En 1780 sólo quedaban en pie la piedra y los ladrillos, y en 1800 incluso éstos habían caído hasta convertirse en montones informes. Nadie se aventuró a perforar los enmarañados arbustos de la orilla del río tras los que pudo estar la puerta de la ladera, ni nadie intentó encuadrar una imagen definida de las escenas en medio de las cuales Joseph Curwen partió de los horrores que había provocado.

Sólo el viejo y robusto Capitán Whipple fue oído por los alertas oyentes murmurar de vez en cuando para sí: «¡Qué le den a ese... pero no tenía por qué reírse mientras gritaba! Era como si el maldito... tuviera algo en la manga. Por media corona quemaría su... casa».

PART III — A SEARCH AND AN EVOCATION

CHAPTER 1

Charles Ward, as we have seen, first learned in 1918 of his descent from Joseph Curwen. That he at once took an intense interest in everything pertaining to the bygone mystery is not to be wondered at; for every vague rumor that he had heard of Curwen now became something vital to himself, in whom flowed Curwen's blood. No spirited and imaginative genealogist could have done otherwise than begin forthwith an avid and systematic collection of Curwen data.

In his first delvings there was not the slightest attempt at secrecy; so that even Dr. Lyman hesitates to date the youth's madness from any period before the close of 1919. He talked freely with his family—though his mother was not particularly pleased to own an ancestor like Curwen—and with the officials of the various museums and libraries he visited. In applying to private families for records thought to be in their possession he made no concealment of his object, and shared the somewhat amused skepticism with which the accounts of the old diarists and letter-writers were regarded. He often expressed a keen wonder as to what really had taken place a century and a half before at the Pawtuxet farmhouse whose site he vainly tried to find, and what Joseph Curwen really had been.

When he came across the Smith diary and archives and encountered the letter from Jedediah Orne he decided to visit Salem and look up Curwen's early activities and connections there, which he did during the Easter vacation of 1919. At the Essex Institute, which was well known to him from former sojourns in the glamorous old town of crumbling Puritan gables and clustered gambrel roofs, he was very kindly received, and unearthed there a considerable amount of Curwen data. He found that his ancestor was born in Salem-Village, now Danvers, seven miles from town, on the eighteenth of February (O.S.) 1662-3; and that he had run away to sea at the age of fifteen, not appearing again for nine years, when he returned with the speech, dress, and manners of a native Englishman and settled in Salem proper. At that time he had little to do with his family, but spent most of his hours with the curious books he had brought from Europe, and

PARTE III — UNA BÚSQUEDA Y UNA EVOCACIÓN

CAPÍTULO 1

Charles Ward, como hemos visto, supo por primera vez en 1918 de su ascendencia de Joseph Curwen. Que de inmediato se interesara intensamente por todo lo relacionado con el misterio pasado no es de extrañar; pues cada vago rumor que había oído sobre Curwen se convertía ahora en algo vital para él, en quien fluía la sangre de Curwen. Ningún genealogista animoso e imaginativo podría haber hecho otra cosa que comenzar de inmediato una ávida y sistemática recopilación de datos sobre Curwen.

En sus primeras cavilaciones no hubo el menor intento de guardar el secreto; de modo que incluso el Dr. Lyman duda en fechar la locura del joven en cualquier periodo anterior a finales de 1919. Hablaba libremente con su familia —aunque a su madre no le hacía especial gracia tener un antepasado como Curwen— y con los responsables de los diversos museos y bibliotecas que visitaba. Al solicitar a familias privadas los registros que se creía que estaban en su posesión, no ocultó su objetivo y compartió el escepticismo un tanto divertido con el que se consideraban los relatos de los antiguos diaristas y escritores de cartas. A menudo expresaba su agudo asombro por lo que realmente había ocurrido un siglo y medio antes en la granja de Pawtuxet cuyo emplazamiento intentó encontrar en vano, y por lo que realmente había sido Joseph Curwen.

Cuando dio con el diario y los archivos de Smith y se encontró con la carta de Jedediah Orne, decidió visitar Salem y buscar las primeras actividades y conexiones de Curwen allí, lo que hizo durante las vacaciones de Pascua de 1919. En el Instituto Essex, que le era bien conocido por sus anteriores estancias en la vieja y glamurosa ciudad de desmoronados aguilones puritanos y tejados a dos aguas arracimados, le recibieron muy amablemente, y allí desenterró una cantidad considerable de datos sobre Curwen. Descubrió que su antepasado había nacido en Salem-Village, ahora Danvers, a siete millas de la ciudad, el 18 de febrero (O.F.) de 1662-3; y que había huido al mar a la edad de quince años, sin volver a aparecer durante nueve años, cuando regresó con el acento, la vestimenta y los modales de un inglés nativo y se estableció en Salem propiamente dicho. En aquella época tenía poco que hacer con su familia, pero pasaba la mayor parte de sus horas con los curiosos libros

the strange chemicals which came for him on ships from England, France, and Holland. Certain trips of his into the country were the objects of much local inquisitiveness, and were whisperingly associated with vague rumors of fires on the hills at night.

Curwen's only close friends had been one Edward Hutchinson of Salem- Village and one Simon Orne of Salem. With these men he was often seen in conference about the Common, and visits among them were by no means infrequent. Hutchinson had a house well out toward the woods, and it was not altogether liked by sensitive people because of the sounds heard there at night. He was said to entertain strange visitors, and the lights seen from his windows were not always of the same color. The knowledge he displayed concerning long-dead persons and long-forgotten events was considered distinctly unwholesome, and he disappeared about the time the witchcraft panic began, never to be heard from again. At that time Joseph Curwen also departed, but his settlement in Providence was soon learned of. Simon Orne lived in Salem until 1720, when his failure to grow visibly old began to excite attention. He thereafter disappeared, though thirty years later his precise counterpart and self-styled son turned up to claim his property. The claim was allowed on the strength of documents in Simon Orne's known hand, and Jedediah Orne continued to dwell in Salem till 1771, when certain letters from Providence citizens to the Rev. Thomas Barnard and others brought about his quiet removal to parts unknown.

Certain documents by and about all of the strange characters were available at the Essex Institute, the Court House, and the Registry of Deeds, and included both harmless commonplaces such as land titles and bills of sale, and furtive fragments of a more provocative nature. There were four or five unmistakable allusions to them on the witchcraft trial records; as when one Hepzibah Lawson swore on July 10, 1692, at the Court of Oyer and Terminer under Judge Hathorne, that: 'fortie Witches and the Blacke Man were wont to meete in the Woodes behind Mr. Hutchinson's house', and one Amity How declared at a session of August 8th before Judge Gedney that:'Mr. G. B. (Rev. George Burroughs) on that Nighte putt ye Divell his Marke upon Bridget S., Jonathan A., *Simon O.*, Deliverance W., *Joseph C.*, Su-

que había traído de Europa y los extraños productos químicos que le llegaban en los barcos desde Inglaterra, Francia y Holanda. Ciertos viajes suyos al campo fueron objeto de mucha inquisición local, y se asociaron, susurrando con vagos rumores, con incendios en las colinas por la noche.

Los únicos amigos íntimos de Curwen habían sido un tal Edward Hutchinson, de Salem-Village, y un tal Simon Orne, de Salem. Con estos hombres se le veía a menudo conversando en el parque, y las visitas entre ellos no eran en absoluto infrecuentes. Hutchinson tenía una casa bien apartada hacia el bosque, y no era del todo del agrado de la gente sensible por los ruidos que allí se oían de noche. Se decía que recibía visitas extrañas y que las luces que se veían desde sus ventanas no siempre eran del mismo color. Los conocimientos que mostraba sobre personas muertas hace mucho tiempo y acontecimientos olvidados hace mucho tiempo se consideraban claramente malsanos, y desapareció más o menos cuando comenzó el pánico por la brujería, sin que se volviera a saber de él. En esa época también partió Joseph Curwen, pero pronto se supo de su asentamiento en Providence. Simon Orne vivió en Salem hasta 1720, cuando su falta de envejecimiento visible comenzó a llamar la atención. A partir de entonces desapareció, aunque treinta años más tarde su preciso homólogo y autodenominado hijo apareció para reclamar sus propiedades. La demanda fue admitida por la fuerza de los documentos de mano conocida de Simon Orne, y Jedediah Orne siguió viviendo en Salem hasta 1771, cuando ciertas cartas de ciudadanos de Providence al Reverendo Thomas Barnard y otros provocaron su discreto traslado a lugares desconocidos.

Ciertos documentos por y especialmente sobre estos extraños personajes estaban disponibles en el Instituto Essex, el Palacio de Justicia y el Registro de Escrituras, e incluían tanto lugares comunes inofensivos, tales como títulos de propiedad y facturas de venta, como fragmentos furtivos de naturaleza más provocativa. Hubo cuatro o cinco alusiones inequívocas a ellos en las actas de los juicios por brujería; como cuando una tal Hepzibah Lawson juró el 10 de julio de 1692, en el Tribunal de Oyer y Terminer bajo el Juez Hathorne, que «cuarenta brujas y el hombre negro solían reunirse en los bosques detrás de la casa de Mr. Hutchinson», y una tal Amity How declaró en una sesión del 8 de agosto ante el Juez Gedney que: «Mr. G. B. (Reverendo George Burroughs) esa noche puso su marca sobre Bridget S., Jonathan A., *Simon O.*, Deliveran-

san P., Mehitable C., and Deborah B.'

Then there was a catalogue of Hutchinson's uncanny library as found after his disappearance, and an unfinished manuscript in his handwriting, couched in a cipher none could read. Ward had a photostatic copy of this manuscript made, and began to work casually on the cipher as soon as it was delivered to him. After the following August his labors on the cipher became intense and feverish, and there is reason to believe from his speech and conduct that he hit upon the key before October or November. He never stated, though, whether or not he had succeeded.

But of greatest immediate interest was the Orne material. It took Ward only a short time to prove from identity of penmanship a thing he had already considered established from the text of the letter to Curwen; namely, that Simon Orne and his supposed son were one and the same person. As Orne had said to his correspondent, it was hardly safe to live too long in Salem, hence he resorted to a thirty-year sojourn abroad, and did not return to claim his lands except as a representative of a new generation. Orne had apparently been careful to destroy most of his correspondence, but the citizens who took action in 1771 found and preserved a few letters and papers which excited their wonder. There were cryptic formulae and diagrams in his and other hands which Ward now either copied with care or had photographed, and one extremely mysterious letter in a chirography that the searcher recognized from items in the Registry of Deeds as positively Joseph Curwen's.

This Curwen letter, though undated as to the year, was evidently not the one in answer to which Orne had written the confiscated missive; and from internal evidence Ward placed it not much later than 1750. It may not be amiss to give the text in full, as a sample of the style of one whose history was so dark and terrible. The recipient is addressed as "Simon", but a line (whether drawn by Curwen or Orne Ward could not tell) is run through the word.

Providence, 1. May

Brother:—

ce W., *Joseph C.*, Susan P., Mehitable C. y Deborah B.».

También había un catálogo de la extraña biblioteca de Hutchinson, tal y como se encontró tras su desaparición, y un manuscrito inacabado de su puño y letra, redactado en una clave que nadie podía leer. Ward mandó hacer una copia fotostática de este manuscrito y empezó a trabajar despreocupadamente en el cifrado en cuanto se lo entregaron. A partir del mes de agosto siguiente sus trabajos sobre el cifrado se volvieron intensos y febriles, y hay razones para creer, por su discurso y su conducta, que dio con la clave antes de octubre o noviembre. Nunca declaró, sin embargo, si había tenido éxito o no.

Pero de mayor interés inmediato era el material de Orne. Ward tardó poco tiempo en demostrar por la identidad de caligrafía algo que ya había considerado establecido por el texto de la carta a Curwen; a saber, que Simon Orne y su supuesto hijo eran la misma persona. Como Orne había dicho a su corresponsal, no era seguro vivir demasiado tiempo en Salem, por lo que recurrió a una estancia de treinta años en el extranjero, y no regresó a reclamar sus tierras salvo como representante de una nueva generación. Al parecer, Orne había tenido cuidado de destruir la mayor parte de su correspondencia, pero los ciudadanos que actuaron en 1771 encontraron y conservaron unas cuantas cartas y papeles que despertaron su asombro. Había fórmulas crípticas y diagramas en sus manos y en las de otros que Ward ahora copiaba con cuidado o había fotografiado, y una carta extremadamente misteriosa en una quirografía que el buscador reconoció por los artículos del Registro de Escrituras como positivamente de Joseph Curwen.

Esta carta de Curwen, aunque sin fecha en cuanto al año, evidentemente no era aquella en respuesta a la cual Orne había escrito la misiva confiscada; y por pruebas internas Ward la situó no mucho más tarde de 1750. Quizá no esté de más dar el texto completo, como muestra del estilo de alguien cuya historia fue tan oscura y terrible. El destinatario se dirige a él como «Simón», pero una línea (no sabría decir si trazada por Curwen o por Orne Ward) atraviesa la palabra.

Providence, 1 de mayo

Hermano:

My honour'd Antient Friende, due Respects and earnest Wishes to Him whom we serue for yr eternall Power. I am just come upon That which you ought to knowe, concern'g the Matter of the Laste Extremitie and what to doe regard'g yt. I am not dispos'd to followe you in go'g Away on acct. of my Yeares, for Prouidence hath not ye Sharpeness of ye Bay in hunt'g oute uncommon Things and bringinge to Tryall. I am ty'd up in Shippes and Goodes, and cou'd not doe as you did, besides the Whiche my Farme at Patuxet hath under it What you Knowe, and wou'd not waite for my com'g Backe as an Other.

But I am unreadie for harde Fortunes, as I haue tolde you, and haue longe work'd upon ye Way of get'g Backe after ye Laste. I laste Night strucke on ye Wordes that bringe up YOGGE-SOTHOTHE, and sawe for ye first Time that Face spoke of by Ibn Schacabao in ye —. And IT said, that ye III Psalme in ye Liber-Damnatus holdes ye Clauicle. With Sunne in V House, Saturne in Trine, drawe ye Pentagram of Fire, and saye ye ninth Uerse thrice. This Uerse repeate eache Roodemas and Hallow's Eue; and ye Thing will breede in ye Outside Spheres.

And of ye Seede of Olde shal One be borne who shal looke Backe, tho' know'g not what he seekes.

Yett will this auaile Nothing if there be no Heir, and if the Saltes, or the Way to make the Saltes, bee not Readie for his Hande; and here I will owne, I haue not taken needed Stepps nor founde Much. Ye Process is plaguy harde to come neare; and it used up such a Store of Specimens, I am harde putte to it to get Enough, notwithstand'g the Sailors I haue from ye Indies. Ye People aboute are become curious, but I can stande them off. Ye Gentry are worse that the Populace, be'g more Circumstantiall in their Accts. and more belieu'd in what they tell. That Parson and Mr. Merritt haue talk'd Some, I am fearfull, but no Thing soe far is Dangerous. Ye Chymical Substances are easie of get'g, there be'g II. goode Chymists in Towne, Dr, Bowen and Sam: Carew. I am foll'g oute what Borellus saith, and haue Helpe in Abdool Al-Hazred his VII. Booke. Whateuer I gette, you shal haue. And in ye meane while, do not neglect to make use of ye Wordes I haue here giuen. I haue them Righte, but if you Desire to see HIM, imploy the Writings on ye Piece of — that I am putt'g in this Packet. Saye ye Uerses euery Roodmas and Hallow's Eue; and if ye Line runn out not, one shal bee in yeares to come that shal looke backe and use what Saltes or Stuff for Saltes you shal leaue him. Job XIV. XIV.

I rejoice you are again at Salem, and hope I may see you not longe hence. I haue a goode Stallion, and am think'g of get'g a Coach, there be'g one (Mr. Merritt's) in

Mi honorable y Antiguo Amigo, mis debidos Respetos y sinceros Deseos a Aquel a quien servimos por su eterno Poder. Acabo de llegar a Lo que usted debe saber, concerniente al Asunto de la Última Dimisión, y qué hacer al respecto. No estoy dispuesto a seguirlo en su Marcha a causa de mis Años, pues la Confianza no tiene la Agudeza de la Bahía para cazar Cosas poco comunes y llevarlas a Juicio. Yo estoy atado a Barcos y Mercancías, y no podría hacer lo que usted hizo, además de que mi Campo en Patuxet tiene debajo lo Que usted Sabe, y no esperaría mi Regreso como Otro.

Pero no estoy preparado para las grandes Fortunas, como ya le he dicho, y llevo mucho tiempo trabajando en la Forma de Volver a casa después de su Muerte. Ayer por la Noche me centré en las Palabras que hablan de YOGGE-SOTHOTHE, y vi por primera Vez el Rostro del que hablaba Ibn Schacabao en su libro. Y ÉL dijo, que el III Salmo en el Liber-Damnatus sostiene la Cláusula. Con el Sol en la Casa V, Saturno en Trino, dibuje el Pentagrama de Fuego, y diga el noveno Verso tres veces. Este Verso se repite cada Nochebuena y cada Víspera de Todos los Santos; y la Cosa surgirá en las Esferas Extranjeras.

Y de ustedes Seede de Olde deberá nacer Uno que mire hacia Atrás, aunque no sepa lo que busca.

Si no hay Heredero, y si las Sales, o la Forma de hacer las Sales, no están Listas para su Mano, esto no le servirá de nada; y debo decir que no he dado los Pasos necesarios ni he encontrado Mucho. Es muy difícil acercarse al Proceso, y ha consumido tal Cantidad de Especímenes que me cuesta mucho conseguir lo Suficiente, a pesar de los Marineros que tengo de las Indias. La Gente de los alrededores es muy curiosa, pero puedo disuadirla. Ustedes, los Nobles, son peores que la Población, ya que son más Circunstanciales en sus Relatos y más crédulos en lo que cuentan. Ese Párroco y Mr. Merritt han hablado Algo, me temo, pero no hay Nada tan Peligroso. Las Sustancias Químicas son fáciles de conseguir, hay dos buenos Quimistas en la Ciudad, el Dr. Bowen y Sam: Carew. Estoy siguiendo lo que Borellus dice, y tengo Ayuda en Abdool Al-Hazred, su VII. Libro. Lo que yo obtenga, lo tendrá usted. Y mientras tanto, no descuide hacer uso de las Palabras que aquí le he dado. Las tengo Correctas, pero si desea verlo a ÉL, utilice las Escrituras en el Pedazo de papel que he incluido en este Paquete. Diga usted Versos cada Nochebuena y Noche de Brujas; y si no se Le acaban, habrá uno en los años venideros que mirará hacia atrás y usará las Sales o Cosas para Sales que usted le deje. Job XIV. XIV.

Me alegro de que esté de nuevo en Salem, y espero poder verle no dentro de mucho. Tengo un buen Semental, y estoy pensando en conseguir un Carruaje, ya que hay uno

Prouidence already, tho' ye Roades are bad. If you are dispos'd to Trauel, doe not pass me bye. From Boston take ye Post Rd. thro' Dedham, Wrentham, and Attleborough, goode Tauerns be'g at all these Townes. Stop at Mr. Balcom's in Wrentham, where ye Beddes are finer than Mr. Hatch's, but eate at ye other House for their Cooke is better. Turne into Prou. by Patucket Falls, and ye Rd. past Mr. Sayles's Tauern. My House opp. Mr. Epenetus Olney's Tauern off ye Towne Street, Ist on ye N. side of Olney's Court. Distance from Boston Stone abt. XLIV Miles.

Sir, I am ye olde and true Friend and Serut. in Almonsin-Metraton.

Josephus C.

To Mr. ~~Simon~~ Orne, William's-Lane, in Salem.

This letter, oddly enough, was what first gave Ward the exact location of Curwen's Providence home; for none of the records encountered up to that time had been at all specific. The discovery was doubly striking because it indicated as the newer Curwen house, built in 1761 on the site of the old, a dilapidated building still standing in Olney Court and well known to Ward in his antiquarian rambles over Stampers' Hill. The place was indeed only a few squares from his own home on the great hill's higher ground, and was now the abode of a negro family much esteemed for occasional washing, house-cleaning, and furnace-tending services. To find, in distant Salem, such sudden proof of the significance of this familiar rookery in his own family history, was a highly impressive thing to Ward; and he resolved to explore the place immediately upon his return. The more mystical phases of the letter, which he took to be some extravagant kind of symbolism, frankly baffled him; though he noted with a thrill of curiosity that the Biblical passage referred to— Job 14,14—was the familiar verse, 'If a man die, shall he live again? All the days of my appointed time will I wait, until my change come.'

(el de Mr. Merritt) disponible en Providence, aunque los Caminos son malos. Si usted está dispuesto a Viajar, no me pase por alto. De Boston tome usted Post Rd. a través de Dedham, Wrentham, y Attleborough, hay buenas Tabernas en todas estas Ciudades. Deténgase en la casa de Mr. Balcom en Wrentham, donde las Camas son mejores que las de Mr. Hatch, pero coma en la otra Casa porque su Cocina es mejor. De vuelta hacia Prov. por Patucket Falls, y por el Camino que pasa por la Taberna de Mr. Sayles. Mi Casa op. la Taberna de Mr. Epenetus Olney fuera de Towne Street, en el lado norte de Olney's Court. Distancia desde la Piedra de Boston aprox. XLIV Millas.

Señor, soy su viejo y verdadero Amigo y Siervo en Almonsin-Metraton.

Josephus C.

A Mr. ~~Simon~~ Orne, William's-Lane, en Salem.

Esta carta, por extraño que parezca, fue la que proporcionó por primera vez a Ward la ubicación exacta de la casa de Curwen en Providence, ya que ninguno de los registros encontrados hasta entonces había sido en absoluto específico. El descubrimiento fue doblemente sorprendente porque indicaba la casa más nueva de Curwen, construida en 1761 en el lugar de la antigua, un edificio ruinoso que aún se mantenía en pie en Olney Court y que Ward conocía bien en sus paseos de anticuario por Stampers' Hill. De hecho, el lugar se encontraba a sólo unas cuadras de su propia casa, en el terreno más alto de la gran colina, y era ahora la morada de una familia de negros muy estimada por sus servicios ocasionales de lavado, limpieza de la casa y cuidado de los hornos. Encontrar, en la lejana Salem, una prueba tan repentina de la importancia de este corral familiar en su propia historia familiar, fue algo que impresionó a Ward en gran manera; y resolvió explorar el lugar inmediatamente después de su regreso. Las fases más místicas de la carta, que él tomó por algún tipo extravagante de simbolismo, le desconcertaron francamente; aunque notó con un estremecimiento de curiosidad que el pasaje bíblico al que se refería —Job 14, 14— era el conocido versículo: «Si un hombre muere, ¿volverá a vivir? Todos los días de mi tiempo señalado esperaré, hasta que llegue mi cambio».

CHAPTER 2

Young Ward came home in a state of pleasant excitement, and spent the following Saturday in a long and exhaustive study of the house in Olney Court. The place, now crumbling with age, had never been a mansion; but was a modest two-and-a-half story wooden town house of the familiar Providence colonial type, with plain peaked roof, large central chimney, and artistically carved doorway with rayed fanlight, triangular pediment, and trim Doric pilasters. It had suffered but little alteration externally, and Ward felt he was gazing on something very close to the sinister matters of his quest.

The present negro inhabitants were known to him, and he was very courteously shown about the interior by old Asa and his stout wife Hannah. Here there was more change than the outside indicated, and Ward saw with regret that fully half of the fine scroll-and-urn overmantels and shell-carved cupboard linings were gone, whilst most of the fine wainscotting and bolection moulding was marked, hacked, and gouged, or covered up altogether with cheap wall-paper. In general, the survey did not yield as much as Ward had somehow expected; but it was at least exciting to stand within the ancestral walls which had housed such a man of horror as Joseph Curwen. He saw with a thrill that a monogram had been very carefully effaced from the ancient brass knocker.

From then until after the close of school Ward spent his time on the photostatic copy of the Hutchinson cipher and the accumulation of local Curwen data. The former still proved unyielding; but of the latter he obtained so much, and so many clues to similar data elsewhere, that he was ready by July to make a trip to New London and New York to consult old letters whose presence in those places was indicated. This trip was very fruitful, for it brought him the Fenner letters with their terrible description of the Pawtuxet farmhouse raid, and the Nightingale-Talbot letters in which he learned of the portrait painted on a panel of the Curwen library. This matter of the portrait interested him particularly, since he would have given much to know just what Joseph Curwen looked like; and he decided to make a second search of the house in Olney Court to see if there might not be some trace of the ancient features beneath peeling coats of later paint or layers of mouldy wall-paper.

CAPÍTULO 2

El joven Ward volvió a casa en un estado de agradable excitación y dedicó el sábado siguiente a un largo y exhaustivo estudio de la casa de Olney Court. El lugar, ahora desmoronado por la edad, nunca había sido una mansión, sino una modesta casa de pueblo de madera de dos pisos y medio del familiar tipo colonial de Providence, con tejado de picos lisos, gran chimenea central y portal artísticamente tallado con tragaluz estriado, frontón triangular y pilastras dóricas recortadas. Había sufrido muy pocas alteraciones externas y Ward sintió que estaba contemplando algo muy cercano a los siniestros asuntos de su búsqueda.

Conocía a los actuales habitantes negros y el viejo Asa y su corpulenta esposa Hannah le mostraron muy cortésmente el interior. Aquí había más cambios de los que indicaba el exterior, y Ward vio con pesar que la mitad de las bellas molduras y los revestimientos tallados de los armarios habían desaparecido, mientras que la mayor parte de los revestimientos de madera y las molduras de bolillos estaban marcadas, cortadas y desportilladas, o cubiertas por completo con papel pintado barato. En general, la inspección no aportó tanto como Ward había esperado en cierto modo; pero al menos fue emocionante estar entre los muros ancestrales que habían albergado a un hombre tan horroroso como Joseph Curwen. Vio con emoción que un monograma había sido borrado con sumo cuidado de la antigua aldaba de bronce.

Desde entonces y hasta después del cierre de las clases, Ward dedicó su tiempo a la copia fotostática del cifrado de Hutchinson y a la acumulación de datos locales de Curwen. Lo primero seguía resultando inflexible; pero de lo segundo obtuvo mucho, y tantas pistas sobre datos similares en otros lugares, que en julio ya estaba preparado para hacer un viaje a Nueva Londres y Nueva York para consultar cartas antiguas cuya presencia en esos lugares estaba indicada. Este viaje fue muy fructífero, pues le aportó las cartas de Fenner con su terrible descripción del asalto a la granja de Pawtuxet, y las cartas de Nightingale-Talbot en las que se enteró del retrato pintado en un panel de la biblioteca de Curwen. El asunto del retrato le interesaba especialmente, ya que habría dado mucho por saber qué aspecto tenía Joseph Curwen; y decidió hacer una segunda búsqueda en la casa de Olney Court para ver si no podría haber algún rastro de los rasgos antiguos bajo capas desconchadas de pintura posterior o capas de papel de pared enmohecido.

Early in August that search took place, and Ward went carefully over the walls of every room sizeable enough to have been by any possibility the library of the evil builder. He paid especial attention to the large panels of such overmantels as still remained; and was keenly excited after about an hour, when on a broad area above the fireplace in a spacious ground-floor room he became certain that the surface brought out by the peeling of several coats of paint was sensibly darker than any ordinary interior paint or the wood beneath it was likely to have been. A few more careful tests with a thin knife, and he knew that he had come upon an oil portrait of great extent. With truly scholarly restraint the youth did not risk the damage which an immediate attempt to uncover the hidden picture with the knife might have been, but just retired from the scene of his discovery to enlist expert help. In three days he returned with an artist of long experience, Mr. Walter C. Dwight, whose studio is near the foot of College Hill; and that accomplished restorer of paintings set to work at once with proper methods and chemical substances. Old Asa and his wife were duly excited over their strange visitors, and were properly reimbursed for this invasion of their domestic hearth.

As day by the day the work of restoration progressed, Charles Ward looked on with growing interest at the lines and shades gradually unveiled after their long oblivion. Dwight had begun at the bottom; hence since the picture was a three-quarter-length one, the face did not come out for some time. It was meanwhile seen that the subject was a spare, well-shaped man with dark-blue coat, embroidered waistcoat, black satin small-clothes, and white silk stockings, seated in a carved chair against the background of a window with wharves and ships beyond. When the head came out it was observed to bear a neat Albemarle wig, and to possess a thin, calm, undistinguished face which seemed somehow familiar to both Ward and the artist. Only at the very last, though, did the restorer and his client begin to grasp with astonishment at the details of that lean, pallid visage, and to recognize with a touch of awe the dramatic trick which heredity had played. For it took the final bath of oil and the final stroke of the delicate scraper to bring out fully the expression which centuries had hidden; and to confront the bewildered Charles Dexter Ward, dweller

A principios de agosto tuvo lugar esa búsqueda, y Ward repasó cuidadosamente las paredes de todas las habitaciones lo suficientemente grandes como para haber sido, de algún modo, la biblioteca del malvado constructor. Prestó especial atención a los grandes paneles de los revestimientos que aún quedaban; y se emocionó mucho al cabo de una hora, cuando en una amplia zona por encima de la chimenea de una espaciosa habitación de la planta baja tuvo la certeza de que la superficie sacada a la luz por el desprendimiento de varias capas de pintura era sensiblemente más oscura de lo que era probable que hubiera sido cualquier pintura interior ordinaria o la madera que había debajo. Unas cuantas pruebas más cuidadosas con un cuchillo fino, y supo que había dado con un retrato al óleo de gran extensión. Con una moderación verdaderamente erudita, el joven no se arriesgó al daño que podría haber supuesto un intento inmediato de descubrir el cuadro oculto con el cuchillo, sino que se limitó a retirarse del lugar de su descubrimiento para solicitar la ayuda de un experto. En tres días regresó con un artista de larga experiencia, Mr. Walter C. Dwight, cuyo estudio está cerca de la base de College Hill; y ese consumado restaurador de cuadros se puso a trabajar de inmediato con métodos adecuados y sustancias químicas. El viejo Asa y su esposa estaban muy excitados por sus extraños visitantes, y fueron debidamente recompensados por esta invasión de su hogar doméstico.

A medida que día a día avanzaba el trabajo de restauración, Charles Ward contemplaba con creciente interés las líneas y sombras que se iban desvelando poco a poco tras su largo olvido. Dwight había empezado por la parte inferior; de ahí que, como el cuadro presentaba un formato de tres cuartos, el rostro no saliera a la luz hasta pasado algún tiempo. Mientras tanto, se vio que el sujeto era un hombre esbelto y bien formado, con abrigo azul oscuro, chaleco bordado, pañuelo de raso negro y medias de seda blanca, sentado en una silla tallada sobre el fondo de una ventana con muelles y barcos más allá. Cuando apareció la cabeza, se observó que llevaba una pulcra peluca de Albemarle y que poseía un rostro delgado, tranquilo y poco distinguido que, de algún modo, parecía familiar tanto a Ward como al artista. Sin embargo, sólo al final, el restaurador y su cliente empezaron a captar con asombro los detalles de aquel rostro delgado y pálido, y a reconocer con un toque de asombro el truco dramático que había jugado la herencia. Porque fue necesario el último baño de aceite y el último golpe del delicado raspador para sacar a la luz por completo la expresión que los siglos habían ocultado; y para

in the past, with his own living features in the countenance of his horrible great-great-great-grandfather.

Ward brought his parents to see the marvel he had uncovered, and his father at once determined to purchase the picture despite its execution on stationary paneling. The resemblance to the boy, despite an appearance of rather great age, was marvelous; and it could be seen that through some trick of atavism the physical contours of Joseph Curwen had found precise duplication after a century and a half. Mrs. Ward's resemblance to her ancestor was not at all marked, though she could recall relatives who had some of the facial characteristics shared by her son and by the bygone Curwen. She did not relish the discovery, and told her husband that he had better burn the picture instead of bringing it home. There was, she averred, something unwholesome about it; not only intrinsically, but in its very resemblance to Charles. Mr. Ward, however, was a practical man of power and affairs—a cotton manufacturer with extensive mills at Riverpoint in the Pawtuxet Valley—and not one to listen to feminine scruples. The picture impressed him mightily with its likeness to his son, and he believed the boy deserved it as a present. In this opinion, it is needless to say, Charles most heartily concurred; and a few days later Mr. Ward located the owner of the house—a small rodent-featured person with a guttural accent—and obtained the whole mantel and overmantel bearing the picture at a curtly fixed price which cut short the impending torrent of unctuous haggling.

It now remained to take off the paneling and remove it to the Ward home, where provisions were made for its thorough restoration and installation with an electric mock-fireplace in Charles's third-floor study or library. To Charles was left the task of superintending this removal, and on the twenty- eighth of August he accompanied two expert workmen from the Crooker decorating firm to the house in Olney Court, where the mantel and portrait-bearing overmantel were detached with great care and precision for transportation in the company's motor truck. There was left a space of exposed brickwork marking the chimney's course, and in this young Ward observed a cubical recess about a foot square, which must have lain directly behind the head of the portrait. Curious as to what such a space might mean or contain, the youth approached and looked within; finding beneath the deep coatings of dust and soot some loose yellowed pa-

enfrentar al desconcertado Charles Dexter Ward, habitante del pasado, con sus propios rasgos vivos en el semblante de su horrible tatarabuelo.

Ward trajo a sus padres para que vieran la maravilla que había descubierto, y su padre decidió de inmediato comprar el cuadro a pesar de su ejecución en paneles inmóviles. El parecido con el muchacho, a pesar de una apariencia de edad bastante avanzada, era maravilloso; y podía verse que por algún truco de atavismo los contornos físicos de Joseph Curwen habían encontrado una duplicación precisa después de siglo y medio. El parecido de Mrs. Ward con su antepasado no era nada notable, aunque podía recordar a parientes que tenían algunos de los rasgos faciales compartidos por su hijo y por el desaparecido Curwen. No le hizo ninguna gracia el descubrimiento, y le dijo a su marido que era mejor que quemara el cuadro en lugar de traerlo a casa. Había, según ella, algo malsano en él; no sólo intrínsecamente, sino en su propio parecido con Charles. Mr. Ward, sin embargo, era un hombre práctico con poder y negocios —un fabricante de algodón con grandes fábricas en Riverpoint, en el valle de Pawtuxet— y no era de los que escuchaban a los escrúpulos femeninos. El cuadro le impresionó poderosamente por su parecido con su hijo, y creyó que su hijo se lo merecía como regalo. Huelga decir que Charles coincidió de todo corazón con esta opinión; y pocos días después Mr. Ward localizó al propietario de la casa —una persona de rasgos de roedor y acento gutural— y obtuvo toda la repisa de la chimenea y el revestimiento con el cuadro a un precio fijado con brusquedad que cortó en seco el inminente torrente de untuoso regateo.

Ahora quedaba quitar el revestimiento y trasladarlo a la casa de los Ward, donde se tomaron las disposiciones necesarias para su minuciosa restauración e instalación con un simulacro de chimenea eléctrica en el estudio o biblioteca de Charles en el tercer piso. A Charles se le dejó la tarea de supervisar este traslado, y el 28 de agosto acompañó a dos expertos obreros de la empresa de decoración Crooker a la casa de Olney Court, donde la repisa y el revestimiento con el retrato fueron desmontados con gran cuidado y precisión para su transporte en el camión motorizado de la empresa. Quedaba un espacio de ladrillo visto que marcaba el curso de la chimenea, y en él el joven Ward observó un hueco cúbico de aproximadamente un pie cuadrado, que debía de encontrarse directamente detrás de la cabeza del retrato. Curioso por saber qué podría significar o contener semejante espacio, el joven se acercó y miró en su interior; encontrando bajo las profundas capas de

pers, a crude, thick copybook, and a few mouldering textile shreds which may have formed the ribbon binding the rest together. Blowing away the bulk of the dirt and cinders, he took up the book and looked at the bold inscription on its cover. It was in a hand which he had learned to recognize at the Essex Institute, and proclaimed the volume as the *'Journall and Notes of Jos: Curwen, Gent. of Prouidence-Plantations, Late of Salem.'*

Excited beyond measure by his discovery, Ward showed the book to the two curious workmen beside him. Their testimony is absolute as to the nature and genuineness of the finding, and Dr. Willett relies on them to help establish his theory that the youth was not mad when he began his major eccentricities. All the other papers were likewise in Curwen's handwriting, and one of them seemed especially portentous because of its inscription: *'To Him Who Shal Come After, & How He May Gett Beyonde Time & Ye Spheres.'*

Another was in a cipher; the same, Ward hoped, as the Hutchinson cipher which had hitherto baffled him. A third, and here the searcher rejoiced, seemed to be a key to the cipher; whilst the fourth and fifth were addressed respectively to:'Edw: Hutchinson, Armiger' and Jedediah Orne, esq.', 'or Their Heir or Heirs, or Those Represent'g Them.' The sixth and last was inscribed: *'Joseph Curwen his Life and Travells Bet'n ye yeares 1678 and 1687: Of Whither He Voyag'd, Where He Stay'd, Whom He Sawe, and What He Learnt.'*

polvo y hollín algunos papeles amarillentos sueltos, un grueso y tosco cuaderno y unos pocos jirones de tela enmohecida que podrían haber formado la cinta que unía el fajo. Apartando la mayor parte de la suciedad y las cenizas, cogió el libro y miró la inscripción en negrita de su cubierta. Estaba escrita con una letra que había aprendido a reconocer en el Instituto Essex, y proclamaba que el volumen era el *«Diario y notas de Jos: Curwen, Caballero de Providence-Plantations, anteriormente de Salem»*.

Excitado más allá de lo razonable por su descubrimiento, Ward mostró el libro a los dos curiosos obreros que estaban a su lado. Su testimonio es absoluto en cuanto a la naturaleza y autenticidad del hallazgo, y el Dr. Willett se basa en ellos para ayudar a establecer su teoría de que el joven no estaba loco cuando comenzó sus mayores excentricidades. Todos los demás papeles estaban igualmente escritos de puño y letra de Curwen, y uno de ellos parecía especialmente portentoso por su inscripción: *«A Aquél Que Vendrá Después, y Cómo Podrá Llegar Al tiempo Y A Las Esferas»*.

Otro estaba en clave; la misma, esperaba Ward, que la clave de Hutchinson que hasta entonces le había desconcertado. Un tercer escrito, y aquí el buscador se regocijó, parecía ser la clave; mientras que el cuarto y el quinto estaban dirigidos respectivamente a: «Edw: Hutchinson, Armero» y «Jedediah Orne, Esq.», «o a Su Heredero o Herederos, o a Quienes los Representen». El sexto y último estaba inscrito: *«Joseph Curwen su Vida y Viajes entre los años 1678 y 1687: Acerca de Adónde Viajó, Dónde se Hospedó, a Quién Vio y Qué Aprendió»*.

CHAPTER 3

We have now reached the point from which the more academic school of alienists date Charles Ward's madness. Upon his discovery the youth had looked immediately at a few of the inner pages of the book and manuscripts, and had evidently seen something which impressed him tremendously. Indeed, in showing the titles to the workmen, he appeared to guard the text itself with peculiar care, and to labour under a perturbation for which even the antiquarian and genealogical significance of the find could hardly account. Upon returning home he broke the news with an almost embarrassed air, as if he wished to convey an idea of its supreme importance without having to exhibit the evidence itself. He did not even show the titles to his parents, but simply told them that he had found some documents in Joseph Curwen's handwriting, 'mostly in cipher', which would have to be studied very carefully before yielding up their true meaning. It is unlikely that he would have shown what he did to the workmen, had it not been for their unconcealed curiosity. As it was he doubtless wished to avoid any display of peculiar reticence which would increase their discussion of the matter.

That night Charles Ward sat up in his room reading the new-found book and papers, and when day came he did not desist. His meals, on his urgent request when his mother called to see what was amiss, were sent up to him; and in the afternoon he appeared only briefly when the men came to install the Curwen picture and mantelpiece in his study. The next night he slept in snatches in his clothes, meanwhile wrestling feverishly with the unraveling of the cipher manuscript. In the morning his mother saw that he was at work on the photostatic copy of the Hutchinson cipher, which he had frequently shown her before; but in response to her query he said that the Curwen key could not be applied to it. That afternoon he abandoned his work and watched the men fascinatedly as they finished their installation of the picture with its woodwork above a cleverly realistic electric log, setting the mock-fireplace and overmantel a little out from the north wall as if a chimney existed, and boxing in the sides with paneling to match the room's. The front panel holding the picture was sawn and hinged to allow cupboard space behind it. After the workmen went he moved his work into the study and sat down before it with his eyes half on the cipher and half on the portrait which

CAPÍTULO 3

Hemos llegado ahora al punto a partir del cual la escuela más académica de alienistas fecha la locura de Charles Ward. Tras su descubrimiento, el joven había examinado inmediatamente algunas de las páginas interiores del libro y los manuscritos, y evidentemente había visto algo que le impresionó tremendamente. De hecho, al mostrar los títulos a los obreros, pareció custodiar el propio texto con peculiar cuidado y trabajar bajo una perturbación de la que difícilmente podía dar cuenta ni siquiera la importancia anticuaria y genealógica del hallazgo. Al regresar a casa dio la noticia con un aire casi avergonzado, como si quisiera transmitir una idea de su suprema importancia sin tener que exhibir las pruebas en sí. Ni siquiera enseñó los títulos a sus padres, sino que se limitó a decirles que había encontrado unos documentos de puño y letra de Joseph Curwen, «la mayoría en clave», que habría que estudiar muy detenidamente antes de desvelar su verdadero significado. Es poco probable que los hubiera mostrado, como lo hizo, a los obreros, de no haber sido por su curiosidad inconfesada. Así las cosas, sin duda deseaba evitar cualquier muestra de peculiar reticencia que pudiera aumentar su discusión sobre el asunto.

Aquella noche Charles Ward permaneció sentado en su habitación leyendo el libro y los papeles recién encontrados, y cuando llegó el día no desistió. Le subieron la comida, a instancias suyas cuando su madre llamó para ver qué pasaba; y por la tarde sólo apareció brevemente cuando los obreros vinieron a instalar el cuadro de Curwen y la repisa de la chimenea en su estudio. La noche siguiente durmió a ratos, vestido, mientras se afanaba febrilmente en desentrañar el manuscrito cifrado. Por la mañana su madre vio que estaba trabajando en la copia fotostática de la clave de Hutchinson, que ya le había mostrado con frecuencia; pero en respuesta a su pregunta le dijo que no se podía aplicar a ella la clave de Curwen. Aquella tarde abandonó su trabajo y observó fascinado a los hombres mientras terminaban de instalar el cuadro con su revestimiento de madera sobre un leño eléctrico ingeniosamente realista, colocando el simulacro de chimenea y el revestimiento sobresaliendo un poco de la pared norte como si existiera una chimenea, y encajonando los laterales con paneles que hacían juego con los de la habitación. El panel frontal que sujetaba el cuadro fue serrado y abisagrado para dejar espacio para un armario detrás. Cuando los obreros se fueron, él trasladó su trabajo al estudio y se sentó ante él con los ojos puestos mitad en la

stared back at him like a year-adding and century-recalling mirror.

His parents, subsequently recalling his conduct at this period, give interesting details anent the policy of concealment which he practiced. Before servants he seldom hid any paper which he might by studying, since he rightly assumed that Curwen's intricate and archaic chirography would be too much for them. With his parents, however, he was more circumspect; and unless the manuscript in question were a cipher, or a mere mass of cryptic symbols and unknown ideographs (as that entitled 'To Him Who Shal Come After, etc.' seemed to be), he would cover it with some convenient paper until his caller had departed. At night he kept the papers under lock and key in an antique cabinet of his, where he also placed them whenever he left the room. He soon resumed fairly regular hours and habits, except that his long walks and other outside interests seemed to cease. The opening of school, where he now began his senior year, seemed a great bore to him; and he frequently asserted his determination never to bother with college. He had, he said, important special investigations to make, which would provide him with more avenues toward knowledge and the humanities than any university which the world could boast.

Naturally, only one who had always been more or less studious, eccentric, and solitary could have pursued this course for many days without attracting notice. Ward, however, was constitutionally a scholar and a hermit; hence his parents were less surprised than regretful at the close confinement and secrecy he adopted. At the same time, both his father and mother thought it odd that he would show them no scrap of his treasure-trove, nor give any connected account of such data as he had deciphered. This reticence he explained away as due to a wish to wait until he might announce some connected revelation, but as the weeks passed without further disclosures there began to grow up between the youth and his family a kind of constraint; intensified in his mother's case by her manifest disapproval of all Curwen delvings.

During October Ward began visiting the libraries again, but no longer for the antiquarian matter of his former days. Witchcraft and

cifra y mitad en el retrato que le devolvía la mirada como un espejo que suma años y recuerda siglos.

Sus padres, recordando posteriormente su conducta en esta época, dan detalles interesantes sobre la práctica de disimulo que aplicaba. Ante los criados rara vez ocultaba algún papel que pudiera estar estudiando, ya que suponía, con razón, que la intrincada y arcaica quirografía de Curwen sería demasiado para ellos. Con sus padres, sin embargo, era más circunspecto; y a menos que el manuscrito en cuestión fuera una criptografía, o una mera masa de símbolos crípticos e ideogramas desconocidos (como parecía serlo el titulado *«A Quien Venga Después, etc.»*), lo cubría con algún papel adecuado hasta que su interlocutor se hubiera marchado. Por la noche guardaba los papeles bajo llave en un antiguo armario suyo, donde también los colocaba siempre que salía de la habitación. Pronto retomó horarios y hábitos bastante regulares, excepto que sus largos paseos y otros intereses extramuros parecieron cesar. La apertura de la escuela, donde ahora comenzaba su último año, le parecía un gran aburrimiento; y con frecuencia afirmaba su determinación de no molestarse nunca con la universidad. Tenía, decía, importantes investigaciones especiales que realizar, que le proporcionarían más vías hacia el conocimiento y las humanidades que cualquier universidad de la que el mundo pudiera presumir.

Naturalmente, sólo alguien que siempre había sido más o menos estudioso, excéntrico y solitario podría haber seguido este curso durante muchos días sin llamar la atención. Ward, sin embargo, era por naturaleza un estudioso y un ermitaño; de ahí que sus padres se sorprendieran menos, si bien lamentando el estrecho confinamiento y el secretismo que adoptó. Al mismo tiempo, tanto a su padre como a su madre les pareció extraño que no les mostrara ni una pizca de su tesoro, ni les diera cuenta de los datos que había descifrado. Explicó esta reticencia como debida a un deseo de esperar hasta que pudiera anunciar alguna revelación relacionada, pero a medida que pasaban las semanas sin que se produjeran nuevas revelaciones empezó a crecer entre el joven y su familia una especie de constricción; intensificada en el caso de su madre por su manifiesta desaprobación de todas las elucubraciones de Curwen.

Durante el mes de octubre Ward comenzó a visitar de nuevo las bibliotecas, pero ya no por la materia anticuaria de sus días anteriores.

magic, occultism and demonology, were what he sought now; and when Providence sources proved unfruitful he would take the train for Boston and tap the wealth of the great library in Copley Square, the Widener Library at Harvard, or the Zion Research Library in Brookline, where certain rare works on Biblical subjects are available. He bought extensively, and fitted up a whole additional set of shelves in his study for newly acquired works on uncanny subjects; while during the Christmas holidays he made a round of out-of-town trips including one to Salem to consult certain records at the Essex Institute.

About the middle of January, 1920, there entered Ward's bearing an element of triumph which he did not explain, and he was no more found at work upon the Hutchinson cipher. Instead, he inaugurated a dual policy of chemical research and record-scanning; fitting up for the one a laboratory in the unused attic of the house, and for the latter haunting all the sources of vital statistics in Providence. Local dealers in drugs and scientific supplies, later questioned, gave astonishingly queer and meaningless catalogues of the substances and instruments he purchased; but clerks at the State House, the City Hall, and the various libraries agree as to the definite object of his second interest. He was searching intensely and feverishly for the grave of Joseph Curwen, from whose slate slab an older generation had so wisely blotted the name.

Little by little there grew upon the Ward family the conviction that something was wrong. Charles had had freaks and changes of minor interests before, but this growing secrecy and absorption in strange pursuits was unlike even him. His school work was the merest pretence; and although he failed in no test, it could be seen that the older application had all vanished. He had other concernments now; and when not in his new laboratory with a score of obsolete alchemical books, could be found either poring over old burial records down town or glued to his volumes of occult lore in his study, where the startlingly—one almost fancied increasingly—similar features of Joseph Curwen stared blandly at him from the great overmantel on the North wall.

Late in March Ward added to his archive-searching a ghoulish series of rambles about the various ancient cemeteries of the city. The

Brujería y magia, ocultismo y demonología, era lo que buscaba ahora; y cuando las fuentes de Providence se mostraban infructuosas, tomaba el tren para Boston y aprovechaba la riqueza de la gran biblioteca de Copley Square, la Biblioteca Widener de Harvard, o la Biblioteca de Investigación Zion de Brookline, donde están disponibles ciertas obras raras sobre temas bíblicos. Compró mucho y acondicionó todo un conjunto adicional de estanterías en su estudio para las obras recién adquiridas sobre temas insólitos; mientras que durante las vacaciones de Navidad realizó una ronda de viajes fuera de la ciudad, incluido uno a Salem para consultar ciertos registros en el Instituto Essex.

Hacia mediados de enero de 1920, se produjo en Ward un elemento de triunfo que no supo explicar, y ya no se le encontró trabajando en la clave de Hutchinson. En su lugar, inauguró una política dual de investigación química y escaneo de registros; habilitando para lo primero un laboratorio en el desván no utilizado de la casa, y para lo segundo rondando todas las fuentes de estadísticas vitales de Providence. Los comerciantes locales de medicamentos y suministros científicos, interrogados más tarde, dieron catálogos asombrosamente extraños y sin sentido de las sustancias e instrumentos que compraba; pero los empleados del Parlamento, el Ayuntamiento y las diversas bibliotecas coinciden en cuanto al objeto definitivo de su segundo interés. Buscaba intensa y febrilmente la tumba de Joseph Curwen, de cuya losa de pizarra una generación anterior había borrado tan sabiamente el nombre.

Poco a poco fue creciendo en la familia Ward la convicción de que algo iba mal. Charles había tenido antes rarezas y cambios de intereses menores, pero este creciente secretismo y absorción en extraños afanes no era propio ni siquiera de él. Su trabajo escolar era un mero simulacro; y aunque no fallaba en ninguna evaluación, podía verse que toda la aplicación anterior se había desvanecido. Ahora tenía otras preocupaciones y, cuando no estaba en su nuevo laboratorio con una veintena de libros de alquimia obsoletos, se le podía encontrar estudiando los registros de los antiguos entierros de la ciudad o pegado a sus volúmenes de sabiduría oculta en su estudio, donde los rasgos, sorprendentemente, —casi se diría que cada vez más parecidos— de Joseph Curwen le miraban con indiferencia desde el gran sobremantel de la pared norte.

A finales de marzo, Ward añadió a su búsqueda de archivos una macabra serie de divagaciones sobre los diversos cementerios antiguos de

117

cause appeared later, when it was learned from City Hall clerks that he had probably found an important clue. His quest had suddenly shifted from the grave of Joseph Curwen to that of one Naphthali Field; and this shift was explained when, upon going over the files that he had been over, the investigators actually found a fragmentary record of Curwen's burial which had escaped the general obliteration, and which stated that the curious leaden coffin had been interred '10 ft. S. and 5 ft. W. of Naphthali Field's grave in y—.' The lack of a specified burying-ground in the surviving entry greatly complicated the search, and Naphthali Field's grave seemed as elusive as that of Curwen; but here no systematic effacement had existed, and one might reasonably be expected to stumble on the stone itself even if its record had perished. Hence the rambles —from which St. John's (the former King's) Churchyard and the ancient Congregational burying-ground in the midst of Swan Point Cemetery were excluded, since other statistics had shown that the only Naphthali Field (obiit 1729) whose grave could have been meant had been a Baptist.

la ciudad. La causa se conoció más tarde, cuando se supo por los empleados del Ayuntamiento de que probablemente había encontrado una pista importante. Su búsqueda se había desplazado repentinamente de la tumba de Joseph Curwen a la de un tal «Naphthali Field»; y este desplazamiento se explicó cuando, al revisar los archivos que él había consultado, los investigadores encontraron en realidad un registro fragmentario del enterramiento de Curwen que había escapado a la obliteración general, y en el que se afirmaba que el curioso ataúd de plomo había sido enterrado «10 pies al S. y 5 pies al O. de la tumba de Naphthali Field en el a...». La falta de un lugar de enterramiento especificado en la entrada superviviente complicó enormemente la búsqueda, y la tumba de Naphthali Field parecía tan esquiva como la de Curwen; pero aquí no había existido ningún borrado sistemático, y cabía esperar razonablemente tropezar con la propia lápida aunque su registro hubiera perecido. De ahí las divagaciones... de las que se excluyeron el Cementerio de St. John's (el antiguo King's) y el antiguo lugar de enterramiento de la Congregación en medio del Cementerio de Swan Point, ya que otras estadísticas habían demostrado que el único Naphthali Field (obiit 1729) cuya tumba podría haberse indicado había sido un baptista.

CHAPTER 4

It was toward May when Dr. Willett, at the request of the senior Ward, and fortified with all the Curwen data which the family had gleaned from Charles in his non-secretive days, talked with the young man. The interview was of little value or conclusiveness, for Willett felt at every moment that Charles was thorough master of himself and in touch with matters of real importance; but it at least force the secretive youth to offer some rational explanation of his recent demeanor. Of a pallid, impassive type not easily showing embarrassment, Ward seemed quite ready to discuss his pursuits, though not to reveal their object. He stated that the papers of his ancestor had contained some remarkable secrets of early scientific knowledge, for the most part in cipher, of an apparent scope comparable only to the discoveries of Friar Bacon and perhaps surpassing even those. They were, however, meaningless except when correlated with a body of learning now wholly obsolete; so that their immediate presentation to a world equipped only with modern science would rob them of all impressiveness and dramatic significance. To take their vivid place in the history of human thought they must first be correlated by one familiar with the background out of which they evolved, and to this task of correlation Ward was now devoting himself. He was seeking to acquire as fast as possible those neglected arts of old which a true interpreter of the Curwen data must possess, and hoped in time to made a full announcement and presentation of the utmost interest to mankind and to the world of thought. Not even Einstein, he declared, could more profoundly revolutionize the current conception of things.

As to his graveyard search, whose object he freely admitted, but the details of whose progress he did not relate, he said he had reason to think that Joseph Curwen's mutilated headstone bore certain mystic symbols— carved from directions in his will and ignorantly spared by those who had effaced the name—which were absolutely essential to the final solution of his cryptic system. Curwen, he believed, had wish to guard his secret with care; and had consequently distributed the data in an exceedingly curious fashion. When Dr. Willett asked to see the mystic documents, Ward displayed much reluctance and tried to put him off with such things as photostatic copies of the Hutchinson cipher and Orne formulae and diagrams; but fi-

CAPÍTULO 4

Fue hacia mayo cuando el Dr. Willett, a petición del mayor de los Ward, armado con todos los datos de Curwen que la familia había extraído a Charles en sus días sin secretos, habló con el joven. La entrevista fue de poco valor o poco concluyente, pues Willett sintió en todo momento que Charles era dueño absoluto de sí mismo y estaba en contacto con asuntos de verdadera importancia; pero al menos obligó al reservado joven a ofrecer alguna explicación racional de su comportamiento reciente. De aspecto pálido e impasible, que no se avergonzaba fácilmente, Ward parecía dispuesto a hablar de sus búsquedas, aunque no a revelar su objeto. Afirmó que los papeles de su antepasado habían contenido algunos secretos notables de los primeros conocimientos científicos, en su mayor parte en clave, de un alcance aparente sólo comparable a los descubrimientos de Fray Bacon y quizá superando incluso a aquellos. Sin embargo, carecían de sentido excepto cuando se correlacionaban con un cuerpo de aprendizaje ahora totalmente obsoleto; de modo que su presentación inmediata a un mundo equipado sólo con la ciencia moderna les privaría de toda impresión y significado dramático. Para ocupar su vívido lugar en la historia del pensamiento humano, primero debían ser correlacionadas por alguien familiarizado con el trasfondo a partir del cual evolucionaron, y a esta tarea de correlación se dedicaba ahora Ward. Trataba de adquirir lo más rápidamente posible esas artes olvidadas de antaño que debe poseer un verdadero intérprete de los datos de Curwen, y esperaba poder hacer con el tiempo un anuncio y una presentación completos del máximo interés para la humanidad y para el mundo del pensamiento. Ni siquiera Einstein, declaró, podría revolucionar más profundamente la concepción actual de las cosas.

En cuanto a su búsqueda en el cementerio, cuyo objeto admitió libremente, pero cuyos detalles no relató, dijo que tenía razones para pensar que la lápida mutilada de Joseph Curwen contenía ciertos símbolos místicos —tallados a partir de las indicaciones de su testamento y escatimados, sin saberlo, por quienes habían borrado el nombre— que eran absolutamente esenciales para la solución final de su sistema críptico. Curwen, según creía, había querido guardar su secreto con esmero y, en consecuencia, había distribuido los datos de una forma sumamente curiosa. Cuando el Dr. Willett pidió ver los documentos místicos, Ward se mostró muy reacio e intentó disuadirle con cosas tales como copias fotostáticas de la clave de Hutchinson y fórmulas y diagramas de Orne;

nally showed him the exteriors of some of the real Curwen finds—the *'Journall and Notes'*, the cipher (title in cipher also), and the formula-filled message *'To Him Who Shal Come After'*—and let him glance inside such as were in obscure characters.

He also opened the diary at a page carefully selected for its innocuousness and gave Willett a glimpse of Curwen's connected handwriting in English. The doctor noted very closely the crabbed and complicated letters, and the general aura of the seventeenth century which clung round both penmanship and style despite the writer's survival into the eighteenth century, and became quickly certain that the document was genuine. The text itself was relatively trivial, and Willett recalled only a fragment:

'Wedn. 16 Octr. 1754. My Sloope the Wakeful this Day putt in from London with XX newe Men pick'd up in ye Indies, Spaniards from Martineco and 2 Dutch Men from Surinam. Ye Dutch Men are like to Desert from have'g hearde Somewhat ill of these Ventures, but I will see to ye Inducing of them to Staye. For Mr. Knight Dexter of ye Bay and Book 120 Pieces Camblets, 100 Pieces Assrtd. Cambleteens, 20 Pieces blue Duffles, 100 Pieces Shalloons, 50 Pieces Calamancoes, 300 Pieces each, Shend-soy and Humhums. For Mr. Green at ye Elephant 50 Gallon Cyttles, 20 Warm'g Pannes, 15 Bake Cyttles, 10 pr. Smoke'g Tonges. For Mr. Perrigo 1 Sett of Awles. For Mr. Nightingale 50 Reames prime Foolscap. Say'd ye SABAOTH thrice last Nighte but None appear'd. I must heare more from Mr. H. in Transylvania, tho' it is Harde reach'g him and exceeding strange he can not give me the Use of What he hath so well us'd these hundred Yeares. Simon hath not writ these V. Weekes, but I expecte soon hear'g from Him.'

When upon reaching this point Dr. Willett turned the leaf he was quickly checked by Ward, who almost snatched the book from his grasp. All that the doctor had a chance to see on the newly opened page was a brief pair of sentences; but these, strangely enough, lingered tenacious in his memory. They ran: 'Ye Verse from Liber-Damnatus be'g spoke V Roodmasses and IV Hallows-Eves, I am Hopeful ye Thing is breed'g Outside ye Spheres. It will drawe One who is to Come, if I can make sure he shal Bee, and he shal think on Past Thinges and look back thro' all ye Yeares, against ye Which I must have ready ye Saltes or That to make 'em with.'

pero finalmente le mostró los exteriores de algunos de los auténticos hallazgos de Curwen —el *«Diario y Notas»*, la clave (el título también en clave) y el mensaje lleno de fórmulas *«Al Que Vendrá Después...»* y le dejó echar un vistazo al interior, lo que estaba en oscuros caracteres.

También abrió el diario por una página cuidadosamente seleccionada por su inocuidad y le permitió a Willett echar un vistazo a la caligrafía conectada de Curwen en inglés. El doctor observó muy de cerca las letras rasgadas y complicadas, y el aura general del siglo XVII que se aferraba tanto a la caligrafía como al estilo a pesar de la supervivencia del escritor hasta el siglo XVIII, y rápidamente tuvo la certeza de que el documento era auténtico. El texto en sí era relativamente trivial, y Willett sólo recordaba un fragmento:

«Mié. 16 Oct. 1754. Mi Barco el Despierto llegó este Día de Londres con XX Hombres nuevos recogidos en las Indias, Españoles de Martinica y 2 Holandeses de Surinam. Ustedes, los Holandeses, están a punto de Desertar por haber oído hablar Algo malo de estas Aventuras, pero yo me encargaré de Inducirlos a Quedarse. Para Mr. Knight Dexter en la Bahía, el Libro, 120 Piezas de Camblets, 100 Piezas de Cambletes variados, 20 Piezas de Muñecos azules, 100 Piezas de Festones, 50 Piezas de Calamancos, 300 Piezas de cada uno, Shendsoy y Humhums. Para Mr. Green de Elefante 50 Galones de Cerveza, 20 Sartenes para Calentar, 15 Sartenes para Hornear, 10 pares de Pinzas para Ahumar. Para Mr. Perrigo 1 Set de Alforjas. Para Mr. Nightingale 50 Carretes de primera de Papel folio. Le dije SABAOTH tres veces Anoche pero no apareció Nadie. Debo saber más de Mr. H. en Transilvania, aunque es Difícil llegar a él y muy extraño que no pueda darme el Uso de lo Que tan bien ha usado estos cien Años. Simón no ha escrito estas V Semanas, pero espero tener pronto noticias Suyas».

Cuando al llegar a este punto el Dr. Willett pasó la hoja fue rápidamente frenado por Ward, que casi le arrebató el libro de las manos. Todo lo que el doctor pudo ver en la página recién abierta fue un breve par de frases; pero éstas, extrañamente, perduraron con tenacidad en su memoria. Ellas decían: «El verso del Liber-Damnatus hablaba de las V Vísperas y las IV Vísperas de Pentecostés, tengo la Esperanza de que la Cosa se haya engendrado fuera de sus Esferas. Atraerá a Uno que está por Venir, si puedo asegurarme de que lo Hará, y pensará en Cosas Pasadas y mirará hacia atrás a través de todos sus Años, contra los Cuales debo tener listas sus Sales o Aquello con lo que hacerlas».

Willett saw no more, but somehow this small glimpse gave a new and vague terror to the painted features of Joseph Curwen which stared blandly down from the overmantel. Even after that he entertained the odd fancy—which his medical skill of course assured him was only a fancy—that the eyes of the portrait had a sort of wish, if not an actual tendency, to follow young Charles Ward as he move about the room. He stopped before leaving to study the picture closely, marvelling at its resemblance to Charles and memorizing every minute detail of the cryptical, colorless face, even down to a slight scar or pit in the smooth brow above the right eye. Cosmo Alexander, he decided, was a painter worthy of the Scotland that produced Raeburn, and a teacher worthy of his illustrious pupil Gilbert Stuart.

Assured by the doctor that Charles's mental health was in no danger, but that on the other hand he was engaged in researches which might prove of real importance, the Wards were more lenient than they might otherwise have been when during the following June the youth made positive his refusal to attend college. He had, he declared, studies of much more vital importance to pursue; and intimated a wish to go abroad the following year in order to avail himself of certain sources of data not existing in America. The senior Ward, while denying this latter wish as absurd for a boy of only eighteen, acquiesced regarding the university; so that after a none too brilliant graduation from the Moses Brown School there ensued for Charles a three-year period of intensive occult study and graveyard searching. He became recognized as an eccentric, and dropped even more completely from the sight of his family's friends than he had been before; keeping close to his work and only occasionally making trips to other cities to consult obscure records. Once he went south to talk to a strange mulatto who dwelt in a swamp and about whom a newspaper hand printed a curious article. Again he sought a small village in the Adirondacks whence reports of certain odd ceremonial practices had come. But still his parents forbade him the trip to the Old World which he desired.

Coming of age in April, 1923, and having previously inherited a small competence from his maternal grandfather, Ward deter-

Willett no vio más, pero de algún modo este pequeño atisbo infundió un nuevo y vago terror a las facciones pintadas de Joseph Curwen que miraban anodinamente desde el sobremantel. Incluso después de eso tuvo la extraña fantasía —que su pericia médica le aseguró, por supuesto, que era sólo una fantasía— de que los ojos del retrato tenían una especie de deseo, si no una tendencia real, de seguir al joven Charles Ward mientras se movía por la habitación. Se detuvo antes de marcharse para estudiar el cuadro con detenimiento, maravillándose de su parecido con Charles y memorizando cada minúsculo detalle del rostro críptico e incoloro, incluso hasta una leve cicatriz u hoyo en la lisa frente sobre el ojo derecho. Cosmo Alexander, decidió, era un pintor digno de la Escocia que produjo a Raeburn, y un maestro digno de su ilustre alumno Gilbert Stuart.

Asegurados por el médico de que la salud mental de Charles no corría peligro, pero que por otra parte estaba ocupado en investigaciones que podrían resultar de verdadera importancia, los Ward se mostraron más indulgentes de lo que habrían sido en otras circunstancias cuando durante el mes de junio siguiente el joven hizo patente su negativa a asistir a la universidad. Tenía, declaró, estudios de mucha más vital importancia que proseguir; e insinuó su deseo de ir al extranjero al año siguiente para aprovechar ciertas fuentes de datos inexistentes en América. El mayor de los Ward, aunque negó este último deseo por considerarlo absurdo para un muchacho de sólo dieciocho años, consintió en lo referente a la universidad; de modo que, tras una graduación no demasiado brillante en la escuela Moses Brown, sobrevino para Charles un período de tres años de intensos estudios ocultistas y búsquedas en cementerios. Llegó a ser reconocido como un excéntrico, y desapareció aún más completamente de la vista de los amigos de su familia de lo que había estado antes; se mantuvo cerca de su trabajo y sólo ocasionalmente hacía viajes a otras ciudades para consultar registros oscuros. Una vez se dirigió al sur para hablar con un extraño mulato que habitaba en un pantano y sobre el que la mano de un periódico imprimió un curioso artículo. Otra vez buscó un pequeño pueblo en los Adirondacks de donde habían llegado informes sobre ciertas prácticas ceremoniales extrañas. Pero aun así sus padres le prohibieron el viaje al Viejo Mundo que deseaba.

Al cumplir la mayoría de edad en abril de 1923, y habiendo heredado previamente una pequeña fortuna de su abuelo materno, Ward decidió

mined at last to take the European trip hitherto denied him. Of his proposed itinerary he would say nothing save that the needs of his studies would carry him to many places, but he promised to write his parents fully and faithfully. When they saw he could not be dissuaded, they ceased all opposition and helped as best they could; so that in June the young man sailed for Liverpool with the farewell blessings of his father and mother, who accompanied him to Boston and waved him out of sight from the White Star pier in Charlestown. Letters soon told of his safe arrival, and of his securing good quarters in Great Russell Street, London; where he proposed to stay, shunning all family friends, till he had exhausted the resources of the British Museum in a certain direction. Of his daily life he wrote by little, for there was little to write. Study and experiment consumed all his time, and he mentioned a laboratory which he had established in one of his rooms. That he said nothing of antiquarian rambles in the glamorous old city with its luring skyline of ancient domes and steeples and its tangles of roads and alleys whose mystic convolutions and sudden vistas alternately beckon and surprise, was taken by his parents as a good index of the degree to which his new interests had engrossed his mind.

In June, 1924, a brief note told of his departure for Paris, to which he had before made one or two flying trips for material in the Bibliothèque Nationale. For three months thereafter he sent only postal cards, giving an address in the Rue St. Jacques and referring to a special search among rare manuscripts in the library of an unnamed private collector. He avoided acquaintances, and no tourists brought back reports of having seen him. Then came a silence, and in October the Wards received a picture card from Prague, Czecho-Slovakia, stating that Charles was in that ancient town for the purpose of conferring with a certain very aged man supposed to be the last living possessor of some very curious medieval information. He gave an address in the Neustadt, and announced no move till the following January; when he dropped several cards from Vienna telling of his passage through that city on the way toward a more easterly region whither one of his correspondents and fellow-delvers into the occult had invited him.

The next card was from Klausenburg in Transylvania, and told of

por fin hacer el viaje europeo que hasta entonces se le había negado. De su itinerario propuesto no quiso decir nada, salvo que las necesidades de sus estudios le llevarían a muchos lugares, pero prometió escribir a sus padres completa y fielmente. Cuando vieron que no podían disuadirle, cesaron toda oposición y le ayudaron lo mejor que pudieron; de modo que en junio el joven zarpó hacia Liverpool con las bendiciones para su partida de su padre y su madre, que le acompañaron hasta Boston y le despidieron con la mano desde el muelle de la White Star en Charlestown. Las cartas pronto informaron de su llegada a salvo, y de que había conseguido un buen alojamiento en Great Russell Street, Londres; donde se proponía quedarse, rehuyendo a todos los amigos de la familia, hasta que hubiera agotado los recursos del Museo Británico en una dirección determinada. De su vida cotidiana escribió poco, pues había poco que escribir. El estudio y la experimentación consumían todo su tiempo, y mencionó un laboratorio que había establecido en una de sus habitaciones. Que no dijera nada de paseos anticuarios por la glamorosa ciudad vieja, con su atrayente horizonte de antiguas cúpulas y campanarios y sus marañas de calles y callejones cuyas místicas circunvoluciones y repentinas vistas atraen y sorprenden alternativamente, fue tomado por sus padres como un buen índice del grado en que sus nuevos intereses habían absorbido su mente.

En junio de 1924, una breve nota informaba de su partida hacia París, ciudad a la que antes había realizado uno o dos viajes relámpago en busca de material en la Bibliothèque Nationale. Durante los tres meses siguientes sólo envió tarjetas postales, dando una dirección en la Rue St. Jacques y refiriéndose a una búsqueda especial entre manuscritos raros en la biblioteca de un coleccionista privado sin nombre. Evitaba a los conocidos y ningún turista reportó haberle visto. Luego vino un periodo de silencio, y en octubre los Ward recibieron una tarjeta postal de Praga, Checoslovaquia, en la que se decía que Charles se encontraba en esa antigua ciudad con el propósito de hablar con cierto hombre muy anciano que se suponía era el último poseedor vivo de cierta información medieval muy curiosa. Dio una dirección en el Neustadt, y no anunció ningún movimiento hasta el mes de enero siguiente, cuando envió varias postales desde Viena en las que informaba de su paso por esa ciudad de camino hacia una región más oriental a la que le había invitado uno de sus corresponsales y compañero de aventuras en lo oculto.

La siguiente postal procedía de Klausenburg, en Transilvania, e in-

Ward's progress toward his destination. He was going to visit a Baron Ferenczy, whose estate lay in the mountains east of Rakus; and was to be addressed at Rakus in the care of that nobleman. Another card from Rakus a week later, saying that his host's carriage had met him and that he was leaving the village for the mountains, was his last message for a considerable time; indeed, he did reply to his parents' frequent letters until May, when he wrote to discourage the plan of his mother for a meeting in London, Paris, or Rome during the summer, when the elder Wards were planning to travel to Europe. His researches, he said, were such that he could not leave his present quarters; while the situation of Baron Ferenczy's castle did not favor visits. It was on a crag in the dark wooded mountains, and the region was so shunned by the country folk that normal people could not help feeling ill at ease. Moreover, the Baron was not a person likely to appeal to correct and conservative New England gentlefolk. His aspect and manners had idiosyncrasies, and his age was so great as to be disquieting. It would be better, Charles said, if his parents would wait for his return to Providence; which could scarcely be far distant.

That return did not, however, take place until May 1926, when after a few heralding cards the young wanderer quietly slipped into New York on the *Homeric* and traversed the long miles to Providence by motor-coach, eagerly drinking in the green rolling hills, and fragrant, blossoming orchards, and the white steepled towns of vernal Connecticut; his first taste of ancient New England in nearly four years. When the coach crossed the Pawcatuck and entered Rhode Island amidst the faery goldenness of a late spring afternoon his heart beat with quickened force, and the entry to Providence along Reservoir and Elmwood Avenues was a breathless and wonderful thing despite the depths of forbidden lore to which he had delved. At the high square where Broad, Weybosset, and Empire Streets join, he saw before and below him in the fire of sunset the pleasant, remembered houses and domes and steeples of the old town; and his head swam curiously as the vehicle rolled down to the terminal behind the Biltmore, bringing into view the great dome and soft, roof-pierced greenery of the ancient hill across the river, and the tall colonial spire of the First Baptist Church limned pink in the magic evening against the fresh springtime verdure of its precipitous background.

formaba del progreso de Ward hacia su destino. Iba a visitar a un Barón Ferenczy, cuya propiedad se encontraba en las montañas al este de Rakus; y debía dirigirse a Rakus al cuidado de ese noble. Otra postal desde Rakus una semana más tarde, diciendo que el carruaje de su anfitrión le había recogido y que abandonaba el pueblo para dirigirse a las montañas, fue su último mensaje durante un tiempo considerable; de hecho, contestó a las frecuentes cartas de sus padres hasta mayo, cuando escribió para desalentar el plan de su madre de reunirse en Londres, París o Roma durante el verano, cuando los Ward planeaban viajar a Europa. Sus investigaciones, dijo él, eran tales que no podía abandonar sus actuales aposentos; mientras que la situación del castillo del Barón Ferenczy no favorecía las visitas. Estaba ubicado en un peñasco de las oscuras montañas boscosas, y la región era tan rechazada por la gente de campo que la gente normal no podía evitar sentirse incómoda. Además, el Barón no era una persona susceptible de atraer a los correctos y conservadores caballeros de Nueva Inglaterra. Su aspecto y sus modales tenían idiosincrasias, y su edad era tan avanzada que resultaba inquietante. Sería mejor, dijo Charles, que sus padres esperaran su regreso a Providence, que difícilmente podía tardar mucho.

Sin embargo, ese regreso no tuvo lugar hasta mayo de 1926, cuando, tras unas cuantas postales heráldicas, el joven trotamundos se deslizó tranquilamente hasta Nueva York en el *Homeric* y recorrió las largas millas hasta Providence en autocar, saboreando con avidez las verdes colinas ondulantes, y los fragantes huertos en flor, y los blancos pueblos con campanarios del Connecticut vernal; su primer contacto con la antigua Nueva Inglaterra en casi cuatro años. Cuando el carruaje cruzó el Pawcatuck y entró en Rhode Island en medio del dorado hechizo de una tarde de finales de primavera, su corazón latió con fuerza acelerada, y la entrada en Providence por las avenidas Reservoir y Elmwood fue algo maravilloso y emocionante a pesar de las profundidades de la sabiduría prohibida en las que había ahondado. En la alta plaza donde se unen las calles Broad, Weybosset y Empire, vio delante y debajo de él, en el fuego del atardecer, las agradables y recordadas casas y cúpulas y campanarios del casco antiguo; y su cabeza se agitó con curiosidad cuando el vehículo descendió hasta la terminal detrás del Biltmore, trayendo a la vista la gran cúpula y el suave verdor perforado por el tejado de la antigua colina al otro lado del río, y la alta aguja colonial de la Primera Iglesia Baptista calada de rosa en el mágico atardecer contra el fresco verdor primaveral de su precipitado fondo.

Old Providence! It was this place and the mysterious forces of its long, continuous history which had brought him into being, and which had drawn him back toward marvels and secrets whose boundaries no prophet might fix. Here lay the arcana, wondrous or dreadful as the case may be, for which all his years of travel and application had been preparing him. A taxicab whirled him through Post Office Square with its glimpse of the river, the old Market House, and the head of the bay, and up the steep curved slope of Waterman Street to Prospect, where the vast gleaming dome and sunset-flushed Ionic columns of the Christian Science Church beckoned northward. Then eight squares past the fine old estates his childish eyes had known, and the quaint brick sidewalks so often trodden by his youthful feet. And at last the little white overtaken farmhouse on the right, on the left the classic Adam porch and stately facade of the great brick house where he was born. It was twilight, and Charles Dexter Ward had come home.

¡La vieja Providence! Era este lugar y las fuerzas misteriosas de su larga y continua historia las que le habían dado la existencia y las que le habían arrastrado hacia maravillas y secretos cuyos límites ningún profeta podría fijar. Aquí yacían los arcanos, maravillosos o espantosos según el caso, para los que todos sus años de viaje y aplicación le habían estado preparando. Un taxi le condujo a través de la Plaza de Correos, con sus vistas al río, el antiguo edificio del Mercado y la cabecera de la bahía, y por la empinada y curvada cuesta de Waterman Street hasta Prospect, donde la inmensa y reluciente cúpula y las columnas jónicas sonrojadas por la puesta de sol de la Iglesia de la Ciencia Cristiana le llamaban hacia el norte. A continuación, ocho plazas después pasaron las bellas y antiguas propiedades que sus ojos infantiles habían conocido, y las pintorescas aceras de ladrillo tan a menudo pisadas por sus pies juveniles. Y por fin la pequeña granja blanca a la derecha, a la izquierda el clásico porche Adam y la majestuosa fachada de la gran casa de ladrillo donde había nacido. Era el crepúsculo y Charles Dexter Ward había vuelto a casa.

CHAPTER 5

A school of alienists slightly less academic than Dr. Lyman's assign to Ward's European trip the beginning of his true madness. Admitting that he was sane when he started, they believe that his conduct upon returning implies a disastrous change. But even to this claim Dr. Willett refuses to concede. There was, he insists, something later; and the queerness of the youth at this stage he attributes to the practice of rituals learned abroad—odd enough things, to be sure, but by no means implying mental aberration on the part of their celebrant. Ward himself, though visibly aged and hardened, was still normal in his general reactions; and in several talks with Dr. Willett displayed a balance which no madman—even an incipient one—could feign continuously for long. What elicited the notion of insanity at this period were the *sounds* heard at all hours from Ward's attic laboratory, in which he kept himself most of the time. There were chantings and repetitions, and thunderous declamations in uncanny rhythms; and although these sounds were always in Ward's own voice, there was something in the quality of that voice, and in the accents of the formulae it pronounced, which could not by chill the blood of every hearer. It was noticed that Nig, the venerable and beloved black cat of the household, bristled and arched his back perceptibly when certain of the tones were heard.

The odors occasionally wafted from the laboratory were likewise exceedingly strange. Sometimes they were very noxious, but more often they were aromatic, with a haunting, elusive quality which seemed to have the power of inducing fantastic images. People who smelled them had a tendency to glimpse momentary mirages of enormous vistas, with strange hills or endless avenues of sphinxes and hippogriffs stretching off into infinite distance. Ward did not resume his old-time rambles, but applied himself diligently to the strange books he had brought home, and to equally strange delvings within his quarters; explaining that European sources had greatly enlarged the possibilities of his work, and promising great revelations in the years to come. His older aspect increased to a startling degree his resemblance to the Curwen portrait in his library; and Dr. Willett would often pause by the latter after a call, marvelling at the virtual identity, and reflecting that only the small pit above the picture's right eye now remained to differentiate the long-dead wiz-

CAPÍTULO 5

Una escuela de alienistas algo menos académica que la del Dr. Lyman asigna al viaje europeo de Ward el comienzo de su verdadera locura. Admitiendo que estaba cuerdo cuando partió, creen que su conducta al regresar implica un cambio desastroso. Pero incluso a esta afirmación el Dr. Willett se niega. Hubo, insiste, algo más tarde; y la rareza de la juventud en esta etapa la atribuye a la práctica de rituales aprendidos en el extranjero; cosas bastante raras, sin duda, pero que de ningún modo implican aberración mental por parte de su celebrante. El propio Ward, aunque visiblemente envejecido y endurecido, seguía siendo normal en sus reacciones generales; y en varias conversaciones con el Dr. Willett mostró un equilibrio que ningún loco —incluso uno incipiente— podría fingir de forma continuada durante mucho tiempo. Lo que suscitó la noción de locura en este período fueron los *sonidos* que se oían a todas horas desde el laboratorio del ático de Ward, en el que se mantenía la mayor parte del tiempo. Había cánticos y repeticiones, y declamaciones atronadoras en ritmos extraños; y aunque estos sonidos eran siempre en la propia voz de Ward, había algo en la calidad de esa voz, y en los acentos de las fórmulas que pronunciaba, que no podía sino helar la sangre de cada oyente. Se observó que Nig, el venerable y querido gato negro de la casa, se erizaba y arqueaba perceptiblemente el lomo cuando se oían ciertos tonos.

Los olores que de vez en cuando salían del laboratorio eran igualmente muy extraños. A veces eran perniciosos, pero más a menudo eran aromáticos, con una cualidad inquietante y evasiva que parecía tener el poder de inducir imágenes fantásticas. Las personas que los olían tenían tendencia a vislumbrar espejismos momentáneos de enormes paisajes, con extrañas colinas o interminables avenidas de esfinges e hipogrifos que se extendían hasta una distancia infinita. Ward no reanudó sus andanzas de antaño, sino que se aplicó con diligencia a los extraños libros que había traído a casa y a indagaciones igualmente extrañas dentro de sus aposentos; explicando que las fuentes europeas habían ampliado enormemente las posibilidades de su trabajo y prometiendo grandes revelaciones en los años venideros. Su aspecto más envejecido aumentaba hasta un grado asombroso su parecido con el retrato de Curwen de su biblioteca; y el Dr. Willett se detenía a menudo junto a este último después de una visita, maravillado por la identidad virtual, y reflexionando que sólo la pequeña fosa sobre el ojo derecho del retrato

ard from the living youth. These calls of Willett's, undertaken at the request of the senior Wards, were curious affairs. Ward at no time repulsed the doctor, but the latter saw that he could never reach the young man's inner psychology. Frequently he noted peculiar things about; little wax images of grotesque design on the shelves or tables, and the half-erased remnants of circles, triangles, and pentagrams in chalk or charcoal on the cleared central space of the large room. And always in the night those rhythms and incantations thundered, till it became very difficult to keep servants or suppress furtive talk of Charles's madness.

In January, 1927, a peculiar incident occurred. One night about midnight, as Charles was chanting a ritual whose weird cadence echoed unpleasantly through the house below, there came a sudden gust of chill wind from the bay, and a faint, obscure trembling of the earth which everyone in the neighborhood noted. At the same time the cat exhibited phenomenal traces of fright, while dogs bayed for as much as a mile around. This was the prelude to a sharp thunderstorm, anomalous for the season, which brought with it such a crash that Mr. and Mrs. Ward believed the house had been struck. They rushed upstairs to see what damage had been done, but Charles met them at the door to the attic; pale, resolute, and portentous, with an almost fearsome combination of triumph and seriousness on his face. He assured them that the house had not really been struck, and that the storm would soon be over. They paused, and looking through a window saw that he was indeed right; for the lightning flashed farther and farther off, whilst the trees ceased to bend in the strange frigid gust from the water. The thunder sank to a sort of dull mumbling chuckle and finally died away. Stars came out, and the stamp of triumph on Charles Ward's face crystallized into a very singular expression.

For two months or more after this incident Ward was less confined than usual to his laboratory. He exhibited a curious interest in the weather, and made odd inquires about the date of the spring thawing of the ground. One night late in March he left the house after midnight, and did not return till almost morning; when his mother, being wakeful, heard a rumbling motor draw up to the carriage entrance. Muffled oaths could be distinguished, and Mrs. Ward, rising and go-

quedaba ahora para diferenciar al mago muerto hace tiempo del joven vivo. Estas visitas de Willett, emprendidas a petición del mayor de los Ward, eran asuntos curiosos. Ward no rechazó en ningún momento al doctor, pero éste vio que nunca podría llegar a la psicología interior del joven. Con frecuencia observaba cosas peculiares alrededor; pequeñas imágenes de cera de diseño grotesco en los estantes o las mesas, y los restos medio borrados de círculos, triángulos y pentagramas en tiza o carbón sobre el despejado espacio central de la gran sala. Y siempre por la noche tronaban aquellos ritmos y conjuros, hasta que se hizo muy difícil mantener a los criados o reprimir las conversaciones furtivas sobre la locura de Charles.

En enero de 1927 se produjo un incidente peculiar. Una noche, hacia medianoche, mientras Charles entonaba un ritual cuya extraña cadencia resonaba desagradablemente en la casa de abajo, llegó una repentina ráfaga de viento helado procedente de la bahía, y un tenue y oscuro temblor de tierra que notó todo el vecindario. Al mismo tiempo, el gato exhibió fenomenales muestras de espanto, mientras los perros aullaban hasta una milla a la redonda. Fue el preludio de una fuerte tormenta, anómala para la época, que trajo consigo tal estruendo que Mr. y Mrs. Ward creyeron que la casa había sido impactada por un rayo. Subieron corriendo para ver qué daños se habían producido, pero Charles les salió al encuentro en la puerta del desván; pálido, resuelto y portentoso, con una combinación casi temible de triunfo y seriedad en el rostro. Les aseguró que la casa no había sido realmente impactada y que la tormenta pasaría pronto. Hicieron una pausa y, al mirar por una ventana, vieron que efectivamente tenía razón, pues los relámpagos brillaban cada vez más lejos, mientras los árboles dejaban de doblarse ante la extraña ráfaga gélida procedente del agua. El trueno se redujo a una especie de sordo murmullo y finalmente se extinguió. Salieron las estrellas, y la estampa de triunfo en el rostro de Charles Ward se cristalizó en una expresión muy singular.

Durante dos meses o más después de este incidente, Ward estuvo menos confinado de lo habitual en su laboratorio. Mostraba un curioso interés por el tiempo y hacía extrañas preguntas sobre la fecha del deshielo primaveral del suelo. Una noche, a finales de marzo, salió de casa después de medianoche y no regresó hasta casi por la mañana; cuando su madre, estando despierta, oyó el estruendo de un motor que se acercaba a la entrada del carruaje. Se distinguían juramentos ahogados y

ing to the window, saw four dark figures removing a long, heavy box from a truck at Charles's direction and carrying it within by the side door. She heard labored breathing and ponderous footfalls on the stairs, and finally a dull thumping in the attic; after which the footfalls descended again, and the four reappeared outside and drove off in their truck.

The next day Charles resumed his strict attic seclusion, drawing down the dark shades of his laboratory windows and appearing to be working on some metal substance. He would open the door to no one, and steadfastly refused all proffered food. About noon a wrenching sound followed by a terrible cry and a fall were heard, but when Mrs. Ward rapped at the door her son at length answered faintly, and told her that nothing had gone amiss. The hideous and indescribable stench now welling out was absolutely harmless and unfortunately necessary. Solitude was the one prime essential, and he would appear later for dinner. That afternoon, after the conclusion of some odd hissing sounds which came from behind the locked portal, he did finally appear; wearing an extremely haggard aspect and forbidding anyone to enter the laboratory upon any pretext. This, indeed, proved the beginning of a new policy of secrecy; for never afterward was any other person permitted to visit either the mysterious garret workroom or the adjacent storeroom which he cleaned out, furnished roughly, and added to his inviolable private domain as a sleeping apartment. Here he lived, with books brought up from his library beneath, till the time he purchased the Pawtuxet bungalow and moved to it all his scientific effects.

In the evening Charles secured the paper before the rest of the family and damaged part of it through an apparent accident. Later on Dr. Willett, having fixed the date from statements by various members of the household, looked up an intact copy at the *Journal* office and found that in the destroyed section the following small item had occurred:

NOCTURNAL DIGGERS SURPRISED IN NORTH BURIAL GROUND

Robert Hart, night watchman at the North Burial Ground, this morning discovered a party of several men with a motor truck in the oldest

Mrs. Ward, levantándose y acercándose a la ventana, vio como cuatro figuras oscuras sacaban una caja larga y pesada de un camión por indicación de Charles y la llevaban al interior por la puerta lateral. Oyó respiraciones fatigosas y pisadas pesadas en la escalera y, finalmente, un golpe sordo en el desván; tras lo cual las pisadas volvieron a descender y los cuatro reaparecieron en el exterior y se alejaron en su camión.

Al día siguiente, Charles reanudó su estricta reclusión en el ático, bajando las oscuras persianas de las ventanas de su laboratorio y aparentando estar trabajando en alguna sustancia metálica. No abría la puerta a nadie y rechazaba con firmeza toda la comida que le ofrecían. Hacia el mediodía se oyó un sonido desgarrador seguido de un grito terrible y una caída, pero cuando Mrs. Ward aporreó la puerta su hijo al fin respondió débilmente y le dijo que nada malo había ocurrido. El horrible e indescriptible hedor que ahora brotaba era absolutamente inofensivo y, por desgracia, necesario. La soledad era lo único esencial, y él aparecería más tarde para cenar. Aquella tarde, tras la conclusión de unos extraños siseos que provenían de detrás del portal cerrado, apareció por fin; luciendo un aspecto extremadamente demacrado y prohibiendo a cualquiera entrar en el laboratorio bajo cualquier pretexto. Esto, de hecho, demostró ser el comienzo de una nueva política de secretismo; pues nunca después se permitió a ninguna otra persona visitar ni el misterioso taller de la buhardilla ni el almacén adyacente que limpió, amuebló toscamente y añadió a su inviolable dominio privado como apartamento para dormir. Aquí vivió, con libros subidos de su biblioteca del piso inferior, hasta el momento en que compró el bungalow de Pawtuxet y trasladó a él todos sus efectos científicos.

Por la noche Charles consiguió el periódico antes que el resto de la familia y dañó parte de él en un aparente accidente. Más tarde el Dr. Willett, habiendo fijado la fecha a partir de las declaraciones de varios miembros de la familia, buscó un ejemplar intacto en la oficina del *Journal* y encontró que en la sección destruida se había publicado el siguiente pequeño artículo:

EXCAVADORES NOCTURNOS SORPRENDIDOS EN EL CEMENTERIO NORTE

Robert Hart, vigilante nocturno del Cementerio Norte, descubrió esta mañana a un grupo de varios hombres con un camión a motor en la parte

part of the cemetery, but apparently frightened them off before they had accomplished whatever their object may have been.

The discovery took place at about four o'clock, when Hart's attention was attracted by the sound of a motor outside his shelter. Investigating, he saw a large truck on the main drive several rods away; but could not reach it before the noise of his feet on the gravel had revealed his approach. The men hastily placed a large box in the truck and drove away toward the street before they could be overtaken; and since no known grave was disturbed, Hart believes that this box was an object which they wished to bury.

The diggers must have been at work for a long while before detection, for Hart found an enormous hold dug at a considerable distance back from the roadway in the lot of Amasa Field, where most of the old stones have long ago disappeared. The hole, a place as large and deep as a grave, was empty; and did not coincide with any interment mentioned in the cemetery records.

Sergt. Riley of the Second Station viewed the spot and gave the opinion that the hole was dug by bootleggers rather gruesomely and ingeniously seeking a safe cache for liquor in a place not likely to be disturbed. In reply to questions Hart said he though the escaping truck had headed up Rochambeau Avenue, though he could not be sure.

During the next few days Charles Ward was seldom seen by his family. Having added sleeping quarters to his attic realm, he kept closely to himself there, ordering food brought to the door and not taking it in until after the servant had gone away. The droning of monotonous formulae and the chanting of bizarre rhythms recurred at intervals, while at other times occasional listeners could detect the sound of tinkling glass, hissing chemicals, running water, or roaring gas flames. Odors of the most unplaceable quality, wholly unlike any before noted, hung at times around the door; and the air of tension observable in the young recluse whenever he did venture briefly forth was such as to excite the keenest speculation. Once he made a hasty trip to the Athenaeum for a book he required, and again he hired a messenger to fetch him a highly obscure volume from Boston. Suspense was written portentously over the whole situation, and

más antigua del cementerio, pero al parecer los ahuyentó antes de que hubieran logrado su objetivo, cualquiera que fuera.

El descubrimiento tuvo lugar hacia las cuatro, cuando la atención de Hart se vio atraída por el sonido de un motor fuera de su refugio. Investigando, vio un gran camión en el camino principal a varias varas de distancia; pero no pudo alcanzarlo antes de que el ruido de sus pies sobre la grava hubiera revelado su aproximación. Los hombres colocaron apresuradamente una caja grande en el camión y se alejaron hacia la calle antes de que pudieran ser alcanzados; y como no se había revuelto ninguna tumba conocida, Hart cree que esta caja era un objeto que deseaban enterrar.

Los excavadores debieron de trabajar durante mucho tiempo antes de ser detectados, ya que Hart encontró un enorme hoyo excavado a una distancia considerable de la calzada, en el solar de Amasa Field, donde la mayoría de las viejas piedras han desaparecido hace tiempo. El agujero, un lugar tan grande y profundo como una tumba, estaba vacío; y no coincidía con ningún enterramiento mencionado en los registros del cementerio.

El Sgto. Riley de la Segunda Comisaría vio el lugar y dio la opinión de que el agujero había sido cavado por contrabandistas de forma bastante truculenta e ingeniosa buscando un escondite seguro para el licor en un lugar que no fuera susceptible de ser perturbado. En respuesta a las preguntas Hart dijo que creía que el camión en fuga se había dirigido hacia Rochambeau Avenue, aunque no podía estar seguro.

Durante los días siguientes Charles Ward fue raramente visto por su familia. Habiendo añadido dormitorios a su reino del ático, se mantenía estrechamente recluido allí, ordenando que le trajeran la comida a la puerta y no tomándola hasta después de que el criado se hubiera marchado. El zumbido de formulaciones monótonas y el canto de ritmos extraños se repetían a intervalos, mientras que en otras ocasiones los oyentes ocasionales podían detectar el sonido de cristales tintineantes, productos químicos siseantes, agua corriente o llamas de gas rugientes. Olores de la calidad más insólita, totalmente distintos a cualquier otro que se hubiera notado antes, rondaban a veces alrededor de la puerta; y el aire de tensión observable en el joven recluso cada vez que se aventuraba brevemente a salir era tal que excitaba las más agudas especulaciones. Una vez hizo un viaje apresurado al Ateneo en busca de un libro que necesitaba, y otra vez contrató a un mensajero para que le trajera

both the family and Dr. Willett confessed themselves wholly at a loss what to do or think about it.

un volumen muy oscuro de Boston. El suspenso se extendió portento-
samente sobre toda la situación, y tanto la familia como el Dr. Willett se
confesaron totalmente perdidos sobre qué hacer o pensar al respecto.

CHAPTER 6

Then on the fifteenth of April a strange development occurred. While nothing appeared to grow different in kind, there was certainly a very terrible difference in degree; and Dr. Willett somehow attaches great significance to the change. The day was Good Friday, a circumstance of which the servants made much, but which others quite naturally dismiss as an irrelevant coincidence. Late in the afternoon young Ward began repeating a certain formula in a singularly loud voice, at the same time burning some substance so pungent that its fumes escaped over the entire house. The formula was so plainly audible in the hall outside the locked door that Mrs. Ward could not help memorizing it as she waited and listened anxiously, and later on she was able to write it down at Dr. Willett's request. It ran as follows, and experts have told Dr. Willett that its very close analogue can be found in the mystic writings of "Eliphas Levi", that cryptic soul who crept through a crack in the forbidden door and glimpsed the frightful vistas of the void beyond:

'Per Adonai Eloim, Adonai Jehova,
Adonai Sabaoth, Metraton On Agla Mathon,
verbum pythonicum, mysterium salamandrae,
conventus sylvorum, antra gnomorum,
daemonia Coeli Gad, Almonsin, Gibor, Jehosua,
Evam, Zariatnatmik, veni, veni, veni.'

This had been going on for two hours without change or intermission when over all the neighborhood a pandemoniac howling of dogs set in. The extent of this howling can be judged from the space it received in the papers the next day, but to those in the Ward household it was overshadowed by the odor which instantly followed it; a hideous, all-pervasive odor which non of them had ever smelt before or have ever smelt since. In the midst of this mephitic flood there came a very perceptible flash like that of lightning, which would have been blinding and impressive but for the daylight around; and then was heard *the voice* that no listener can ever forget because of its thunderous remoteness, its incredible depth, and its eldritch dissimilarity to Charles Ward's voice. It shook the house, and was clearly heard by at least two neighbors above the howling of the dogs. Mrs. Ward, who had been listening in despair outside her son's locked labora-

CAPÍTULO 6

Entonces, el 15 de abril, se produjo un extraño desarrollo. Aunque nada parecía crecer diferente en especie, ciertamente había una diferencia muy terrible en grado; y el Dr. Willett de alguna manera atribuye un gran significado al cambio. El día era Viernes Santo, una circunstancia de la que los sirvientes hicieron mucho caso, pero que otros descartan con toda naturalidad como una coincidencia irrelevante. A última hora de la tarde, el joven Ward empezó a repetir cierta fórmula en voz singularmente alta, al tiempo que quemaba alguna sustancia tan acre que sus vapores se escapaban por toda la casa. La fórmula se oía tan claramente en el pasillo, fuera de la puerta cerrada, que Mrs. Ward no pudo evitar memorizarla mientras esperaba y escuchaba ansiosamente, y más tarde pudo escribirla a petición del Dr. Willett. Decía así, y los expertos han dicho al Dr. Willett que su análogo más cercano puede encontrarse en los escritos místicos de «Eliphas Levi», esa alma críptica que se coló por una rendija de la puerta prohibida y vislumbró las espantosas vistas del vacío del más allá:

«Per Adonai Eloim, Adonai Jehova,
Adonai Sabaoth, Metraton On Agla Mathon,
verbum pythonicum, mysterium salamandrae,
conventus sylvorum, antra gnomorum,
daemonia Coeli Gad, Almonsin, Gibor, Jehosua,
Evam, Zariatnatmik, veni, veni, veni».

Esto había estado ocurriendo durante dos horas sin cambio ni intermisión cuando por todo el vecindario se desató un aullido pandemoniaco de perros. El alcance de este aullido puede juzgarse por el espacio que recibió en los periódicos al día siguiente, pero para los de la casa Ward quedó eclipsado por el olor que le siguió al instante; un olor espantoso y omnipresente que ninguno de ellos había olido antes ni ha vuelto a oler desde entonces. En medio de este torrente mefítico se produjo un destello muy perceptible como el de un relámpago, que habría sido cegador e impresionante de no ser por la luz del día que había alrededor; y entonces se oyó *la voz* que ningún oyente podrá olvidar jamás por su estruendosa lejanía, su increíble profundidad y su misteriosa desemejanza con la voz de Charles Ward. Sacudió la casa y fue oída claramente por al menos dos vecinos por encima de los aullidos de los perros. Mrs. Ward, que había estado escuchando desesperada fuera del laboratorio

tory, shivered as she recognized its hellish imports; for Charles had told of its evil fame in dark books, and of the manner in which it had thundered, according to the Fenner letter, above the doomed Pawtuxet farmhouse on the night of Joseph Curwen's annihilation. There was no mistaking that nightmare phrase, for Charles had described it too vividly in the old days when he had talked frankly of his Curwen investigations. And yet it was only this fragment of an archaic and forgotten language: 'DIES MIES JESCHET BOENE DOESEF DOUVEMA ENITEMAUS.'

Close upon this thundering there came a momentary darkening of the daylight, though sunset was still an hour distant, and then a puff of added odor different from the first but equally unknown and intolerable. Charles was chanting again now and his mother could hear syllables that sounded like 'Yi nash Yog Sothoth he lgeb throdag'—ending in a 'Yah!' whose maniacal force mounted in an ear-splitting crescendo. A second later all previous memories were effaced by the wailing scream which burst out with frantic explosiveness and gradually changed form to a paroxysm of diabolic and hysterical laughter. Mrs. Ward, with the mingled fear and blind courage of maternity, advanced and knocked affrightedly at the concealing panels, but obtained no sign of recognition. She knocked again, but paused nervelessly as a second shriek arose, this one unmistakably in the familiar voice of her son, *and sounding concurrently with the still bursting cachinnations of that other voice*. Presently she fainted, although she is still unable to recall the precise and immediate cause. Memory sometimes makes merciful deletions.

Mr. Ward returned from the business section at about quarter past six; and not finding his wife downstairs, was told by the frightened servants that she was probably watching at Charles's door, from which the sounds had been far stranger than ever before. Mounting the stairs at once, he saw Mrs. Ward stretched out at full length on the floor of the corridor outside the laboratory; and realizing that she had fainted, hastened to fetch a glass of water from a set bowl in a neighboring alcove. Dashing the cold fluid in her face, he was heartened to observe an immediate response on her part, and was watching the bewildered opening of her eyes when a chill shot through him

cerrado de su hijo, se estremeció al reconocer sus infernales importaciones; porque Charles había hablado de su maléfica fama en libros oscuros, y de la forma en que había tronado, según la carta de Fenner, sobre la condenada granja de Pawtuxet la noche de la aniquilación de Joseph Curwen. Era imposible equivocarse con aquella frase de pesadilla, pues Charles la había descrito con demasiada viveza en los viejos tiempos, cuando hablaba con franqueza de sus investigaciones sobre Curwen. Y, sin embargo, no era más que este fragmento de un lenguaje arcaico y olvidado: «DIES MIES JESCHET BOENE DOESEF DOUVEMA ENITEMAUS».

Muy cerca de este estruendo se produjo un momentáneo oscurecimiento de la luz del día, aunque aún faltaba una hora para la puesta de sol, y luego un soplo de olor añadido diferente del primero pero igualmente desconocido e intolerable. Charles cantaba de nuevo ahora y su madre podía oír sílabas que sonaban como «Yi nash Yog Sothoth he lgeb throdag», que terminaban en un «¡Yah!» cuya fuerza maníaca aumentaba en un *crescendo* desgarrador. Un segundo después, todos los recuerdos anteriores quedaron borrados por el grito ululante que estalló con frenética explosividad y fue cambiando de forma hasta convertirse en un paroxismo de risa diabólica e histérica. Mrs. Ward, con el miedo mezclado y el valor ciego de la maternidad, avanzó y golpeó con temor los paneles que la ocultaban, pero no obtuvo ninguna señal de reconocimiento. Volvió a llamar a la puerta, pero se detuvo sin fuerzas cuando surgió un segundo grito, éste inequívocamente con la voz familiar de su hijo, *y que sonó al mismo tiempo que las cachinaciones aún estallantes de aquella otra voz.* En ese momento se desmayó, aunque todavía es incapaz de recordar la causa precisa e inmediata. La memoria a veces hace borrones misericordiosos.

Mr. Ward regresó de la sección de negocios a eso de las seis y cuarto; y, al no encontrar a su esposa abajo, los asustados criados le dijeron que probablemente estaba vigilando la puerta de Charles, desde la que los ruidos habían sido mucho más extraños que antes. Al subir las escaleras de inmediato, vio a Mrs. Ward tendida de cuerpo entero en el suelo del pasillo exterior del laboratorio; y al darse cuenta de que se había desmayado, se apresuró a traer un vaso de agua de un cuenco colocado en una alcoba vecina. Al arrojarle el líquido frío a la cara, se animó al observar una respuesta inmediata por parte de ella, y estaba observando el desconcertado abrir de sus ojos cuando un escalofrío le recorrió

and threatened to reduce him to the very state from which she was emerging. For the seemingly silent laboratory was not as silent as it had appeared to be, but held the murmurs of a tense, muffled conversation in tones too low for comprehension, yet of a quality profoundly disturbing to the soul.

It was not, of course, new for Charles to mutter formulae; but this muttering was definitely different. It was so palpably a dialogue, or imitation of a dialogue, with the regular alteration of inflections suggesting question and answer, statement and response. One voice was undisguisedly that of Charles, but the other had a depth and hollowness which the youth's best powers of ceremonial mimicry had scarcely approached before. There was something hideous, blasphemous, and abnormal about it, and but for a cry from his recovering wife which cleared his mind by arousing his protective instincts it is not likely that Theodore Howland Ward could have maintained for nearly a year more his old boast that he had never fainted. As it was, he seized his wife in his arms and bore her quickly downstairs before she could notice the voices which had so horribly disturbed him. Even so, however, he was not quick enough to escape catching something himself which caused him to stagger dangerously with his burden. For Mrs. Ward's cry had evidently been heard by others than he, and there had come in response to it from behind the locked door the first distinguishable words which that masked and terrible colloquy had yielded. They were merely an excited caution in Charles's own voice, but somehow their implications held a nameless fright for the father who overheard them. The phrase was just this: 'Sshh!—write!'

Mr. and Mrs. Ward conferred at some length after dinner, and the former resolved to have a firm and serious talk with Charles that very night. No matter how important the object, such conduct could no longer be permitted; for these latest developments transcended every limit of sanity and formed a menace to the order and nervous well-being of the entire household. The youth must indeed have taken complete leave of his senses, since only downright madness could have prompted the wild screams and imaginary conversations in assumed voices which the present day had brought forth. All this must be stopped, or Mrs. Ward would be made ill and the keeping of servants become an impossibility.

y amenazó con reducirle al mismo estado del que ella estaba saliendo. Porque el aparentemente silencioso laboratorio no era tan silencioso como parecía, sino que contenía los murmullos de una tensa y amortiguada conversación en tonos demasiado bajos para la comprensión, pero de una calidad profundamente perturbadora para el alma.

No era nuevo, por supuesto, que Charles murmurara fórmulas; pero este murmullo era definitivamente diferente. Era tan palpablemente un diálogo, o la imitación de un diálogo, con la alteración regular de inflexiones que sugerían pregunta y respuesta, afirmación y respuesta. Una voz era indisimuladamente la de Charles, pero la otra tenía una profundidad y una oquedad a las que los mejores poderes de mímica ceremonial del joven apenas se habían acercado antes. Había algo horrible, blasfemo y anormal en ello, y de no ser por un grito de su convaleciente esposa que le aclaró la mente despertando sus instintos protectores, no es probable que Theodore Howland Ward hubiera podido mantener durante casi un año más su vieja jactancia de que nunca se había desmayado. Así las cosas, cogió a su mujer en brazos y la llevó rápidamente escaleras abajo antes de que pudiera darse cuenta de las voces que tan horriblemente le habían perturbado. Sin embargo, no fue lo bastante rápido como para librarse de pescar él mismo algo que le hizo tambalearse peligrosamente con su carga. Porque el grito de Mrs. Ward había sido oído evidentemente por otras personas además de él, y habían llegado en respuesta a él desde detrás de la puerta cerrada las primeras palabras distinguibles que había arrojado aquel coloquio enmascarado y terrible. No eran más que una excitada advertencia en la propia voz de Charles, pero de algún modo sus implicaciones encerraban un espanto sin nombre para el padre que las oyó por casualidad. La frase era ésta: «¡Shhh! ¡Escribe!».

Mr. y Mrs. Ward conversaron largamente después de la cena, y el primero resolvió tener una charla firme y seria con Charles esa misma noche. Por muy importante que fuera el objeto, ya no podía permitirse semejante conducta; porque estos últimos acontecimientos trascendían todo límite de cordura y constituían una amenaza para el orden y el bienestar nervioso de toda la casa. En efecto, el joven debía de haber perdido por completo el juicio, ya que sólo la más absoluta locura podía haber provocado los gritos salvajes y las conversaciones imaginarias con voces fingidas que el día de hoy había suscitado. Todo esto debía detenerse, o Mrs. Ward enfermaría y mantener a los criados se convertiría en una tarea imposible.

Mr. Ward rose at the close of the meal and started upstairs for Charles's laboratory. On the third floor, however, he paused at the sounds which he heard proceeding from the now disused library of his son. Books were apparently being flung about and papers wildly rustled, and upon stepping to the door Mr. Ward beheld the youth within, excitedly assembling a vast armful of literary matter of every size and shape. Charles's aspect was very drawn and haggard, and he dropped his entire load with a start at the sound of his father's voice. At the elder man's command he sat down, and for some time listened to the admonitions he had so long deserved. There was no scene. At the end of the lecture he agreed that his father was right, and that his noises, mutterings, incantations, and chemical odors were indeed inexcusable nuisances. He agreed to a policy of great quiet, though insisting on a prolongation of his extreme privacy. Much of his future work, he said, was in any case purely book research; and he could obtain quarters elsewhere for any such vocal rituals as might be necessary at a later stage. For the fright and fainting of his mother he expressed the keenest contrition, and explained that the conversation later heard was part of an elaborate symbolism designed to create a certain mental atmosphere. His use of abstruse technical terms somewhat bewildered Mr. Ward, but the parting impression was one of undeniable sanity and poise despite a mysterious tension of the utmost gravity. The interview was really quite inconclusive, and as Charles picked up his armful and left the room Mr. Ward hardly knew what to make of the entire business. It was as mysterious as the death of poor old Nig, whose stiffening form had been found an hour before in the basement, with staring eyes and fear-distorted mouth.

Driven by some vague detective instinct, the bewildered parent now glanced curiously at the vacant shelves to see what his son had taken up to the attic. The youth's library was plainly and rigidly classified, so that one might tell at a glance the books or at least the kind of books which had been withdrawn. On this occasion Mr. Ward was astonished to find that nothing of the occult or the antiquarian, beyond what had been previously removed, was missing. These new withdrawals were all modern items; histories, scientific treatises, geographies, manuals of literature, philosophic works, and certain contemporary newspapers and magazines. It was a very curious shift from Charles Ward's recent run of reading, and the father paused in

Mr. Ward se levantó al terminar la comida y subió al laboratorio de Charles. En el tercer piso, sin embargo, se detuvo ante los ruidos que oyó proceder de la ahora en desuso biblioteca de su hijo. Al parecer, se arrojaban libros de un lado a otro y se agitaban papeles salvajemente, y al acercarse a la puerta Mr. Ward contempló al joven dentro, reuniendo excitado un vasto manojo de materia literaria de todos los tamaños y formas. El aspecto de Charles era muy demacrado y ojeroso y dejó caer toda su carga con un sobresalto al oír la voz de su padre. A la orden del hombre mayor se sentó, y durante algún tiempo escuchó las admoniciones que tanto tiempo había merecido. No hubo ninguna escena. Al final del sermón estuvo de acuerdo en que su padre tenía razón y que sus ruidos, murmullos, conjuros y olores químicos eran, en efecto, molestias inexcusables. Aceptó una política de gran tranquilidad, aunque insistió en una prolongación de su extrema privacidad. Gran parte de su trabajo futuro, dijo, era en cualquier caso puramente de investigación bibliográfica; y podría conseguir alojamiento en otro lugar para los rituales vocales que pudieran ser necesarios en una etapa posterior. Por el susto y el desmayo de su madre expresó el más vivo arrepentimiento, y explicó que la conversación oída más tarde formaba parte de un elaborado simbolismo destinado a crear una determinada atmósfera mental. Su uso de abstrusos términos técnicos desconcertó un poco a Mr. Ward, pero la impresión de despedida fue de una cordura y un aplomo innegables a pesar de una misteriosa tensión de la mayor gravedad. La entrevista fue realmente poco concluyente, y cuando Charles recogió su cargamento y salió de la habitación, Mr. Ward apenas sabía qué pensar de todo el asunto. Era tan misteriosa como la muerte del pobre viejo Nig, cuya forma agarrotada había sido encontrada una hora antes en el sótano, con los ojos fijos y la boca distorsionada por el miedo.

Impulsado por un vago instinto detectivesco, el desconcertado padre miró ahora con curiosidad los estantes vacíos para ver qué se había llevado su hijo al desván. La biblioteca del joven estaba clara y rígidamente clasificada, de modo que uno podía saber de un vistazo los libros o al menos el tipo de libros que se habían retirado. En esta ocasión, Mr. Ward se asombró al comprobar que no faltaba nada de lo oculto o de lo antiguo, más allá de lo que se había retirado anteriormente. Estas nuevas retiradas eran todas de artículos modernos; historias, tratados científicos, geografías, manuales de literatura, obras filosóficas y ciertos periódicos y revistas contemporáneos. Era un cambio muy curioso respecto a la reciente racha de lecturas de Charles Ward, y el padre se detuvo en

a growing vortex of perplexity and an engulfing sense of strangeness. The strangeness was a very poignant sensation, and almost clawed at his chest as he strove to see just what was wrong around him. Something was indeed wrong, and tangibly as well as spiritually so. Ever since he had been in this room he had known that something was amiss, and at last it dawned upon him what it was.

On the north wall rose still the ancient carved overmantel from the house in Olney Court, but to the cracked and precariously restored oils of the large Curwen portrait disaster had come. Time and unequal heating had done their work at last, and at some time since the room's last cleaning the worst had happened. Peeling clear of the wood, curling tighter and tighter, and finally crumbling into small bits with what must have been malignly silent suddenness, the portrait of Joseph Curwen had resigned forever its staring surveillance of the youth it so strangely resembled, and now lay scattered on the floor as a thin coating of fine blue-grey dust.

un creciente vórtice de perplejidad y una envolvente sensación de extrañeza. La extrañeza era una sensación muy presente, y casi le arañaba el pecho mientras él se esforzaba por ver qué era lo que iba mal a su alrededor. En efecto, algo iba mal, y tanto tangible como espiritualmente. Desde que estaba en esta habitación había sabido que algo iba mal, y por fin cayó en la cuenta de lo que era.

En la pared norte aún se alzaba el antiguo sobremantel tallado de la casa de Olney Court, pero a los óleos agrietados y precariamente restaurados del gran retrato de Curwen había llegado el desastre. El tiempo y el desigual calentamiento habían hecho por fin su trabajo, y en algún momento desde la última limpieza de la sala había ocurrido lo peor. Despegándose de la madera, encrespándose cada vez más, y finalmente desmoronándose en pequeños pedazos con lo que debió de ser una brusquedad malignamente silenciosa, el retrato de Joseph Curwen había renunciado para siempre a vigilar fijamente al joven al que tan extrañamente se parecía, y ahora yacía esparcido por el suelo como una fina capa de polvo gris azulado.

PART IV — A MUTATION AND A MADNESS

CHAPTER 1

In the week following that memorable Good Friday Charles Ward was seen more often than usual, and was continually carrying books between his library and the attic laboratory. His actions were quiet and rational, but he had a furtive, hunted look which his mother did not like, and developed an incredibly ravenous appetite as gauged by his demands upon the cook. Dr. Willett had been told of those Friday noises and happenings, and on the following Tuesday had a long conversation with the youth in the library where the picture stared no more. The interview was, as always, inconclusive; but Willett is still ready to swear that the youth was sane and himself at the time. He held out promises of an early revelation, and spoke of the need of securing a laboratory elsewhere. At the loss of the portrait he grieved singularly little considering his first enthusiasm over it, but seemed to find something of positive humor in its sudden crumbling.

About the second week Charles began to be absent from the house for long periods, and one day when good old black Hannah came to help with the spring cleaning she mentioned his frequent visits to the old house in Olney Court, where he would come with a large valise and perform curious delvings in the cellar. He was always very liberal to her and to old Asa, but seemed more worried than he used to be; which grieved her very much, since she had watched him grow up from birth. Another report of his doings came from Pawtuxet, where some friends of the family saw him at a distance a surprising number of times. He seemed to haunt the resort and canoe-house of Rhodes-on-the-Pawtuxet, and subsequent inquiries by Dr. Willett at that place brought out the fact that his purpose was always to secure access to the rather hedged-in river-bank, along which he would walk toward the north, usually not reappearing for a very long while.

Late in May came a momentary revival of ritualistic sounds in the attic laboratory which brought a stern reproof from Mr. Ward and a somewhat distracted promise of amendment from Charles. It occurred one morning, and seemed to form a resumption of the imaginary conversation noted on that turbulent Good Friday. The youth

PARTE IV — UNA MUTACIÓN Y UNA LOCURA

CAPÍTULO 1

En la semana que siguió a aquel memorable Viernes Santo, Charles Ward fue visto con más frecuencia de lo habitual y transportaba libros continuamente entre su biblioteca y el laboratorio del ático. Sus acciones eran tranquilas y racionales, pero tenía una mirada furtiva y cazadora que a su madre no le gustaba, y desarrolló un apetito increíblemente voraz, según se desprende de sus exigencias a la cocinera. El Dr. Willett había sido informado de aquellos ruidos y sucesos del viernes, y el martes siguiente mantuvo una larga conversación con el joven en la biblioteca donde el cuadro ya no los miraba. La entrevista fue, como siempre, poco concluyente; pero Willett sigue dispuesto a jurar que el joven estaba cuerdo y era él mismo en aquel momento. Él hizo promesas de una pronta revelación y habló de la necesidad de conseguir un laboratorio en otro lugar. La pérdida del retrato le dolió singularmente poco teniendo en cuenta su primer entusiasmo por él, pero pareció encontrar algo de humor positivo en su repentino desmoronamiento.

Hacia la segunda semana Charles empezó a ausentarse de casa durante largos periodos, y un día que la buena de Hannah vino a ayudar con la limpieza para la primavera mencionó sus frecuentes visitas a la vieja casa de Olney Court, adonde acudía con una gran valija y realizaba curiosas pesquisas en el sótano. Siempre fue muy liberal con ella y con el viejo Asa, pero parecía más preocupado que antes, lo que la apenaba mucho, ya que lo había visto crecer desde su nacimiento. Otro informe de sus andanzas llegó de Pawtuxet, donde algunos amigos de la familia lo vieron a la distancia un sorprendente número de veces. Parecía rondar el balneario y la casa de canoas de Rhodes-on-the-Pawtuxet, e indagaciones posteriores del Dr. Willett en ese lugar sacaron a la luz el hecho de que su propósito era siempre asegurarse el acceso a la orilla del río, bastante cercada, a lo largo de la cual caminaba hacia el norte, sin reaparecer por lo general en mucho tiempo.

A finales de mayo se produjo un momentáneo resurgimiento de los sonidos ritualistas en el laboratorio del ático que trajo consigo una severa reprimenda de Mr. Ward y una promesa algo distraída de enmienda por parte de Charles. Ocurrió una mañana, y pareció constituir una reanudación de la conversación imaginaria señalada en aquel turbulento

was arguing or remonstrating hotly with himself, for there suddenly burst forth a perfectly distinguishable series of clashing shouts in differentiated tones like alternate demands and denials which caused Mrs. Ward to run upstairs and listen at the door. She could hear no more than a fragment whose only plain words were 'must have it red for three months', and upon her knocking all sounds ceased at once. When Charles was later questioned by his father he said that there were certain conflicts of spheres of consciousness which only great skill could avoid, but which he would try to transfer to other realms.

About the middle of June a queer nocturnal incident occurred. In the early evening there had been some noise and thumping in the laboratory upstairs, and Mr. Ward was on the point of investigating when it suddenly quieted down. That midnight, after the family had retired, the butler was nightlocking the front door when according to his statement Charles appeared somewhat blunderingly and uncertainly at the foot of the stairs with a large suitcase and made signs that he wished egress. The youth spoke no word, but the worthy Yorkshireman caught one sight of his fevered eyes and trembled causelessly. He opened the door and young Ward went out, but in the morning he presented his resignation to Mrs. Ward. There was, he said, something unholy in the glance Charles had fixed on him. It was no way for a young gentleman to look at an honest person, and he could not possibly stay another night. Mrs. Ward allowed the man to depart, but she did not value his statement highly. To fancy Charles in a savage state that night was quite ridiculous, for as long as she had remained awake she had heard faint sounds from the laboratory above; sounds as if of sobbing and pacing, and of a sighing which told only of despair's profoundest depths. Mrs. Ward had grown used to listening for sounds in the night, for the mystery of her son was fast driving all else from her mind.

The next evening, much as on another evening nearly three months before, Charles Ward seized the newspaper very early and accidentally lost the main section. This matter was not recalled till later, when Dr. Willett began checking up loose ends and searching out missing links here and there. In the *Journal* office he found the section which Charles had lost, and marked two items as of possible

Viernes Santo. El joven estaba discutiendo o riñendo acaloradamente consigo mismo, pues de pronto estalló una serie perfectamente distinguible de gritos entrecortados en tonos diferenciados como demandas y negaciones alternas que hicieron que Mrs. Ward corriera escaleras arriba y escuchara en la puerta. No pudo oír más que un fragmento cuyas únicas palabras claras eran «debe tenerlo rojo durante tres meses», y al llamar a la puerta todos los sonidos cesaron al instante. Cuando Charles fue interrogado más tarde por su padre, dijo que había ciertos conflictos de esferas de conciencia que sólo con gran habilidad se podían evitar, pero que él intentaría transferir a otros reinos.

Hacia mediados de junio se produjo un extraño incidente nocturno. A primera hora de la noche se habían oído ruidos y golpes en el laboratorio del piso de arriba, y Mr. Ward estaba a punto de investigar cuando de repente todo se calmó. Aquella medianoche, después de que la familia se hubiera retirado, el mayordomo estaba cerrando con llave la puerta principal en la noche cuando, según su declaración, Charles apareció de forma un tanto torpe e insegura al pie de la escalera con una gran maleta e hizo señales de que deseaba salir. El joven no pronunció palabra alguna, pero el digno hombre de Yorkshire captó una mirada de sus ojos febriles y tembló sin causa. Abrió la puerta y el joven Ward salió, pero por la mañana presentó su dimisión a Mrs. Ward. Había, dijo, algo impío en la mirada que Charles le había clavado. No era propio de un joven caballero mirar a una persona honesta de esta manera, y no podía quedarse otra noche. Mrs. Ward permitió que el hombre se marchara, pero no valoró mucho su declaración. Imaginar a Charles en un estado salvaje aquella noche era bastante ridículo, pues mientras ella había permanecido despierta había oído débiles sonidos procedentes del laboratorio de arriba; sonidos como de sollozos y deambulaciones, y de un suspiro que sólo hablaba de las profundidades más hondas de la desesperación. Mrs. Ward se había acostumbrado a escuchar sonidos en la noche, pues el misterio de su hijo estaba apartando rápidamente todo lo demás de su mente.

La noche siguiente, al igual que otra noche casi tres meses antes, Charles Ward cogió el periódico muy temprano y perdió accidentalmente la sección principal. Este asunto no se recordó hasta más tarde, cuando el Dr. Willett empezó a atar cabos sueltos y a buscar eslabones perdidos aquí y allá. En la oficina del *Journal* encontró la sección que Charles había perdido, y marcó dos artículos como de posible impor-

significance. They were as follows:

MORE CEMETERY DELVING

It was this morning discovered by Robert Hart, night watchman at the North Burial Ground, that ghouls were again at work in the ancient portion of the cemetery. The grave of Ezra Weeden, who was born in 1740 and died in 1824 according to his uprooted and savagely splintered slate headstone, was found excavated and rifled, the work being evidently done with a spade stolen from an adjacent tool-shed.

Whatever the contents may have been after more than a century of burial, all was gone except a few slivers of decayed wood. There were no wheel tracks, but the police have measured a single set of footprints which they found in the vicinity, and which indicate the boots of a man of refinement.

Hart is inclined to link this incident with the digging discovered last March, when a party in a motor truck were frightened away after making a deep excavation; but Sergt. Riley of the Second Station discounts this theory and points to vital differences in the two cases. In March the digging had been in a spot where no grave was known; but this time a well-marked and cared-for grave had been rifled with every evidence of deliberate purpose, and with a conscious malignity expressed in the splintering of the slab which had been intact up to the day before.

Members of the Weeden family, notified of the happening, expressed their astonishment and regret; and were wholly unable to think of any enemy who would care to violate the grave of their ancestor. Hazard Weeden of 598 Angell Street recalls a family legend according to which Ezra Weeden was involved in some very peculiar circumstances, not dishonorable to himself, shortly before the Revolution; but of any modern feud or mystery he is frankly ignorant. Inspector Cunningham has been assigned to the case, and hopes to uncover some valuable clues in the near future.

DOGS NOISY IN PAWTUXET

Residents of Pawtuxet were aroused about 3 a.m. today by a phenom-

tancia. Eran los siguientes:

MÁS EXPLORACIÓN DE CEMENTERIOS

Esta mañana Robert Hart, vigilante nocturno del Cementerio Norte, descubrió que los necrófagos estaban de nuevo trabajando en la parte antigua del cementerio. La tumba de Ezra Weeden, que nació en 1740 y murió en 1824 según su lápida de pizarra desarraigada y salvajemente astillada, fue encontrada excavada y desvalijada, habiéndose realizado el trabajo evidentemente con una pala robada de un cobertizo de herramientas adyacente.

Cualquiera que hubiera sido el contenido tras más de un siglo de enterramiento, todo había desaparecido salvo unas astillas de madera descompuesta. No había huellas de ruedas, pero la policía ha medido un único juego de pisadas que encontró en las inmediaciones y que indican las botas de un hombre refinado.

Hart se inclina a relacionar este incidente con la excavación descubierta el pasado mes de marzo, cuando un grupo en un camión motorizado fue ahuyentado tras realizar una profunda excavación; pero el Sgto. Riley del Segundo Destacamento descarta esta teoría y señala diferencias vitales en los dos casos. En marzo la excavación había sido en un lugar donde no se conocía ninguna tumba; pero esta vez una tumba bien marcada y cuidada había sido desvalijada con toda evidencia de propósito deliberado, y con una malignidad consciente expresada en el astillamiento de la losa que había estado intacta hasta el día anterior.

Los miembros de la familia Weeden, notificados del suceso, expresaron su asombro y pesar; y se mostraron totalmente incapaces de pensar en ningún enemigo que quisiera violar la tumba de su antepasado. Hazard Weeden, de Angell Street al 598, recuerda una leyenda familiar según la cual Ezra Weeden se vio envuelto en algunas circunstancias muy peculiares, no deshonrosas para él mismo, poco antes de la Revolución; pero de cualquier feudo o misterio moderno es francamente ignorante. El Inspector Cunningham ha sido asignado al caso y espera descubrir algunas pistas valiosas en un futuro próximo.

PERROS RUIDOSOS EN PAWTUXET

Los residentes de Pawtuxet se despertaron sobre las 3 de la madrugada

enal baying of dogs which seemed to center near the river just north of Rhodes-on-the-Pawtuxet. The volume and quality of the howling were unusually odd, according to most who heart it; and Fred Lemdin, night-watchman at Rhodes, declares it was mixed with something very like the shrieks of a man in mortal terror and agony. A sharp and very brief thunderstorm, which seemed to strike somewhere near the bank of the river, put an end to the disturbance. Strange and unpleasant odors, probably from the oil tanks along the bay, are popularly linked with this incident; and may have had their share in exciting the dogs.

The aspect of Charles now became very haggard and hunted, and all agreed in retrospect that he may have wished at this period to make some statement or confession from which sheer terror withheld him. The morbid listening of his mother in the night brought out the fact that he made frequent sallies abroad under cover of darkness, and most of the more academic alienists unite at present in charging him with the revolting cases of vampirism which the press so sensationally reported about this time, but which have not yet been definitely traced to any known perpetrator. These cases, too recent and celebrated to need detailed mention, involved victims of every age and type and seemed to cluster around two distinct localities; the residential hill and the North End, near the Ward home, and the suburban districts across the Cranston line near Pawtuxet. Both late wayfarers and sleepers with open windows were attacked, and those who lived to tell the tale spoke unanimously of a lean, lithe, leaping monster with burning eyes which fastened its teeth in the throat or upper arm and feasted ravenously.

Dr. Willett, who refuses to date the madness of Charles Ward as far back as even this, is cautious in attempting to explain these horrors. He has, he declares, certain theories of his own; and limits his positive statements to a peculiar kind of negation: 'I will not,' he says, 'state who or what I believe perpetrated these attacks and murders, but I will declare that Charles Ward was innocent of them. I have reason to be sure he was ignorant of the taste of blood, as indeed his continued anemic decline and increasing pallor prove better than

de hoy por un fenomenal aullido de perros que parecía centrarse cerca del río, justo al norte de Rhodes-on-the-Pawtuxet. El volumen y la calidad de los aullidos eran inusualmente extraños, según la mayoría de los que los escucharon; Fred Lemdin, vigilante nocturno de Rhodes, declara que se mezclaban con algo muy parecido a los chillidos de un hombre presa de un terror y una agonía mortales. Una aguda y muy breve tormenta eléctrica, que parecía haberse centrado en algún lugar cerca de la orilla del río, puso fin a la perturbación. Olores extraños y desagradables, probablemente procedentes de los tanques de petróleo a lo largo de la bahía, se relacionan popularmente con este incidente y pueden haber tenido su parte en la excitación de los perros.

El aspecto de Charles se volvió ahora muy demacrado y perseguido y todos estuvieron de acuerdo en retrospectiva en que es posible que en ese momento deseara hacer alguna declaración o confesión de la que le retuviera el puro terror. La morbosa escucha de su madre por la noche sacó a la luz el hecho de que hacía frecuentes incursiones en el exterior al amparo de la oscuridad, y la mayoría de los alienistas más académicos se unen en la actualidad para acusarle de los repugnantes casos de vampirismo que la prensa divulgó con tanto sensacionalismo por aquella época pero que aún no han sido definitivamente rastreados hasta ningún autor conocido. Estos casos, demasiado recientes y célebres para necesitar una mención detallada, implicaban a víctimas de todas las edades y tipos y parecían agruparse en torno a dos localidades distintas: la colina residencial y el North End, cerca de la casa de los Ward, y los distritos suburbanos al otro lado de la línea de Cranston, cerca de Pawtuxet. Tanto los viandantes tardíos como los durmientes con las ventanas abiertas fueron atacados, y los que vivieron para contarlo hablaron unánimemente de un monstruo delgado, ágil, saltarín y de ojos ardientes que clavaba sus dientes en la garganta o en la parte superior del brazo y se daba un festín voraz.

El Dr. Willett, que se niega a datar la locura de Charles Ward incluso en una fecha tan cercana, es cauto al intentar explicar estos horrores. Tiene, declara, ciertas teorías propias; y limita sus afirmaciones positivas a un tipo peculiar de negación: «No afirmaré», dice, «quién o qué creo que perpetró estos ataques y asesinatos, pero declararé que Charles Ward era inocente de ellos. Tengo razones para estar seguro de que ignoraba el sabor de la sangre, como de hecho su continuo declive anémico y su creciente palidez demuestran mejor que cualquier argumento verbal.

any verbal argument. Ward meddled with terrible things, but he has paid for it, and he was never a monster or a villain. As for now—I don't like to think. A change came, and I'm content to believe that the old Charles Ward died with it. His soul did, anyhow, for that mad flesh that vanished from Waite's hospital had another.'

Willett speaks with authority, for he was often at the Ward home attending Mrs. Ward, whose nerves had begun to snap under the strain. Her nocturnal listening had bred some morbid hallucinations which she confided to the doctor with hesitancy, and which he ridiculed in talking to her, although they made him ponder deeply when alone. These delusions always concerning the faint sounds which she fancied she heard in the attic laboratory and bedroom, and emphasized the occurrence of muffled sighs and sobbings at the most impossible times. Early in July Willett ordered Mrs. Ward to Atlantic City for an indefinite recuperative sojourn, and cautioned both Mr. Ward and the haggard and elusive Charles to write her only cheering letters. It is probably to this enforced and reluctant escape that she owes her life and continued sanity.

Ward se metió en cosas terribles, pero ha pagado por ello, y nunca fue un monstruo ni un villano. En cuanto a ahora... no quiero pensar. Se produjo un cambio y me conformo con creer que el viejo Charles Ward murió con él. Su alma lo hizo, en cualquier caso, porque esa carne loca que desapareció del hospital de Waite poseía otra».

Willett habla con autoridad, porque a menudo estaba en casa de los Ward atendiendo a Mrs. Ward, cuyos nervios habían empezado a quebrarse por la tensión. Su escucha nocturna había engendrado algunas alucinaciones mórbidas que ella confiaba al doctor con vacilación, y que él ridiculizaba al hablar con ella, aunque le hacían reflexionar profundamente cuando estaba solo. Estos delirios siempre se referían a los débiles sonidos que ella creía oír en el laboratorio del ático y en el dormitorio y hacían hincapié en la aparición de suspiros y sollozos ahogados en los momentos más imposibles. A principios de julio Willett ordenó a Mrs. Ward que se trasladara a Atlantic City para una estancia de recuperación indefinida, y advirtió tanto a Mr. Ward como al ojeroso y esquivo Charles que sólo le escribieran cartas alentadoras. Probablemente es a esta forzada y renuente escapada a la que ella debe su vida y su continua cordura.

CHAPTER 2

Not long after his mother's departure, Charles Ward began negotiating for the Pawtuxet bungalow. It was a squalid little wooden edifice with a concrete garage, perched high on the sparsely settled bank of the river slightly above Rhodes, but for some odd reason the youth would have nothing else. He gave the real-estate agencies no peace till one of them secured it for him at an exorbitant price from a somewhat reluctant owner, and as soon as it was vacant he took possession under cover of darkness, transporting in a great closed van the entire contents of his attic laboratory, including the books both weird and modern which he had borrowed from his study. He had this van loaded in the black small hours, and his father recalls only a drowsy realization of stifled oaths and stamping feet on the night the goods were taken away. After that Charles moved back to his own old quarters on the third floor, and never haunted the attic again.

To the Pawtuxet bungalow Charles transferred all the secrecy with which he had surrounded his attic realm, save that he now appeared to have two sharers of his mysteries; a villainous-looking Portuguese half-caste from the South Main St. waterfront who acted as a servant, and a thin, scholarly stranger with dark glasses and a stubbly full beard of dyed aspect whose status was evidently that of a colleague. Neighbors vainly tried to engage these odd persons in conversation. The mulatto Gomes spoke very little English, and the bearded man, who gave his name as Dr. Allen, voluntarily followed his example. Ward himself tried to be more affable, but succeeded only in provoking curiosity with his rambling accounts of chemical research. Before long queer tales began to circulate regarding the all-night burning of lights; and somewhat later, after this burning had suddenly ceased, there rose still queerer tales of disproportionate orders of meat from the butcher's and of the muffled shouting, declamation, rhythmic chanting, and screaming supposed to come from some very cellar below the place. Most distinctly the new and strange household was bitterly disliked by the honest bourgeoisie of the vicinity, and it is not remarkable that dark hints were advanced connecting the hated establishment with the current epidemic of vampiristic attacks and murders; especially since the radius of that plague seemed now confined wholly to Pawtuxet and the adjacent streets of Edgewood.

CAPÍTULO 2

No mucho después de la marcha de su madre, Charles Ward empezó a negociar por el bungalow de Pawtuxet. Era un pequeño y escuálido edificio de madera con un garaje de hormigón, encaramado en lo alto de la orilla poco poblada del río, ligeramente por encima de Rhodes, pero por alguna extraña razón el joven no quería otra cosa. No dio tregua a las agencias inmobiliarias hasta que una de ellas se lo consiguió a un precio exorbitante de un propietario algo reacio, y en cuanto estuvo desocupado tomó posesión al amparo de la oscuridad, transportando en una gran furgoneta cerrada todo el contenido de su laboratorio del desván, incluidos los libros tanto raros como los modernos que había tomado prestados de su estudio. Hizo cargar la furgoneta a altas horas de la madrugada, y su padre sólo recuerda una somnolienta percepción de juramentos sofocados y pisotones la noche en que se llevaron la mercancía. Después de aquello, Charles se trasladó a sus antiguas dependencias del tercer piso y nunca más volvió a rondar por el desván.

Al bungalow de Pawtuxet Charles trasladó todo el secretismo con el que había rodeado su reino abuhardillado, salvo que ahora parecía tener dos partícipes de sus misterios: un mestizo portugués de aspecto villano del muelle de South Main St. que hacía las veces de criado, y un desconocido delgado y erudito con gafas oscuras y barba poblada, que parecía teñida, que se trataba evidentemente de un colega. Los vecinos intentaron en vano entablar conversación con estas extrañas personas. El mulato Gomes hablaba muy poco inglés, y el barbudo, que dio su nombre como Dr. Allen, siguió decididamente su ejemplo. El propio Ward trató de mostrarse más afable, pero sólo consiguió provocar la curiosidad con sus farragosos relatos sobre investigaciones químicas. Al poco tiempo empezaron a circular extrañas historias sobre luces encendidas durante toda la noche; y algo más tarde, después de que esta llama cesara repentinamente, surgieron historias aún más extrañas sobre pedidos desproporcionados de carne de la carnicería y sobre gritos ahogados, declamaciones, cánticos rítmicos y chillidos que se suponía que procedían de algún sótano muy por debajo del lugar. El nuevo y extraño hogar desagradaba sobremanera a la honrada burguesía de los alrededores, y no es de extrañar que se lanzaran oscuros indicios que relacionaban al odiado establecimiento con la actual epidemia de ataques y asesinatos vampíricos; sobre todo porque el radio de esa plaga parecía ahora confinado por completo a Pawtuxet y las calles adyacen-

Ward spent most of his time at the bungalow, but slept occasionally at home and was still reckoned a dweller beneath his father's roof. Twice he was absent from the city on week-long trips, whose destinations have not yet been discovered. He grew steadily paler and more emaciated even than before, and lacked some of his former assurance when repeating to Dr. Willett his old, old story of vital research and future revelations. Willett often waylaid him at his father's house, for the elder Ward was deeply worried and perplexed, and wished his son to get as much sound oversight as could be managed in the case of so secretive and independent an adult. The doctor still insists that the youth was sane even as late as this, and adduces many a conversation to prove his point.

About September the vampirism declined, but in the following January almost became involved in serious trouble. For some time the nocturnal arrival and departure of motor trucks at the Pawtuxet bungalow had been commented upon, and at this juncture an unforeseen hitch exposed the nature of at least one item of their contents. In a lonely spot near Hope Valley had occurred one of the frequent sordid waylaying of trucks by "hi-jackers" in quest of liquor shipments, but this time the robbers had been destined to receive the greater shock. For the long cases they seized proved upon opening to contain some exceedingly gruesome things; so gruesome, in fact, that the matter could not be kept quiet amongst the denizens of the underworld. The thieves had hastily buried what they discovered, but when the State Police got wind of the matter a careful search was made. A recently arrived vagrant, under promise of immunity from prosecution on any additional charge, at last consented to guide a party of troopers to the spot; and there was found in that hasty cache a very hideous and shameful thing. It would not be well for the national—or even the international—sense of decorum if the public were ever to know what was uncovered by that awestruck party. There was no mistaking it, even by those far from studious officers; and telegrams to Washington ensued with feverish rapidity.

tes de Edgewood.

Ward pasaba la mayor parte del tiempo en el bungalow, pero dormía ocasionalmente en casa y seguía considerándose un habitante bajo el techo de su padre. Dos veces se ausentó de la ciudad en viajes de una semana, cuyos destinos aún no se han descubierto. Cada vez estaba más pálido y más demacrado que antes, y le faltaba algo de su antigua seguridad cuando repetía al Dr. Willett su vieja historia de investigaciones vitales y revelaciones futuras. Willett lo solía ver en casa de su padre, pues el mayor de los Ward estaba profundamente preocupado y perplejo, y deseaba que su hijo recibiera toda la supervisión sana que pudiera conseguirse en el caso de un adulto tan reservado e independiente. El doctor sigue insistiendo en que el joven estaba cuerdo incluso en esta época, y aduce muchas conversaciones para demostrar su punto de vista.

Hacia septiembre el vampirismo decayó, pero en enero siguiente estuvo a punto de verse envuelto en serios problemas. Durante algún tiempo se había comentado la llegada y salida nocturna de camiones motorizados al bungalow de Pawtuxet, y en esta coyuntura un contratiempo imprevisto puso al descubierto la naturaleza de al menos uno de sus contenidos. En un paraje solitario cerca de Hope Valley se había producido uno de los frecuentes y sórdidos atracos a camiones por parte de «secuestradores» en busca de cargamentos de licor, pero esta vez los ladrones estaban destinados a recibir el mayor golpe. Las largas cajas de las que se apoderaron resultaron contener, al abrirlas, algunas cosas extremadamente horripilantes; tan horripilantes, de hecho, que el asunto no pudo mantenerse en secreto entre los habitantes de los bajos fondos. Los ladrones habían enterrado apresuradamente lo que descubrieron, pero cuando la Policía Estatal se enteró del asunto se realizó una búsqueda minuciosa. Un indigente recién llegado, bajo promesa de inmunidad de procesamiento por cualquier cargo adicional, consintió al fin en guiar a una partida de soldados de caballería hasta el lugar; y allí se encontró en aquel improvisado escondite una cosa muy espantosa y vergonzosa. No sería bueno para el sentido del decoro nacional —o incluso internacional— que el público supiera alguna vez lo que descubrió aquella partida atónita. No había lugar a equívocos, ni siquiera por parte de aquellos oficiales nada estudiosos; y los telegramas a Washington se sucedieron con febril rapidez.

The cases were addressed to Charles Ward at his Pawtuxet bungalow, and State and Federal officials at once paid him a very forceful and serious call. They found him pallid and worried with his two odd companions, and received from him what seemed to be a valid explanation and evidence of innocence. He had needed certain anatomical specimens as part of a program of research whose depth and genuineness anyone who had known him in the last decade could prove, and had ordered the required kind and number from agencies which he had thought as reasonably legitimate as such things can be. Of the *identity* of the specimens he had known absolutely nothing, and was properly shocked when the inspectors hinted at the monstrous effect on public sentiment and national dignity which a knowledge of the matter would produce. In this statement he was firmly sustained by his bearded colleague Dr. Allen, whose oddly hollow voice carried even more conviction than his own nervous tones; so that in the end the officials took no action, but carefully set down the New York name and address which Ward gave them a basis for a search which came to nothing. It is only fair to add that the specimens were quickly and quietly restored to their proper places, and that the general public will never know of their blasphemous disturbance.

On February 9, 1928, Dr. Willett received a letter from Charles Ward which he considers of extraordinary importance, and about which he has frequently quarreled with Dr. Lyman. Lyman believes that this note contains positive proof of a well-developed case of *dementia praecox*, but Willett on the other hand regards it as the last perfectly sane utterance of the hapless youth. He calls especial attention to the normal character of the penmanship; which though showing traces of shattered nerves, is nevertheless distinctly Ward's own. The text in full is as follows:

100 Prospect St. Providence, R.I., February 8, 1928.

Dear Dr. Willett:—

I feel that at last the time has come for me to make the disclosures which I have so long promised you, and for which you have pressed me so often. The patience you have shown in waiting, and the confidence you have shown in my mind and integrity, are things I shall never cease to appreciate.

Las cajas iban dirigidas a Charles Ward en su bungalow de Pawtuxet, y los funcionarios estatales y federales le hicieron enseguida una llamada muy contundente y seria. Le encontraron pálido y preocupado con sus dos extraños acompañantes y recibieron de él lo que parecía una explicación válida y una prueba de inocencia. Había necesitado ciertos especímenes anatómicos como parte de un programa de investigación cuya profundidad y autenticidad podía probar cualquiera que le hubiera conocido en la última década y había encargado el tipo y número requeridos a agencias que había considerado tan razonablemente legítimas como pueden serlo tales cosas. De la *identidad* de los especímenes no sabía absolutamente nada y se sintió debidamente conmocionado cuando los inspectores insinuaron el monstruoso efecto sobre el sentimiento público y la dignidad nacional que produciría el conocimiento del asunto. En esta afirmación le apoyó firmemente su barbudo colega, el Dr. Allen, cuya voz extrañamente hueca transmitía incluso más convicción que sus propios tonos nerviosos; de modo que al final los funcionarios no tomaron ninguna medida, sino que anotaron cuidadosamente el nombre y la dirección de Nueva York que Ward les dio como base para una búsqueda que no llegó a nada. Es justo añadir que los ejemplares fueron rápida y tranquilamente devueltos a sus lugares apropiados, y que el público en general nunca sabrá de su blasfema perturbación.

El 9 de febrero de 1928, el Dr. Willett recibió una carta de Charles Ward que considera de extraordinaria importancia y sobre la que ha discutido frecuentemente con el Dr. Lyman. Lyman cree que esta nota contiene pruebas positivas de un caso bien desarrollado de *dementia praecox*, pero Willett, por el contrario, la considera la última expresión perfectamente cuerda del desdichado joven. Llama especialmente la atención sobre el carácter normal de la caligrafía, que aunque muestra rastros de nervios destrozados, es sin embargo claramente la de Ward. El texto completo es el siguiente:

100 Prospect St. Providence, R.I., 8 de febrero de 1928.

Estimado Dr. Willett:

Siento que por fin ha llegado el momento de hacer las revelaciones que tanto tiempo le he prometido y por las que usted me ha presionado tan a menudo. La paciencia que ha tenido en la espera, y la confianza que ha demostrado en mi mente y en mi integridad, son cosas que nunca dejaré de apreciar.

And now that I am ready to speak, I must own with humiliation that no triumph such as I dreamed of can ever by mine. Instead of triumph I have found terror, and my talk with you will not be a boast of victory but a plea for help and advice in saving both myself and the world from a horror beyond all human conception or calculation. You recall what those Fenner letters said of the old raiding party at Pawtuxet. That must all be done again, and quickly. Upon us depends more than can be put into words—all civilization, all natural law, perhaps even the fate of the solar system and the universe. I have brought to light a monstrous abnormality, but I did it for the sake of knowledge. Now for the sake of all life and Nature you must help me thrust it back into the dark again.

I have left that Pawtuxet place forever, and we must extirpate everything existing there, alive or dead. I shall not go there again, and you must not believe it if you ever hear that I am there. I will tell you why I say this when I see you. I have come home for good, and wish you would call on me at the very first moment that you can spare five or six hours continuously to hear what I have to say. It will take that long—and believe me when I tell you that you never had a more genuine professional duty than this. My life and reason are the very least things which hang in the balance.

I dare not tell my father, for he could not grasp the whole thing. But I have told him of my danger, and he has four men from a detective agency watching the house. I don't know how much good they can do, for they have against them forces which even you could scarcely envisage or acknowledge. So come quickly if you wish to see me alive and hear how you may help to save the cosmos from stark hell.

Any time will do—I shall not be out of the house. Don't telephone ahead, for there is no telling who or what may try to intercept you. And let us pray to whatever gods there be that nothing may prevent this meeting.

In utmost gravity and desperation,

Charles Dexter Ward.

P.S. Shoot Dr. Allen on sight and dissolve his body in acid. Don't burn it.

Dr. Willett received this note about 10:30 a.m., and immediately ar-

Y ahora que estoy listo para hablar, debo admitir con humillación que ningún triunfo como el que soñé podrá ser mío. En lugar de triunfo he encontrado terror y mi conversación con usted no será un alarde de victoria sino una súplica de ayuda y consejo para salvarme a mí y al mundo de un horror más allá de toda concepción o cálculo humano. Usted recuerda lo que decían esas cartas de Fenner sobre el antiguo grupo de asalto en Pawtuxet. Todo eso debe hacerse otra vez y rápidamente. De nosotros depende más de lo que se puede expresar con palabras: toda la civilización, toda la ley natural, quizá incluso el destino del sistema solar y del universo. He sacado a la luz una anormalidad monstruosa, pero lo hice por el bien del conocimiento. Ahora, por el bien de toda la vida y de la Naturaleza, debe ayudarme a arrojarla de nuevo a la oscuridad.

He dejado ese lugar de Pawtuxet para siempre, y debemos extirpar todo lo que exista allí, vivo o muerto. No volveré a ir allí y no debe creerlo si alguna vez oye que estoy allí. Le diré por qué digo esto cuando le vea. He vuelto a casa para siempre y desearía que me visitara en el primer momento en que pueda disponer de cinco o seis horas seguidas para escuchar lo que tengo que decirle. Me llevará ese tiempo y créame cuando le digo que usted nunca ha tenido un deber profesional más genuino que éste. Mi vida y mi razón son lo mínimo que pende de un hilo.

No me atrevo a decírselo a mi padre, pues no podría comprenderlo todo. Pero le he hablado de mi peligro y tiene a cuatro hombres de una agencia de detectives vigilando la casa. No sé cuánto bien podrán hacer, pues tienen en su contra fuerzas que ni siquiera usted podría prever o reconocer. Así que venga rápido si desea verme con vida y oír cómo puede ayudar a salvar el cosmos de un infierno descarnado.

Cualquier momento será bueno, no estaré fuera de casa. No llame por teléfono antes, pues no se sabe quién o qué puede intentar interceptarle. Y recemos a los dioses que haya para que nada impida este encuentro.

Con suma gravedad y desesperación,

Charles Dexter Ward.

P.D. Dispare al Dr. Allen en cuanto lo vea y disuelva su cuerpo en ácido. No lo queme.

El Dr. Willett recibió esta nota hacia las diez y media de la mañana e

ranged to spare the whole late afternoon and evening for the momentous talk, letting it extend on into the night as long as might be necessary. He planned to arrive about four o'clock, and through all the intervening hours was so engulfed in every sort of wild speculation that most of his tasks were very mechanically performed. Maniacal as the letter would have sounded to a stranger, Willett had seen too much of Charles Ward's oddities to dismiss it as sheer raving. That something very subtle, ancient, and horrible was hovering about he felt quite sure, and the reference to Dr. Allen could almost be comprehended in view of what Pawtuxet gossip said of Ward's enigmatical colleague. Willett had never seen the man, but had heard much of his aspect and bearing, and could not but wonder what sort of eyes those much-discussed dark glasses might conceal.

Promptly at four Dr. Willett presented himself at the Ward residence, but found to his annoyance that Charles had not adhered to his determination to remain indoors. The guards were there, but said that the young man seemed to have lost part of his timidity. He had that morning done much apparently frightened arguing and protesting over the telephone, one of the detectives said, replying to some unknown voice with phrases such as 'I am very tired and must rest a while', 'I can't receive anyone for some time', 'you'll have to excuse me', 'Please postpone decisive action till we can arrange some sort of compromise', or 'I am very sorry, but I must take a complete vacation from everything; I'll talk with you later.' Then, apparently gaining boldness through meditation, he had slipped out so quietly that no one had seen him depart or knew that he had gone until he returned about one o'clock and entered the house without a word. He had gone upstairs, where a bit of his fear must have surged back; for he was heard to cry out in a highly terrified fashion upon entering his library, afterward trailing off into a kind of choking gasp. When, however, the butler had gone to inquire what the trouble was, he had appeared at the door with a great show of boldness, and had silently gestured the man away in a manner that terrified him unaccountably. Then he had evidently done some rearranging of his shelves, for a great clattering and thumping and creaking ensued; after which he had reappeared and left at once. Willett inquired whether or not any message had been left, but was told that there was none. The butler seemed queerly disturbed about something in Charles's appearance

inmediatamente dispuso dedicar toda la tarde y la noche a la trascendental charla, dejando que se prolongara hasta la noche tanto como fuera necesario. Tenía previsto llegar hacia las cuatro y durante todas las horas intermedias estuvo tan enfrascado en todo tipo de especulaciones descabelladas que la mayoría de sus tareas las realizó de forma muy mecánica. Por muy maníaca que le hubiera sonado la carta a un extraño, Willett había visto demasiadas rarezas de Charles Ward como para descartarla como un puro desvarío. De que algo muy sutil, antiguo y horrible se cernía sobre él estaba bastante seguro y la referencia al Dr. Allen casi podía comprenderse a la vista de lo que las habladurías de Pawtuxet decían del enigmático colega de Ward. Willett nunca había visto a aquel hombre, pero había oído hablar mucho de su aspecto y porte... y no podía dejar de preguntarse qué clase de ojos ocultarían aquellas gafas oscuras de las que tanto se hablaba.

Puntualmente a las cuatro, el Dr. Willett se presentó en la residencia de los Ward, pero descubrió, para su disgusto, que Charles no había mantenido su determinación de permanecer en el interior. Los guardias estaban allí, pero dijeron que el joven parecía haber perdido parte de su timidez. Aquella mañana había discutido y protestado mucho, aparentemente asustado, por teléfono, según dijo uno de los detectives, respondiendo a una voz desconocida con frases como «estoy muy cansado y debo descansar un rato», «no puedo recibir a nadie durante algún tiempo», «tendrá que disculparme», «por favor, posponga la acción decisiva hasta que podamos llegar a algún tipo de compromiso», o «lo siento mucho, pero debo tomarme unas vacaciones completas de todo; hablaré con usted más tarde». Luego, aparentemente ganando audacia gracias a una meditación, se había escabullido tan silenciosamente que nadie le había visto partir ni sabía que se había ido hasta que regresó hacia la una y entró en la casa sin decir una palabra. Había ido al piso de arriba, donde algo de su miedo debió de resurgir; porque se le oyó gritar de terror al entrar en su biblioteca, quedando a continuación en una especie de jadeo ahogado. Sin embargo, cuando el mayordomo había ido a preguntar cuál era el problema, había aparecido en la puerta con un gran alarde de audacia y le había hecho un gesto silencioso para que se alejara, de una manera que le aterrorizó inexplicablemente. Entonces, evidentemente, había hecho algún reordenamiento de sus estantes, pues se produjo un gran estrépito y golpes y crujidos; después de lo cual reapareció y se marchó de inmediato. Willett preguntó si había dejado o no algún mensaje, pero le dijeron que no había ninguno. El mayordomo

and manner, and asked solicitously if there was much hope for a cure of his disordered nerves.

For almost two hours Dr. Willett waited vainly in Charles Ward's library, watching the dusty shelves with their wide gaps where books had been removed, and smiling grimly at the paneled overmantel on the north wall, whence a year before the suave features of old Joseph Curwen had looked mildly down. After a time the shadows began to gather, and the sunset cheer gave place to a vague growing terror which flew shadow-like before the night. Mr. Ward finally arrived, and showed much surprise and anger at his son's absence after all the pains which had been taken to guard him. He had not known of Charles's appointment, and promised to notify Willett when the youth returned. In bidding the doctor good-night he expressed his utter perplexity at his son's condition, and urged his caller to do all he could to restore the boy to normal poise. Willett was glad to escape from that library, for something frightful and unholy seemed to haunt it; as if the vanished picture had left behind a legacy of evil. He had never liked that picture; and even now, strong-nerved though he was, there lurked a quality in its vacant panel which made him feel an urgent need to get out into the pure air as soon as possible.

parecía extrañamente perturbado por algo en el aspecto y los modales de Charles y preguntó solícito si había muchas esperanzas de que se curaran sus nervios desordenados.

Durante casi dos horas, el Dr. Willett esperó en vano en la biblioteca de Charles Ward, observando las polvorientas estanterías con sus amplios huecos por donde habían sido retirados los libros y sonriendo sombríamente ante el revestimiento de paneles de la pared norte, desde donde un año antes las suaves facciones del viejo Joseph Curwen habían mirado suavemente hacia abajo. Al cabo de un rato las sombras empezaron a acumularse y la alegría del atardecer dio paso a un vago terror creciente que volaba como una sombra ante la noche. Mr. Ward llegó finalmente, y mostró mucha sorpresa y enfado por la ausencia de su hijo después de todos los esfuerzos que se habían hecho para vigilarlo. No había sabido de la cita de Charles, y prometió avisar a Willett cuando el joven regresara. Al dar las buenas noches al doctor, expresó su absoluta perplejidad por el estado de su hijo e instó a su interlocutor a hacer todo lo posible por devolver al muchacho su estado normal. Willett se alegró de escapar de aquella biblioteca, pues algo espantoso e impío parecía rondarla; como si el cuadro desaparecido hubiera dejado tras de sí un legado de maldad. Nunca le había gustado aquel cuadro e incluso ahora, por muy nervioso que estuviera, acechaba una cualidad en su panel vacío que le hacía sentir una necesidad urgente de salir al aire puro lo antes posible.

CHAPTER 3

The next morning Willett received a message from the senior Ward, saying that Charles was still absent. Mr. Ward mentioned that Dr. Allen had telephoned him to say that Charles would remain at Pawtuxet for some time, and that he must not be disturbed. This was necessary because Allen himself was suddenly called away for an indefinite period, leaving the researches in need of Charles's constant oversight. Charles sent his best wishes, and regretted any bother his abrupt change of plans might have caused. It listening to this message Mr. Ward heard Dr. Allen's voice for the first time, and it seemed to excite some vague and elusive memory which could not be actually placed, but which was disturbing to the point of fearfulness.

Faced by these baffling and contradictory reports, Dr. Willett was frankly at a loss what to do. The frantic earnestness of Charles's note was not to be denied, yet what could one think of its writer's immediate violation of his own expressed policy? Young Ward had written that his delvings had become blasphemous and menacing, that they and his bearded colleague must be extirpated at any cost, and that he himself would never return to their final scene; yet according to latest advices he had forgotten all this and was back in the thick of the mystery. Common sense bade one leave the youth alone with his freakishness, yet some deeper instinct would not permit the impression of that frenzied letter to subside. Willett read it over again, and could not make its essence sound as empty and insane as both its bombastic verbiage and its lack of fulfillment would seem to imply. Its terror was too profound and real, and in conjunction with what the doctor already knew evoked too vivid hints of monstrosities from beyond time and space to permit of any cynical explanation. There were nameless horrors abroad; and no matter how little one might be able to get at them, one ought to stand prepared for any sort of action at any time.

For over a week Dr. Willett pondered on the dilemma which seemed thrust upon him, and became more and more inclined to pay Charles a call at the Pawtuxet bungalow. No friend of the youth had ever ventured to storm this forbidden retreat, and even his father knew of its

CAPÍTULO 3

A la mañana siguiente Willett recibió un mensaje del mayor de los Ward, diciendo que Charles seguía ausente. Mr. Ward mencionó que el Dr. Allen le había telefoneado para decirle que Charles permanecería en Pawtuxet durante algún tiempo y que no debía ser molestado. Esto era necesario porque el propio Allen había sido llamado repentinamente y debía ausentarse por un período indefinido, dejando las investigaciones en la necesidad de la supervisión constante de Charles. Charles le enviaba sus mejores deseos y lamentaba cualquier molestia que su brusco cambio de planes pudiera haberle causado. Al escuchar este mensaje, Mr. Ward oyó por primera vez la voz del Dr. Allen y pareció excitar algún recuerdo vago y evasivo que no podía situarse realmente, pero que resultaba inquietante hasta el punto de causar temor.

Ante estos informes desconcertantes y contradictorios, el Dr. Willett se sentía francamente perdido sobre qué hacer. No se podía negar la frenética seriedad de la nota de Charles, pero ¿qué se podía pensar de la inmediata violación por parte de su redactor de la propia política allí expresada? El joven Ward había escrito que sus delirios se habían vuelto blasfemos y amenazadores, que ellos y su barbudo colega debían ser extirpados a cualquier precio y que él mismo no volvería jamás a su escena final; sin embargo, según los últimos consejos, había olvidado todo esto y estaba de nuevo en el meollo del misterio. El sentido común aconsejaba dejar en paz al joven con sus rarezas, pero algún instinto más profundo no permitía que se disipara la impresión de aquella carta frenética. Willett la leyó de nuevo, y no pudo conseguir que su esencia sonara tan vacía y demencial como parecían dar a entender tanto su ampulosa verborrea como su falta de cumplimiento. Su terror era demasiado profundo y real, y en conjunción con lo que el doctor ya sabía evocaba indicios demasiado vívidos de monstruosidades de más allá del tiempo y del espacio como para permitir cualquier explicación cínica. Había horrores sin nombre en todas partes; y por poco que uno pudiera hacerles frente, debía estar preparado para cualquier tipo de acción en cualquier momento.

Durante más de una semana el Dr. Willett reflexionó sobre el dilema que parecía habérsele planteado y cada vez se sentía más inclinado a hacer una visita a Charles al bungalow de Pawtuxet. Ningún amigo del joven se había aventurado jamás a asaltar aquel refugio prohibido e

interior only from such descriptions as he chose to give; but Willett felt that some direct conversation with his patient was necessary. Mr. Ward had been receiving brief and non-committal typed notes from his son, and said that Mrs. Ward in her Atlantic City retirement had had no better word. So at length the doctor resolved to act; and despite a curious sensation inspired by old legends of Joseph Curwen, and by more recent revelations and warnings from Charles Ward, set boldly out for the bungalow on the bluff above the river.

Willett had visited the spot before through sheer curiosity, though of course never entering the house or proclaiming his presence; hence knew exactly the route to take. Driving out Broad Street one early afternoon toward the end of February in his small motor, he thought oddly of the grim party which had taken that selfsame road a hundred and fifty-seven years before on a terrible errand which none might ever comprehend.

The ride through the city's decaying fringe was short, and trim Edgewood and sleepy Pawtuxet presently spread out ahead. Willett turned to the right down Lockwood Street and drove his car as far along that rural road as he could, then alighted and walked north to where the bluff towered above the lovely bends of the river and the sweep of misty downlands beyond. Houses were still few here, and there was no mistaking the isolated bungalow with its concrete garage on a high point of land at his left. Stepping briskly up the neglected gravel walk he rapped at the door with a firm hand, and spoke without a tremor to the evil Portuguese mulatto who opened it to the width of a crack.

He must, he said, see Charles Ward at once on vitally important business. No excuse would be accepted, and a repulse would mean only a full report of the matter to the elder Ward. The mulatto still hesitated, and pushed against the door when Willett attempted to open it; but the doctor merely raised his voice and renewed his demands. Then there came from the dark interior a husky whisper which somehow chilled the hearer through and through though he did not know why he feared it. 'Let him in, Tony,' it said, 'we may as well talk now as ever.' But disturbing as was the whisper, the greater fear was that which immediately followed. The floor creaked and the

incluso su padre conocía su interior sólo por las descripciones que él mismo decidía dar; pero Willett sentía que era necesaria alguna conversación directa con su paciente. Mr. Ward había estado recibiendo notas mecanografiadas breves y poco comprometidas de su hijo y dijo que Mrs. Ward, en su retiro en Atlantic City, no había escuchado mejores palabras. Así que al final el doctor resolvió pasar al acto; y a pesar de una curiosa sensación inspirada por viejas leyendas de Joseph Curwen y por revelaciones y advertencias más recientes de Charles Ward, se dirigió audazmente hacia el bungalow en el acantilado sobre el río.

Willett ya había visitado el lugar antes por pura curiosidad, aunque, por supuesto, sin entrar nunca en la casa ni proclamar su presencia; de ahí que conociera exactamente la ruta a seguir. Conduciendo por Broad Street una tarde temprana hacia finales de febrero en su pequeño automóvil pensó extrañamente en el sombrío grupo que había tomado ese mismo camino ciento cincuenta y siete años antes en un terrible recado que nadie podría comprender jamás.

El trayecto a través de la decadente periferia de la ciudad fue corto, y el recortado Edgewood y el soñoliento Pawtuxet pronto se extendieron por delante. Willett giró a la derecha por Lockwood Street y condujo su coche lo más lejos que pudo por aquella carretera rural, luego se apeó y caminó hacia el norte, donde el acantilado se elevaba por encima de las hermosas curvas del río y la extensión de brumosas tierras bajas más allá. Las casas seguían siendo pocas aquí y no había forma de confundir el bungalow aislado con su garaje de hormigón en un punto elevado del terreno a su izquierda. Subiendo enérgicamente por el descuidado camino de grava, golpeó la puerta con mano firme y habló sin temblar al malvado mulato portugués que la abrió hasta dejar una rendija.

Debía, dijo, ver a Charles Ward de inmediato por un asunto de vital importancia. No aceptaría ninguna excusa y una negativa sólo significaría un informe completo del asunto al mayor de los Ward. El mulato aún vacilaba y empujó la puerta cuando Willett intentó abrirla; pero el doctor se limitó a levantar la voz y renovar sus exigencias. Entonces llegó desde el oscuro interior un ronco susurro que, de alguna manera, helaba de pies a cabeza a quien lo oía, aunque no sabía por qué lo temía. «Déjale entrar, Tony», dijo, «es mejor que hablemos ahora que nunca». Pero por inquietante que fuera el susurro, el mayor temor era el que siguió inmediatamente. El suelo crujió y el orador apareció a la

speaker hove in sight—and the owner of those strange and resonant tones was seen to be no other than Charles Dexter Ward.

The minuteness with which Dr. Willett recalled and recorded his conversation of that afternoon is due to the importance he assigns to this particular period. For at last he concedes a vital change in Charles Dexter Ward's mentality, and believes that the youth now spoke from a brain hopelessly alien to the brain whose growth he had watched for six and twenty years. Controversy with Dr. Lyman has compelled him to be very specific, and he definitely dates the madness of Charles Ward from the time the typewritten notes began to reach his parents. Those notes are not in Ward's normal style; not even in the style of that last frantic letter to Willett. Instead, they are strange and archaic, as if the snapping of the writer's mind had released a flood of tendencies and impressions picked up unconsciously through boyhood antiquarianism. There is an obvious effort to be modern, but the spirit and occasionally the language are those of the past.

The past, too, was evident in Ward's every tone and gesture as he received the doctor in that shadowy bungalow. He bowed, motioned Willett to a seat, and began to speak abruptly in that strange whisper which he sought to explain at the very outset.

'I am grown phthisical,' he began, 'from this cursed river air. You must excuse my speech. I suppose you are come from my father to see what ails me, and I hope you will say nothing to alarm him.'

Willett was studying these scraping tones with extreme care, but studying even more closely the face of the speaker. Something, he felt, was wrong; and he thought of what the family had told him about the fright of that Yorkshire butler one night. He wished it were not so dark, but did not request that the blind be opened. Instead, he merely asked Ward why he had so belied the frantic note of little more than a week before.

'I was coming to that,' the host replied. 'You must know, I am in a very bad state of nerves, and do and say queer things I cannot account for. As I have told you often, I am on the edge of great matters;

vista y quedó a la vista que el propietario de aquellos tonos extraños y resonantes no era otro que Charles Dexter Ward.

La minuciosidad con que el Dr. Willett recordó y registró su conversación de aquella tarde se debe a la importancia que asigna a este período en particular. Porque por fin admite un cambio vital en la mentalidad de Charles Dexter Ward y cree que el joven hablaba ahora desde un cerebro irremediablemente ajeno al cerebro cuyo crecimiento había observado durante veintiséis años. La controversia con el Dr. Lyman le ha obligado a ser muy específico, y definitivamente fecha la locura de Charles Ward a partir del momento en que las notas mecanografiadas empezaron a llegar a sus padres. Esas notas no están en el estilo normal de Ward; ni siquiera en el estilo de esa última carta frenética a Willett. En su lugar, son extrañas y arcaicas, como si el estallido de la mente del redactor hubiera liberado un torrente de tendencias e impresiones recogidas inconscientemente a través del anticuarismo de la infancia. Hay un evidente esfuerzo por ser moderno, pero el espíritu y ocasionalmente el lenguaje son los del pasado.

El pasado también era evidente en cada tono y gesto de Ward al recibir al doctor en aquel sombrío bungalow. Hizo una reverencia, indicó a Willett que tomara asiento y empezó a hablar bruscamente en aquel extraño susurro que intentaba explicar desde el principio.

«Me estoy volviendo tísico», empezó, «por el maldito aire de este río. Debe disculpar mi forma de hablar. Supongo que usted ha venido de parte de mi padre para ver qué me aflige y espero que no diga nada que le alarme».

Willett estudiaba estos tonos rasposos con sumo cuidado, pero estudiaba aún más detenidamente el rostro de quien hablaba. Algo, sintió, iba mal; y pensó en lo que la familia le había contado sobre el susto de aquel mayordomo de Yorkshire una noche. Deseó que no estuviera tan oscuro, pero no pidió que se abriera la persiana. En su lugar, se limitó a preguntar a Ward por qué había desmentido de tal manera la frenética nota de poco más de una semana antes.

«A eso iba», respondió el anfitrión. «Debe saber que estoy muy mal de los nervios y hago y digo cosas raras que no puedo explicar. Como le he dicho a menudo, estoy al borde de grandes asuntos; y la grandeza de

and the bigness of them has a way of making me light-headed. Any man might well be frighted of what I have found, but I am not to be put off for long. I was a dunce to have that guard and stick at home; for having gone this far, my place is here. I am not well spoke of my prying neighbors, and perhaps I was led by weakness to believe myself what they say of me. There is no evil to any in what I do, so long as I do it rightly. Have the goodness to wait six months, and I'll show you what will pay your patience well.'

'You may as well know I have a way of learning old matters from things surer than books, and I'll leave you to judge the importance of what I can give to history, philosophy, and the arts by reason of the doors I have access to. My ancestor had all this when those witless peeping Toms came and murdered him. I now have it again, or am coming very imperfectly to have a part of it. This time nothing must happen, and least of all though any idiot fears of my own. Pray forget all I writ you, Sir, and have no fear of this place or any in it. Dr. Allen is a man of fine parts, and I own him an apology for anything ill I have said of him. I wish I had no need to spare him, but there were things he had to do elsewhere. His zeal is equal to mine in all those matters, and I suppose that when I feared the work I feared him too as my greatest helper in it.'

Ward paused, and the doctor hardly knew what to say or think. He felt almost foolish in the face of this calm repudiation of the letter; and yet there clung to him the fact that while the present discourse was strange and alien and indubitably mad, the note itself had been tragic in its naturalness and likeness to the Charles Ward he knew. Willett now tried to turn the talk on early matters, and recall to the youth some past events which would restore a familiar mood; but in this process he obtained only the most grotesque results. It was the same with all the alienists later on. Important sections of Charles Ward's store of mental images, mainly those touching modern times and his own personal life, had been unaccountably expunged; whilst all the massed antiquarianism of his youth had welled up from some profound subconsciousness to engulf the contemporary and the individual. The youth's intimate knowledge of elder things was abnormal and unholy, and he tried his best to hide it. When Willett would mention some favorite object of his boyhood archaistic studies he

ellos me marea. Cualquiera podría asustarse de lo que he encontrado, pero no voy a retrasarme mucho. Fui un necio al tener esa guardia y haberme quedado en casa; pues habiendo llegado hasta aquí, mi lugar está aquí. No hablo bien de mis entrometidos vecinos y tal vez me dejé llevar por la debilidad para creer lo que dicen de mí. No hay mal para nadie en lo que hago, siempre que lo haga bien. Tenga la bondad de esperar seis meses, y le mostraré algo que recompensará bien su paciencia».

«Bien puede saber que tengo una manera de aprender asuntos antiguos de cosas más seguras que los libros y le dejaré que juzgue la importancia de lo que puedo aportar a la historia, la filosofía y las artes gracias a las puertas a las que tengo acceso. Mi antepasado tenía todo esto cuando esos mirones estúpidos vinieron y lo asesinaron. Ahora lo tengo de nuevo, o estoy llegando muy imperfectamente a tener una parte de ello. Esta vez no debe ocurrir nada, y menos aún si algún idiota teme por mí. Por favor, olvide todo lo que le he escrito, señor, y no tenga miedo de este lugar ni de nadie en él. El Dr. Allen es un hombre de buenas maneras, y le pido disculpas por cualquier cosa mala que haya dicho de él. Desearía no tener que prescindir de él, pero había cosas que tenía que hacer en otra parte. Su celo es igual al mío en todos esos asuntos y supongo que cuando temía el trabajo también lo temía a él como mi mayor ayudante en ello».

Ward hizo una pausa y el doctor apenas supo qué decir o pensar. Se sentía casi tonto ante este tranquilo repudio de la carta; y sin embargo, se aferraba a él el hecho de que mientras el presente discurso era extraño y ajeno e indudablemente loco, la propia nota había sido trágica en su naturalidad y semejanza con el Charles Ward que él conocía. Willett trató ahora de hacer girar la charla sobre asuntos antiguos y recordar al joven algunos acontecimientos pasados que le devolvieran un estado de ánimo familiar; pero en este proceso sólo obtuvo los resultados más grotescos. Lo mismo ocurrió más tarde con todos los alienistas. Secciones importantes del acervo de imágenes mentales de Charles Ward, principalmente las que se referían a los tiempos modernos y a su propia vida personal, habían sido inexplicablemente expurgadas; mientras que todo el anticuarismo masificado de su juventud había brotado de algún subconsciente profundo para engullir lo contemporáneo y lo individual. El conocimiento íntimo que tenía el joven de las cosas más antiguas era anormal e impío, y hacía todo lo posible por ocultarlo. Cuando Willett

often shed by pure accident such a light as no normal mortal could conceivably be expected to possess, and the doctor shuddered as the glib allusion glided by.

It was not wholesome to know so much about the way the fat sheriff's wig fell off as he leaned over at the play in Mr. Douglass's Histrionick Academy in King Street on the eleventh of February, 1762, which fell on a Thursday; or about how the actors cut the text of Steele's *Conscious Lover* so badly that one was almost glad the Baptist-ridden legislature closed the theater a fortnight later. That Thomas Sabin's Boston coach was "damn'd uncomfortable" old letters may well have told; but what healthy antiquarian could recall how the creaking of Epenetus Olney's new signboard (the gaudy crown he set up after he took to calling his tavern the Crown Coffee House) was exactly like the first few notes of the new jazz piece all the radios in Pawtuxet were playing?

Ward, however, would not be quizzed long in this vein. Modern and personal topics he waved aside quite summarily, whilst regarding antique affairs he soon showed the plainest boredom. What he wished clearly enough was only to satisfy his visitor enough to make him depart without the intention of returning. To this end he offered to show Willett the entire house, and at once proceeded to lead the doctor through every room from cellar to attic. Willett looked sharply, but noted that the visible books were far too few and trivial to have ever filled the wide gaps on Ward's shelves at home, and that the meager so-called "laboratory" was the flimsiest sort of a blind. Clearly, there were a library and a laboratory elsewhere; but just where, it was impossible to say. Essentially defeated in his quest for something he could not name, Willett returned to town before evening and told the senior Ward everything which had occurred. They agreed that the youth must be definitely out of his mind, but decided that nothing drastic need be done just then. Above all, Mrs. Ward must be kept in as complete an ignorance as her son's own strange typed notes would permit.

Mr. Ward now determined to call in person upon his son, making

mencionaba algún objeto favorito de sus estudios arcaicos de la niñez, a menudo arrojaba por pura casualidad una luz que no cabía esperar que poseyera ningún mortal normal y el doctor se estremecía cuando se deslizaba la ingeniosa alusión.

No era sano saber tanto sobre la forma en que se le cayó la peluca al gordo comisario al inclinarse en la obra de teatro de la Academia Histriónica de Mr. Douglass, en King Street, el 11 de febrero de 1762, que cayó en jueves; o sobre cómo los actores recortaron tan mal el texto de *El amante consciente* de Steele que uno casi se alegraba de que la legislatura, plagada de baptistas, cerrara el teatro quince días después. Puede que las viejas cartas dijeran que el carruaje de Thomas Sabin en Boston era «malditamente incómodo»; pero, ¿qué anticuario sano podría recordar cómo el crujido del nuevo letrero de Epenetus Olney (la llamativa corona que colocó después de que empezara a llamar a su taberna Crown Coffee House) era exactamente igual que las primeras notas de la nueva pieza de jazz que estaban tocando todas las radios de Pawtuxet?

Ward, sin embargo, no se dejaba interrogar mucho tiempo en este sentido. Los temas modernos y personales los dejó de lado de forma bastante sumaria, mientras que en lo referente a los asuntos antiguos pronto mostró el más claro aburrimiento. Lo que deseaba con toda claridad era únicamente satisfacer a su visitante lo suficiente como para que se marchara sin intención de volver. Con este fin se ofreció a mostrarle a Willett toda la casa, y de inmediato procedió a conducir al doctor por todas las habitaciones, desde el sótano hasta el desván. Willett miró agudamente, pero observó que los libros visibles eran demasiado pocos y triviales para haber llenado alguna vez los amplios huecos de las estanterías de Ward en su casa, y que el magro «laboratorio», así llamado, era la más endeble clase de encubrimiento. Evidentemente, había una biblioteca y un laboratorio en otro lugar; pero dónde, era imposible decirlo. Esencialmente derrotado en su búsqueda de algo que no podía nombrar, Willett regresó al pueblo antes del anochecer y contó al mayor de los Ward todo lo que había ocurrido. Estuvieron de acuerdo en que el joven debía estar definitivamente fuera de sí, pero decidieron que no era necesario hacer nada drástico en ese momento. Sobre todo, había que mantener a Mrs. Ward en una ignorancia tan completa como lo permitieran las extrañas notas mecanografiadas de su propio hijo.

Mr. Ward decidió ahora visitar en persona a su hijo, haciéndolo total-

it wholly a surprise visit. Dr. Willett took him in his car one evening, guiding him to within sight of the bungalow and waiting patiently for his return. The session was a long one, and the father emerged in a very saddened and perplexed state. His reception had developed much like Willett's, save that Charles had been an excessively long time in appearing after the visitor had forced his way into the hall and sent the Portuguese away with an imperative demand; and in the bearing of the altered son there was no trace of filial affection. The lights had been dim, yet even so the youth had complained that they dazzled him outrageously. He had not spoken out loud at all, averring that his throat was in very poor condition; but in his hoarse whisper there was a quality so vaguely disturbing that Mr. Ward could not banish it from his mind.

Now definitely leagued together to do all they could toward the youth's mental salvation, Mr. Ward and Dr. Willett set about collecting every scrap of data which the case might afford. Pawtuxet gossip was the first item they studied, and this was relatively easy to glean since both had friends in that region. Dr. Willett obtained the most rumors because people talked more frankly to him than to a parent of the central figure, and from all he heard he could tell that young Ward's life had become indeed a strange one. Common tongues would not dissociate his household from the vampirism of the previous summer, while the nocturnal comings and goings of the motor trucks provided their share of dark speculations. Local tradesmen spoke of the queerness of the orders brought them by the evil-looking mulatto, and in particular of the inordinate amounts of mean and fresh blood secured from the two butcher shops in the immediate neighborhood. For a household of only three, these quantities were quite absurd.

Then there was the matter of the sounds beneath the earth. Reports of these things were harder to point down, but all the vague hints tallied in certain basic essentials. Noises of a ritual nature positively existed, and at times when the bungalow was dark. They might, of course, have come from the known cellar; but rumor insisted that there were deeper and more spreading crypts. Recalling the ancient tales of Joseph Curwen's catacombs, and assuming for granted that the present bungalow had been selected because of its situation on the old Curwen site as revealed in one of another of the documents

mente por sorpresa. El Dr. Willett le llevó en su coche una tarde, le guió hasta que estuvo a la vista del bungalow y esperó pacientemente su regreso. La sesión fue larga, y el padre salió en un estado muy entristecido y perplejo. Su recepción se había desarrollado de forma muy parecida a la de Willett, con la salvedad de que Charles había tardado excesivamente en aparecer después de que el visitante entrara por la fuerza en el salón y despidiera al portugués con una demanda imperativa; y en el porte del alterado hijo no había ningún rastro de afecto filial. Las luces habían sido tenues, pero aun así el joven se había quejado de que le deslumbraban escandalosamente. No había hablado en voz alta en absoluto, alegando que su garganta estaba en muy malas condiciones; pero en su ronco susurro había una cualidad tan vagamente inquietante que Mr. Ward no pudo apartarla de su mente.

Ahora, definitivamente unidos para hacer todo lo posible por la salvación mental del joven, Mr. Ward y el Dr. Willett se pusieron a recopilar todos los datos que el caso pudiera ofrecerles. Los cotilleos de Pawtuxet fueron el primer elemento que estudiaron, y esto fue relativamente fácil de conseguir ya que ambos tenían amigos en esa región. El Dr. Willett obtuvo la mayor parte de los rumores porque la gente hablaba más francamente con él que con el padre de la figura central, y de todo lo que oyó pudo deducir que la vida del joven Ward se había convertido en algo realmente extraño. Las lenguas vulgares no disociaban su hogar del vampirismo del verano anterior, mientras que las idas y venidas nocturnas de los camiones motorizados proporcionaban su parte de oscuras especulaciones. Los comerciantes locales hablaban de lo extraño de los pedidos que les traía el mulato de aspecto malvado y, en particular, de las cantidades desmesuradas de sangre fresca y escuálida que se aseguraban en las dos carnicerías de la vecindad inmediata. Para un hogar de sólo tres personas, estas cantidades eran bastante absurdas.

Luego estaba el asunto de los sonidos subterráneos. Los informes sobre estas cosas eran más difíciles de precisar, pero todos los vagos indicios coincidían en ciertos aspectos básicos. Los ruidos de naturaleza ritual existían positivamente y se escuchaban en momentos en que el bungalow estaba a oscuras. Podían, por supuesto, proceder del sótano conocido; pero el rumor insistía en que había criptas más profundas y extendidas. Recordando las antiguas historias de las catacumbas de Joseph Curwen y dando por sentado que el bungalow actual había sido elegido por su situación en el antiguo emplazamiento de Curwen, tal y

found behind the picture, Willett and Mr. Ward gave this phase of the gossip much attention; and searched many times without success for the door in the river-bank which old manuscripts mentioned. As to popular opinions of the bungalow's various inhabitants, it was soon plain that the Brava Portuguese was loathed, the bearded and spectacled Dr. Allen feared, and the pallid young scholar disliked to a profound degree. During the last week or two Ward had obviously changed much, abandoning his attempts at affability and speaking only in hoarse but oddly repellent whispers on the few occasions that he ventured forth.

Such were the shreds and fragments gathered here and there; and over these Mr. Ward and Dr. Willett held many long and serious conferences. They strove to exercise deduction, induction, and constructive imagination to their utmost extent; and to correlate every known fact of Charles's later life, including the frantic letter which the doctor now showed the father, with the meager documentary evidence available concerning old Joseph Curwen. They would have given much for a glimpse of the papers Charles had found, for very clearly the key to the youth's madness lay in what he had learned of the ancient wizard and his doings.

como revelaba uno u otro de los documentos encontrados tras el cuadro, Willett y Mr. Ward prestaron mucha atención a esta fase del cotilleo; y buscaron muchas veces sin éxito la puerta en la orilla del río que mencionaban los antiguos manuscritos. En cuanto a las opiniones populares sobre los diversos habitantes del bungalow, pronto quedó claro que los portugueses mulatos eran aborrecidos, el barbudo y anteojudo Dr. Allen temido y el joven y pálido erudito detestado en grado sumo. Durante la última semana o dos, Ward había cambiado mucho evidentemente, abandonando sus intentos de afabilidad y hablando sólo en susurros roncos pero extrañamente repelentes en las pocas ocasiones en que se aventuraba a salir.

Tales eran los jirones y fragmentos reunidos aquí y allá; y sobre ellos Mr. Ward y el Dr. Willett mantuvieron muchas largas y serias conversaciones. Se esforzaron por ejercitar al máximo la deducción, la inducción y la imaginación constructiva; y por correlacionar cada hecho conocido de la vida posterior de Charles —incluida la frenética carta que el doctor mostraba ahora al padre— con las escasas pruebas documentales disponibles sobre el viejo Joseph Curwen. Habrían dado mucho por echar un vistazo a los papeles que Charles había encontrado, pues muy claramente la clave de la locura del joven residía en lo que había aprendido del antiguo mago y sus hazañas.

CHAPTER 4

And yet, after all, it was from no step of Mr. Ward's or Dr. Willett's that the next move in this singular case proceeded. The father and the physician, rebuffed and confused by a shadow too shapeless and intangible to combat, had rested uneasily on their oars while the typed notes of young Ward to his parents grew fewer and fewer. Then came the first of the month with its customary financial adjustments, and the clerks at certain banks began a peculiar shaking of heads and telephoning from one to the other. Officials who knew Charles Ward by sight went down to the bungalow to ask why every cheque of his appearing at this juncture was a clumsy forgery, and were reassured less than they ought to have been when the youth hoarsely explained that his hand had lately been so much affected by a nervous shock as to make normal writing impossible. He could, he said, from no written characters at all except with great difficulty; and could prove it by the fact that he had been forced to type all his recent letters, even those to his father and mother, who would bear out the assertion.

What made the investigators pause in confusion was not this circumstance alone, for that was nothing unprecedented or fundamentally suspicious, nor even the Pawtuxet gossip, of which one or two of them had caught echoes. It was the muddled discourse of the young man which nonplussed them, implying as it did a virtually total loss of memory concerning important monetary matters which he had had at his fingertips only a month or two before. Something was wrong; for despite the apparent coherence and rationality of his speech, there could be no normal reason for this ill-concealed blankness on vital points. Moreover, although none of these men knew Ward well, they could not help observing the change in his language and manner. They had heard he was an antiquarian, but even the most hopeless antiquarians do not make daily use of obsolete phraseology and gestures. Altogether, this combination of hoarseness, palsied hands, bad memory, and altered speech and bearing must represent some disturbance or malady of genuine gravity, which no doubt formed the basis of the prevailing odd rumors; and after their departure the party of officials decided that a talk with the senior Ward was imperative.

CAPÍTULO 4

Y sin embargo, después de todo, no fue a partir de ningún paso de Mr. Ward o del Dr. Willett que se produjo el siguiente movimiento en este singular caso. El padre y el médico, desairados y confundidos por una sombra demasiado informe e intangible como para ser combatida, habían descansado inquietos sobre sus lomos mientras las notas mecanografiadas del joven Ward a sus padres eran cada vez más escasas. Entonces llegó el primero de mes con sus habituales ajustes financieros y los empleados de algunos bancos comenzaron un peculiar movimiento de cabezas y a telefonearse el uno al otro. Los funcionarios que conocían a Charles Ward de vista se llegaron al bungalow para preguntar por qué todos los cheques suyos que aparecían en aquella coyuntura eran una torpe falsificación y se tranquilizaron menos de lo que deberían cuando el joven explicó roncamente que su mano se había visto últimamente tan afectada por un shock nervioso que le impedía escribir con normalidad. Decía que no podía cifrar ningún carácter manuscrito salvo con gran dificultad; y podía demostrarlo por el hecho de que se había visto obligado a mecanografiar todas sus cartas recientes, incluso las dirigidas a su padre y a su madre, que corroborarían la afirmación.

Lo que hizo que los investigadores retrocedieran confusos no fue sólo esta circunstancia, pues no era nada inaudito ni fundamentalmente sospechoso, ni siquiera fueron los cotilleos de Pawtuxet, de los que uno o dos de ellos se habían hecho eco. Fue el confuso discurso del joven lo que les desconcertó, implicando, como lo hacía, una pérdida prácticamente total de memoria respecto a importantes asuntos monetarios que él había tenido bajo su dominio sólo uno o dos meses antes. Algo iba mal; pues a pesar de la aparente coherencia y racionalidad de su discurso, no podía haber ninguna razón lógica para esta ceguera mal disimulada sobre puntos vitales. Además, aunque ninguno de estos hombres conocía bien a Ward, no pudieron evitar observar el cambio en su lenguaje y sus maneras. Habían oído que era anticuario, pero ni siquiera los anticuarios más desesperanzados hacen uso cotidiano de fraseología y gestos obsoletos. En conjunto, esta combinación de ronquera, manos paralizadas, mala memoria y alteración del habla y el porte debía representar algún trastorno o enfermedad de auténtica gravedad, que sin duda constituía la base de los extraños rumores que prevalecían; y tras su partida, el grupo de funcionarios decidió que era imperativo hablar con el mayor de los Ward.

So on the sixth of March, 1928, there was a long and serious conference in Mr. Ward's office, after which the utterly bewildered father summoned Dr. Willett in a kind of helpless resignation. Willett looked over the strained and awkward signatures of the cheque, and compared them in his mind with the penmanship of that last frantic note. Certainly, the change was radical and profound, and yet there was something damnably familiar about the new writing. It had crabbed and archaic tendencies of a very curious sort, and seemed to result from a type of stroke utterly different from that which the youth had always used. It was strange—but where had he seen it before? On the whole, it was obvious that Charles was insane. Of that there could be no doubt. And since it appeared unlikely that he could handle his property or continue to deal with the outside world much longer, something must quickly be done toward his oversight and possible cure. It was then that the alienists were called in, Drs. Peck and Waite of Providence and Dr. Lyman of Boston, to whom Mr. Ward and Dr. Willett gave the most exhaustive possible history of the case, and who conferred at length in the now unused library of their young patient, examining what books and papers of his were left in order to gain some further notion of his habitual mental cast. After scanning this material and examining the ominous note to Willett they all agreed that Charles Ward's studies had been enough to unseat or at least to warp any ordinary intellect, and wished most heartily that they could see his more intimate volumes and documents; but this latter they knew they could do, if at all, only after a scene at the bungalow itself. Willett now reviewed the whole case with febrile energy; it being at this time that he obtained the statements of the workmen who had seen Charles find the Curwen documents, and that he collated the incidents of the destroyed newspaper items, looking up the latter at the *Journal* office.

On Thursday, the eighth of March, Drs. Willett, Peck, Lyman, and Waite, accompanied by Mr. Ward, paid the youth their momentous call; making no concealment of their object and questioning the now acknowledged patient with extreme minuteness. Charles, although he was inordinately long in answering the summons and was still redolent of strange and noxious laboratory odors when he did finally make his agitated appearance, proved a far from recalcitrant subject; and admitted freely that his memory and balance had suffered somewhat from close application to abstruse studies. He offered no

Así que el 6 de marzo de 1928 tuvo lugar una larga y seria conversación en el despacho de Mr. Ward, tras la cual el padre, totalmente desconcertado, convocó al Dr. Willett en una especie de impotente resignación. Willett repasó las tensas y torpes firmas de los cheques y las comparó en su mente con la caligrafía de aquella última nota frenética. Ciertamente, el cambio era radical y profundo y sin embargo había algo condenadamente familiar en la nueva escritura. Tenía rasgos retorcidos y arcaicos de un tipo muy curioso y parecía ser el resultado de un tipo de trazo totalmente diferente al que el joven había utilizado siempre. Era extraño... pero ¿dónde la había visto antes? En conjunto, era obvio que Charles estaba loco. De eso no cabía duda. Y como parecía improbable que pudiera manejar su propiedad o seguir tratando con el mundo exterior mucho más tiempo había que hacer algo rápidamente para su supervisión y posible cura. Fue entonces cuando se llamó a los alienistas, los doctores Peck y Waite de Providence y el Dr. Lyman de Boston, a quienes Mr. Ward y el Dr. Willett dieron el historial más exhaustivo posible del caso, y conversaron por mucho tiempo en la biblioteca ahora inutilizada de su joven paciente, examinando los libros y papeles suyos que quedaban para tener alguna noción más de su habitual disposición mental. Después de escudriñar este material y examinar la ominosa nota a Willett, todos estuvieron de acuerdo en que los estudios de Charles Ward habían sido suficientes para desbancar o al menos deformar cualquier intelecto ordinario y desearon ardientemente poder ver sus volúmenes y documentos más íntimos; pero esto último sabían que sólo podrían hacerlo, si acaso, después de una escena en el propio bungalow. Willett revisó ahora todo el caso con febril energía; fue entonces cuando obtuvo las declaraciones de los obreros que habían visto a Charles encontrar los documentos de Curwen y cuando cotejó los incidentes de los artículos periodísticos destruidos, buscando estos últimos en la oficina del *Journal*.

El jueves 8 de marzo, los doctores Willett, Peck, Lyman y Waite, acompañados por Mr. Ward, efectuaron su crucial visita al joven; no ocultaron su objeto e interrogaron al ahora reconocido como paciente con extrema minuciosidad. Charles, aunque tardó desmesuradamente en responder a la convocatoria y todavía desprendía olores extraños y nocivos del laboratorio cuando por fin hizo su agitada aparición, demostró ser un sujeto para nada recalcitrante; y admitió abiertamente que su memoria y su equilibrio se habían resentido un poco por la estrecha aplicación a estudios abstrusos. No ofreció ninguna resistencia cuan-

resistance when his removal to other quarters was insisted upon; and seemed, indeed, to display a high degree of intelligence as apart from mere memory. His conduct would have sent his interviewers away in bafflement had not the persistently archaic trend of his speech and unmistakable replacement of modern by ancient ideas in his consciousness marked him out as one definitely removed from the normal. Of his work he would say no more to the group of doctors than he had formerly said to his family and to Dr. Willett, and his frantic note of the previous month he dismissed as mere nerves and hysteria. He insisted that this shadowy bungalow possessed no library or laboratory beyond the visible ones, and waxed abstruse in explaining the absence from the house of such odors as now saturated all his clothing. Neighborhood gossip he attributed to nothing more than the cheap inventiveness of baffled curiosity. Of the whereabouts of Dr. Allen he said he did not feel at liberty to speak definitely, but assured his inquisitors that the bearded and spectacled man would return when needed. In paying off the stolid Brava who resisted all questioning by the visitors, and in closing the bungalow which still seemed to hold such nighted secrets, Ward showed no signs of nervousness save a barely noticed tendency to pause as though listening for something very faint. He was apparently animated by a calmly philosophic resignation, as if the removal were the merest transient incident which would cause the least trouble if facilitated and disposed of once and for all. It was clear that he trusted to his obviously unimpaired keenness of absolute mentality to overcome all the embarrassments into which his twisted memory, his lost voice and handwriting, and his secretive and eccentric behavior had led him. His mother, it was agreed, was not to be told of the change; his father supplying typed notes in his name. Ward was taken to the restfully and picturesquely situated private hospital maintained by Dr. Waite on Conanicut Island in the bay, and subjected to the closest scrutiny and questioning by all the physicians connected with the case. It was then that the physical oddities were noticed; the slackened metabolism, the altered skin, and the disproportionate neural reactions. Dr. Willett was the most perturbed of the various examiners, for he had attended Ward all his life and could appreciate with terrible keenness the extent of his physical disorganization. Even the familiar olive mark on his hip was gone, while on his chest was a great black mole or cicatrice which had never been there before, and which made Willett wonder whether the youth had ever submitted to any

do se insistió en su traslado a otras dependencias; y parecía, de hecho, mostrar un alto grado de inteligencia al margen de la mera memoria. Su conducta habría desconcertado a sus entrevistadores si la tendencia persistentemente arcaica de su discurso y la inequívoca sustitución de ideas modernas por antiguas en su conciencia no hubieran señalado que era alguien definitivamente alejado de lo normal. De su trabajo no quiso decir al grupo de médicos más de lo que había dicho antes a su familia y al Dr. Willett y su frenética nota del mes anterior la descartó como meros nervios e histeria. Insistió en que aquel sombrío bungalow no poseía ninguna biblioteca o laboratorio más allá de los visibles y fue abstruso al explicar la ausencia en la casa de olores como los que ahora saturaban toda su ropa. Los cotilleos del vecindario no los atribuyó más que a la inventiva barata de una curiosidad desconcertada. Sobre el paradero del Dr. Allen dijo que no se sentía en libertad de hablar con seguridad, pero aseguró a sus inquisidores que el hombre de barba y gafas regresaría cuando fuera necesario. Al pagar al estólido mulato, que se resistía a todo interrogatorio por parte de los visitantes, y al cerrar el bungalow que aún parecía guardar secretos tan nocturnos, Ward no mostró signos de nerviosismo, salvo una apenas perceptible tendencia a hacer una pausa como si escuchara algo muy tenue. Aparentemente estaba animado por una resignación tranquilamente filosófica, como si la mudanza fuera el mero incidente pasajero que le causaría el menor problema si se le facilitaba y se deshacía de él de una vez por todas. Estaba claro que confiaba en su obviamente intacta agudeza mental absoluta para superar todos los apuros a los que le habían conducido su memoria retorcida, su voz y escritura perdidas y su comportamiento reservado y excéntrico. Su madre, según se acordó, no debía ser informada del cambio; su padre se encargaría de suministrar notas mecanografiadas en su nombre. Ward fue trasladado al hospital privado que el Dr. Waite mantenía en la isla de Conanicut, en la bahía, en un lugar tranquilo y pintoresco, y sometido al más minucioso escrutinio e interrogatorio por parte de todos los médicos relacionados con el caso. Fue entonces cuando se advirtieron las rarezas físicas; el metabolismo aletargado, la piel alterada y las reacciones neuronales desproporcionadas. El Dr. Willett fue el más perturbado de los diversos examinadores, pues había atendido a Ward toda su vida y podía apreciar con terrible agudeza el alcance de su desorganización física. Incluso la familiar marca olivácea de su cadera había desaparecido, mientras que en su pecho había un gran lunar negro o cicatriz que nunca antes había estado allí y que hizo que Willett se preguntara si el joven se había sometido alguna

of the *witch markings* reputed to be inflicted at certain unwholesome nocturnal meetings in wild and lonely places. The doctor could not keep his mind off a certain transcribed witch-trial record from Salem which Charles had shown him in the old non-secretive days, and which read: 'Mr. G. B. on that Nighte putt ye Divell his Marke upon Bridget S., Jonathan A., Simon O., Deliverance W., Joseph C., Susan P., Mehitable C., and Deborah B.' Ward's face, too, troubled him horribly, till at length he suddenly discovered why he was horrified. For above the young man's right eye was something which he had never previously noticed —a small scar or pit precisely like that in the crumbled painting of old Joseph Curwen, and perhaps attesting some hideous ritualistic inoculation to which both had submitted at a certain stage of their occult careers.

While Ward himself was puzzling all the doctors at the hospital a very strict watch was kept on all mail addressed either to him or to Dr. Allen, which Mr. Ward had ordered delivered at the family home. Willett had predicted that very little would be found, since any communications of a vital nature would probably have been exchanged by messenger; but in the latter part of March there did come a letter from Prague for Dr. Allen which gave both the doctor and the father deep thought. It was in a very crabbed and archaic hand; and though clearly not the effort of a foreigner, showed almost as singular a departure from modern English as the speech of young Ward himself. It read:

Kleinstrasse 11, Altstadt, Prague, 11th Feby. 1928.

Brother in Almonsin-Metraton:—

I this day receiv'd yr mention of what came up from the Saltes I sent you. It was wrong, and meanes clearly that ye Headstones had been chang'd when Barnabas gott me the Specimen. It is often so, as you must be sensible of from the Thing you gott from ye Kings Chapell ground in 1769 and what H. gott from Olde Bury'g Point in 1690, that was like to ende him. I gott such a Thing in Aegypt 75 yeares gone, from the which came that Scar ye Boy saw on me here in 1924. As I told you longe ago, do not calle up That which you can not put downe; either from dead Saltes or out of ye Spheres beyond. Have ye Wordes for laying at all times readie, and stopp not to be sure when there is

vez a alguna de las *marcas de brujería* que tenían fama de infligirse en ciertas insanas reuniones nocturnas en lugares salvajes y solitarios. El médico no podía apartar de su mente cierta transcripción de un acta de juicio por brujería de Salem que Charles le había mostrado en los viejos tiempos en los que no guardaba secretos, y que decía: «Mr. G. B. en aquella Noche puso su Marca Divina sobre Bridget S., Jonathan A., Simon O., Deliverance W., Joseph C., Susan P., Mehitable C., y Deborah B.». El rostro de Ward también le inquietaba horriblemente, hasta que al final descubrió de repente qué era lo que le horrorizaba. Pues sobre el ojo derecho del joven había algo en lo que nunca se había fijado: una pequeña cicatriz o fosa, precisamente como la que aparecía en el cuadro desmenuzado del viejo Joseph Curwen, y que tal vez atestiguaba alguna horrible inoculación ritual a la que ambos se habían sometido en cierta etapa de sus carreras ocultistas.

Mientras el propio Ward desconcertaba a todos los médicos del hospital se mantuvo una vigilancia muy estricta sobre toda la correspondencia dirigida a él o al Dr. Allen que Mr. Ward había ordenado entregar en el domicilio familiar. Willett había predicho que se encontraría muy poco, ya que cualquier comunicación de carácter vital probablemente se habría intercambiado por mensajero; pero a finales de marzo llegó una carta de Praga para el Dr. Allen que hizo reflexionar profundamente tanto al médico como al padre. Estaba escrito con una letra muy tosca y arcaica y, aunque claramente no era el esfuerzo de un extranjero, mostraba un alejamiento del inglés moderno casi tan singular como el habla del propio joven Ward. Decía así:

Kleinstrasse 11, Altstadt, Praga, 11 de feb. 1928.

Hermano en Almonsin-Metraton:

Hoy recibí su mención de lo que surgió de las Sales que le envié. Era erróneo, y significa claramente que las Lápidas habían sido cambiadas cuando Bernabas me consiguió el Espécimen. A menudo es así, como usted debe saber por Lo que consiguió en el terreno de Kings Chapell en 1769 y por lo que H. consiguió en Olde Bury'g Point en 1690, que era como para acabarlo. Yo obtuve una Cosa así en Egipto hace 75 años, de donde vino la Cicatriz que el Muchacho me vio aquí en 1924. Como le dije hace mucho tiempo, no invoque Aquello que no pueda derribar; ya sea de Sales muertas o de las Esferas del Más Allá. Tenga siempre preparadas las Palabras para la colocación, y no deje de estar seguro cuando

any Doubte of Whom you have. Stones are all chang'd now in Nine groundes out of 10. You are never sure till you question. I this day heard from H., who has had Trouble with the Soldiers. He is like to be sorry Transylvania is pass't from Hungary to Roumania, and wou'd change his Seat if the Castel weren't so fulle of What we Knowe. But of this he hath doubtless writ you. In my next Send'g there will be Somewhat from a Hill tomb from ye East that will delight you greatly. Meanwhile forget not I am desirous of B. F. if you can possibly get him for me. You know G. in Philada. better than I. Have him upp firste if you will, but doe not use him soe hard he will be Difficult, for I must speake to him in ye End.

Yogg-Sothoth Neblod Zin Simon O.

To Mr. J. C. in Providence.

Mr. Ward and Dr. Willett paused in utter chaos before this apparent bit of unrelieved insanity. Only by degrees did they absorb what it seemed to imply. So the absent Dr. Allen, and not Charles Ward, had come to be the leading spirit at Pawtuxet? That must explain the wild reference and denunciation in the youth's last frantic letter. And what of this addressing of the bearded and spectacled stranger as "Mr. J. C."? There was no escaping the inference, but there are limits to possible monstrosity. Who was "Simon O."; the old man Ward had visited in Prague four years previously? Perhaps, but in the centuries behind there had been another Simon O.—Simon Orne, alias Jedediah, of Salem, who vanished in 1771, *and whose peculiar handwriting Dr. Willett now unmistakably recognized from the photostatic copies of the Orne formulae which Charles had once shown him.* What horrors and mysteries, what contradictions and contraventions of Nature, had come back after a century and a half to harass Old Providence with her clustered spires and domes?

The father and the old physician, virtually at a loss what to do or think, went to see Charles at the hospital and questioned him as delicately as they could about Dr. Allen, about the Prague visit, and about what he had learned of Simon or Jedediah Orne of Salem. To all these enquiries the youth was politely non-committal, merely barking in his hoarse whisper that he had found Dr. Allen to have a remarkable spiritual rapport with certain souls from the past, and that any correspondent the bearded man might have in Prague would probably

haya alguna Duda de a Quién tiene. Las Piedras están todas cambiadas ahora en Nueve de cada 10 terrenos. Uno nunca sabe hasta que pregunta. Hoy he tenido noticias de H., que ha tenido Problemas con los Soldados. Le apena que Transilvania haya pasado de Hungría a Rumania, y cambiaría de Sede si el Castillo no estuviera tan lleno de lo Que Sabemos. Pero de esto sin duda le ha escrito. En mi próximo Envío habrá Algo de una tumba de la Colina del Este que le deleitará enormemente. Mientras tanto no olvide que estoy deseando a B. F. si es posible que me lo consiga. Usted conoce a G. de Filadelfia mejor que yo. Hágalo venir primero si quiere, pero no lo utilice tanto que le resulte Difícil, pues debo hablar con él al final.

Yogg-Sothoth Neblod Zin Simon O.

A Mr. J. C. en Providence.

Mr. Ward y el Dr. Willett se detuvieron, sumidos en un caos absoluto, ante esta aparente muestra de locura sin paliativos. Sólo poco a poco asimilaron lo que parecía implicar. ¿Así que el ausente Dr. Allen, y no Charles Ward, había llegado a ser el espíritu líder en Pawtuxet? Eso debía explicar la salvaje referencia y denuncia en la última y frenética carta del joven. ¿Y qué hay de ese dirigirse al desconocido barbudo y con gafas como «Mr. J. C.»? No había forma de escapar a la inferencia, pero hay límites a la posible monstruosidad. ¿Quién era «Simón O.», el anciano que Ward había visitado en Praga cuatro años antes? Tal vez... pero en los siglos posteriores había habido otro Simon O... Simon Orne, alias Jedediah, de Salem, que desapareció en 1771, *y cuya peculiar caligrafía el Dr. Willett reconocía ahora inequívocamente a partir de las copias fotostáticas de las fórmulas de Orne que Charles le había mostrado en una ocasión.* ¿Qué horrores y misterios, qué contradicciones y contravenciones de la Naturaleza, habían regresado después de siglo y medio para acosar a la Vieja Providence con sus agujas y sus cúpulas arracimadas?

El padre y el viejo médico, prácticamente sin saber qué hacer o pensar, fueron a ver a Charles al hospital y le interrogaron tan delicadamente como pudieron sobre el Dr. Allen, sobre la visita a Praga y sobre lo que sabía de Simon o Jedediah Orne de Salem. A todas estas preguntas el joven se mostró cortésmente evasivo, limitándose a ladrar en su ronco susurro que había descubierto que el Dr. Allen tenía una notable compenetración espiritual con ciertas almas del pasado y que cualquier corresponsal que el barbudo pudiera tener en Praga probablemente esta-

be similarly gifted. When they left, Mr. Ward and Dr. Willett realized to their chagrin that they had really been the ones under catechism; and that without imparting anything vital himself, the confined youth had adroitly pumped them of everything the Prague letter had contained.

Drs. Peck, Waite, and Lyman were not inclined to attach much importance to the strange correspondence of young Ward's companion; for they knew the tendency of kindred eccentrics and monomaniacs to band together, and believed that Charles or Allen had merely unearthed an expatriated counterpart— perhaps one who had seen Orne's handwriting and copied it in an attempt to pose as the bygone character's reincarnation. Allen himself was perhaps a similar case, and may have persuaded the youth into accepting him as an avatar of the long-dead Curwen. Such things had been known before, and on the same basis the hard-headed doctors disposed of Willett's growing disquiet about Charles Ward's present handwriting, as studied from unpremeditated specimens obtained by various ruses. Willett thought he had placed its odd familiarity at last, and that what it vaguely resembled was the bygone penmanship of old Joseph Curwen himself; but this the other physicians regarded as a phase of imitativeness only to be expected in a mania of this sort, and refused to grant it any importance either favorable or unfavorable. Recognizing this prosaic attitude in his colleagues, Willett advised Mr. Ward to keep to himself the letter which arrived for Dr. Allen on the second of April from Rakus, Transylvania, in a handwriting so intensely and fundamentally like that of the Hutchinson cipher that both father and physician paused in awe before breaking the seal. This read as follows:

Castle Ferenczy 7 March 1928.

Dear C.:—

Hadd a Squad of 20 Militia up to talk about what the Country Folk say. Must digg deeper and have less Hearde. These Roumanians plague me damnably, being officious and particular where you cou'd buy a Magyar off with a Drinke and Food.

Last monthe M. got me ye Sarcophagus of ye Five Sphinxes from ye Acropo-

ría igualmente dotado. Cuando se marcharon, Mr. Ward y el Dr. Willett se dieron cuenta, para su disgusto, de que en realidad habían sido ellos los catequizados; y que sin impartir él mismo nada vital, el joven confinado les había sonsacado hábilmente todo lo que contenía la carta de Praga.

Los doctores Peck, Waite y Lyman no se inclinaban a dar mucha importancia a la extraña correspondencia del compañero del joven Ward, pues conocían la tendencia de los excéntricos y monomaníacos afines a agruparse y creían que Charles o Allen simplemente habían desenterrado a un homólogo expatriado, tal vez uno que había visto la caligrafía de Orne y la había copiado en un intento de hacerse pasar por la reencarnación del antiguo personaje. El propio Allen era tal vez un caso similar y pudo haber persuadido al joven para que lo aceptara como un avatar del desaparecido Curwen. Tales cosas ya se habían visto antes y sobre la misma base los duros doctores se deshicieron de la creciente inquietud de Willett acerca de la escritura actual de Charles Ward, estudiada a partir de muestras no premeditadas obtenidas mediante diversas artimañas. Willett pensó que por fin había localizado su extraña familiaridad y que a lo que vagamente se parecía era a la antigua caligrafía del viejo Joseph Curwen en persona; pero esto los otros médicos lo consideraron una fase de imitación que sólo cabía esperar en una manía de este tipo y se negaron a concederle ninguna importancia ni favorable ni desfavorable. Reconociendo esta actitud prosaica en sus colegas, Willett aconsejó a Mr. Ward que se guardara para sí la carta que llegó para el Dr. Allen el 2 de abril desde Rakus, Transilvania, con una letra tan intensa y fundamentalmente parecida a la de la cifra de Hutchinson que tanto el padre como el médico se detuvieron asombrados antes de romper el sello. Decía lo siguiente:

Castillo Ferenczy 7 de marzo de 1928.

Estimado C.

Haga subir a un Escuadrón de 20 milicianos para hablar de lo que dice la Gente del Campo. Debo cavar más hondo y tener menos Corazonadas. Estos Rumanos me fastidian mucho, son oficiosos y quisquillosos cuando se puede comprar a un Húngaro con una Copa y Comida.

El mes pasado, M. me trajo el Sarcófago de las Cinco Esfinges de la Acrópolis,

lis where He whome I call'd up say'd it wou'd be, and I have hadde 3 Talkes with What was therein inhum'd. It will go to S. O. in Prague directly, and thence to you. It is stubborn but you know ye Way with Such.

You shew Wisdom in having lesse about than Before; for there was no Neede to keep the Guards in Shape and eat'g off their Heads, and it made Much to be founde in Case of Trouble, as you too welle knowe. You can now move and worke elsewhere with no Kill'g Trouble if needful, tho' I hope no Thing will soon force you to so Bothersome a Course.

I rejoice that you traffick not so much with Those Outside; for there was ever a Mortall Peril in it, and you are sensible what it did when you ask'd Protection of One not dispos'd to give it.

You excel me in gett'g ye Formulae so another may saye them with Success, but Borellus fancy'd it wou'd be so if just ye right Wordes were hadd. Does ye Boy use 'em often? I regret that he growes squeamish, as I fear'd he wou'd when I hadde him here nigh 15 Monthes, but am sensible you knowe how to deal with him. You can't saye him down with ye Formula, for that will Worke only upon such as ye other Formula hath call'd up from Saltes; but you still have strong Handes and Knife and Pistol, and Graves are not harde to digg, nor Acids loth to burne.

O. sayes you have promis'd him B. F. I must have him after. B. goes to you soone, and may he give you what you wishe of that Darke Thing belowe Memphis. Imploy care in what you calle up, and beware of ye Boy.

It will be ripe in a yeare's time to have up ye Legions from Underneath, and then there are no Boundes to what shal be oures. Have Confidence in what I saye, for you knowe O. and I have hadd these 150 yeares more than you to consulte these Matters in.

Nephreu—Ka nai Hadoth Edw. H.

For J Curwen, Esq. Providence.

But if Willett and Mr. Ward refrained from showing this letter to the alienists, they did not refrain from acting upon it themselves. No amount of learned sophistry could controvert the fact that the strangely bearded and spectacled Dr. Allen, of whom Charles's fran-

donde me dijo que estaba Aquel a quien llamé, y he tenido 3 Conversaciones con lo Que había inhumado. Irá a S. O. en Praga directamente, y de allí a usted. Es terco pero usted sabe el Camino con Tales.

Demuestra usted Sabiduría al tener menos gente que Antes, ya que no había Necesidad de mantener a los Guardias en Forma y comerse sus Cabezas, y era Mucho más fácil encontrarlos en Caso de Problemas, como usted bien sabe. Ahora puede trasladarse y trabajar en otra parte sin Ningún Problema si es necesario, aunque espero que Nada le obligue pronto a seguir un Camino tan Molesto.

Me alegro de que no trafique tanto con Los de Fuera, pues siempre hubo un Peligro Mortal en ello, y usted es consciente de lo que ocurrió cuando pidió Protección a Alguien que no estaba dispuesto a dársela.

Usted me supera en conseguir las Fórmulas para que otro pueda decirlas con Éxito, pero Borellus pensó que sería así si se tuvieran las Palabras correctas. ¿Su Muchacho las utiliza a menudo? Lamento que se vuelva aprensivo, como temía que le pasara cuando lo tuve aquí cerca de 15 meses, pero soy sensato al decir que sabe cómo tratar con él. No puede derrotarlo con su Fórmula, pues eso sólo Funcionará con los que la otra Fórmula ha sacado de las Sales; pero aún tiene Manos fuertes, un Cuchillo y una Pistola, y las Tumbas no son difíciles de cavar, ni los Ácidos difíciles de enterrar.

O. dice que le ha prometido a B. F. que lo tendré después. B. va a usted pronto, y que él le dé lo que usted desea de esa Cosa Oscura debajo de Memphis. Tenga cuidado con lo que llama, y tenga cuidado con el Muchacho.

Dentro de un año estará maduro para sacar las Legiones de Abajo, y entonces no habrá Límites para lo que será nuestro. Tenga Confianza en lo que digo, pues usted sabe que O. y yo hemos tenido estos 150 años más que usted para consultar estos Asuntos.

Nephreu-Ka nai Hadoth Edw. H.

Para J Curwen, Esq. Providence.

Pero si Willett y Mr. Ward se abstuvieron de mostrar esta carta a los alienistas, no se abstuvieron ellos mismos de actuar en consecuencia. Ninguna cantidad de sofismas eruditos podría controvertir el hecho de que el extrañamente barbudo y con gafas Dr. Allen, de quien la frenéti-

tic letter had spoken as such a monstrous menace, was in close and sinister correspondence with two inexplicable creatures whom Ward had visited in his travels and who plainly claimed to be survivals or avatars of Curwen's old Salem colleagues; that he was regarding himself as the reincarnation of Joseph Curwen, and that he entertained—or was at least advised to entertain—murderous designs against a "boy" who could scarcely be other than Charles Ward. There was organized horror afoot; and no matter who had started it, the missing Allen was by this time at the bottom of it. Therefore, thanking heaven that Charles was now safe in the hospital, Mr. Ward lost no time in engaging detectives to learn all they could of the cryptic, bearded doctor; finding whence he had come and what Pawtuxet knew of him, and if possible discovering his present whereabouts. Supplying the men with one of the bungalow keys which Charles yielded up, he urged them to explore Allen's vacant room which had been identified when the patient's belongings had been packed; obtaining what clues they could from any effects he might have left about. Mr. Ward talked with the detectives in his son's old library, and they felt a marked relief when they left it at last; for there seemed to hover about the place a vague aura of evil. Perhaps it was what they had heard of the infamous old wizard whose picture had once stared from the paneled overmantel, and perhaps it was something different and irrelevant; but in any case they all half sensed an intangible miasma which centered in that carven vestige of an older dwelling and which at times almost rose to the intensity of a material emanation.

ca carta de Charles había hablado como una amenaza tan monstruosa, mantenía una correspondencia estrecha y siniestra con dos criaturas inexplicables a las que Ward había visitado en sus viajes y que claramente afirmaban ser supervivientes o avatares de los antiguos colegas de Curwen en Salem; que se consideraba a sí mismo como la reencarnación de Joseph Curwen y que albergaba —o al menos se le aconsejaba que albergara— designios asesinos contra un «muchacho» que difícilmente podía ser otro que Charles Ward. Había un horror organizado en marcha e, independientemente de quién lo hubiera iniciado, el desaparecido Allen estaba ya en el fondo del asunto. Por lo tanto, agradeciendo al cielo que Charles estuviera ahora a salvo en el hospital, Mr. Ward no tardó en contratar detectives para que averiguaran todo lo que pudieran sobre el enigmático y barbudo doctor; que averiguaran de dónde había venido y qué sabía Pawtuxet de él y, si era posible, que descubrieran su paradero actual. Proporcionando a los hombres una de las llaves del bungalow que Charles cedió, les instó a explorar la habitación vacía de Allen que había sido identificada cuando se empaquetaron las pertenencias del paciente, obteniendo las pistas que pudieran de los efectos que pudiera haber dejado por allí. Mr. Ward habló con los detectives en la antigua biblioteca de su hijo y sintieron un marcado alivio cuando por fin la abandonaron, pues parecía cernirse sobre el lugar una vaga aura de maldad. Tal vez fuera lo que habían oído del viejo e infame hechicero cuyo retrato los había contemplado alguna vez desde el sobremantel panelado y tal vez fuera algo diferente e irrelevante, pero en cualquier caso todos percibieron a medias un miasma intangible que se centraba en aquel vestigio tallado de una morada más antigua y que a veces casi se elevaba a la intensidad de una emanación material.

PART V — A NIGHTMARE AND A CATACLYSM

CHAPTER 1

And now swiftly followed that hideous experience which has left its indelible mark of fear on the soul of Marinus Bicknell Willett, and has added a decade to the visible age of one whose youth was even then far behind. Dr. Willett had conferred at length with Mr. Ward, and had come to an agreement with him on several points which both felt the alienists would ridicule. There was, they conceded, a terrible movement alive in the world, whose direct connection with a necromancy even older than the Salem witchcraft could not be doubted. That at least two living men—and one other of whom they dared not think—were in absolute possession of minds or personalities which had functioned as early as 1690 or before was likewise almost unassailably proved even in the face of all known natural laws. What these horrible creatures—and Charles Ward as well—were doing or trying to do seemed fairly clear from their letters and from every bit of light both old and new which had filtered in upon the case. They were robbing the tombs of all the ages, including those of the world's wisest and greatest men, in the hope of recovering from the bygone ashes some vestige of the consciousness and lore which had once animated and informed them.

A hideous traffic was going on among these nightmare ghouls, whereby illustrious bones were bartered with the calm calculativeness of schoolboys swapping books; and from what was extorted from this centuried dust there was anticipated a power and a wisdom beyond anything which the cosmos had ever seen concentered in one man or group. They had found unholy ways to keep their brains alive, either in the same body or different bodies; and had evidently achieved a way of tapping the consciousness of the dead whom they gathered together. There had, it seems, been some truth in chimerical old Borellus when he wrote of preparing from even the most antique remains certain "Essential Saltes" from which the shade of a long-dead living thing might be raised up. There was a formula for evoking such a shade, and another for putting it down; and it had now been so perfected that it could be taught successfully. One must be careful about evocations, for the markers of old graves are not always

PARTE V — UNA PESADILLA Y UN CATACLISMO

CAPÍTULO 1

Y ahora siguió rápidamente esa horrible experiencia que ha dejado su marca indeleble de miedo en el alma de Marinus Bicknell Willett, y ha añadido una década a la edad visible de alguien cuya juventud había quedado muy atrás incluso entonces. El Dr. Willett había conversado extensamente con Mr. Ward y había llegado a un acuerdo con él sobre varios puntos que ambos pensaban que los alienistas ridiculizarían. Había, admitían, un movimiento terrible activo en el mundo, cuya conexión directa con una nigromancia aún más antigua que la brujería de Salem no podía ponerse en duda. Que al menos dos hombres vivos —y otro más del que no se atrevían a pensar— estaban en posesión absoluta de mentes o personalidades que habían funcionado ya en 1690 o antes quedaba igualmente demostrado de forma casi inatacable incluso frente a todas las leyes naturales conocidas. Lo que estas horribles criaturas —y Charles Ward también— estaban haciendo o intentando hacer parecía bastante claro a partir de sus cartas y de cada pizca de luz tanto antigua como moderna que se había filtrado sobre el caso. Estaban asaltando las tumbas de todas las épocas, incluidas las de los hombres más sabios y grandes del mundo, con la esperanza de recuperar de las cenizas pasadas algún vestigio de la conciencia y la sabiduría que una vez los habían animado e informado.

Entre estos engendros de pesadilla se desarrollaba un espantoso tráfico por el que se trocaban huesos ilustres con la tranquila calculabilidad de los colegiales que intercambian libros y de lo que se extraía de este polvo centenario se anticipaba un poder y una sabiduría superiores a todo lo que el cosmos había visto jamás concentrado en un solo hombre o grupo. Habían encontrado formas impías de mantener vivos sus cerebros, ya fuera en el mismo cuerpo o en cuerpos diferentes; y evidentemente habían logrado una forma de aprovechar la conciencia de los muertos a los que reunían. Al parecer, había algo de verdad en el quimérico y viejo Borellus cuando escribió sobre la preparación, incluso a partir de los restos más antiguos, de ciertas «Sales Esenciales» a partir de las cuales se podía evocar la sombra de un ser vivo, muerto hacía mucho tiempo. Había una fórmula para evocar tal sombra y otra para suprimirla y ahora se había perfeccionado tanto que podía enseñarse con éxito. Uno debe ser cuidadoso con las evocaciones, pues los

accurate.

Willett and Mr. Ward shivered as they passed from conclusion to conclusion. Things—presences or voices of some sort—could be drawn down from unknown places as well as from the grave, and in this process also one must be careful. Joseph Curwen had indubitably evoked many forbidden things, and as for Charles—what might one think of him? What forces "outside the spheres" had reached him from Joseph Curwen's day and turned his mind on forgotten things? He had been led to find certain directions, and he had used them. He had talked with the man of horror in Prague and stayed long with the creature in the mountains of Transylvania. And he must have found the grave of Joseph Curwen at last. That newspaper item and what his mother had heard in the night were too significant to overlook. Then he had summoned something, and it must have come. That mighty voice aloft on Good Friday, and those *different* tones in the locked attic laboratory. What were they like, with their depth and hollowness? Was there not here some awful foreshadowing of the dreaded stranger Dr. Allen with his spectral bass? Yes, *that* was what Mr. Ward had felt with vague horror in his single talk with the man—if man it were—over the telephone!

What hellish consciousness or voice, what morbid shade or presence, had come to answer Charles Ward's secret rites behind that locked door? Those voices heard in argument—"must have it red for three months"— Good God! Was not that just before the vampirism broke out? The rifling of Ezra Weeden's ancient grave, and the cries later at Pawtuxet—whose mind had planned the vengeance and rediscovered the shunned seat of elder blasphemies? And then the bungalow and the bearded stranger, and the gossip, and the fear. The final madness of Charles neither father nor doctor could attempt to explain, but they did feel sure that the mind of Joseph Curwen had come to earth again and was following its ancient morbidities. Was daemoniac possession in truth a possibility? Allen had something to do with it, and the detectives must find out more about one whose existence menaced the young man's life. In the meantime, since the existence of some vast crypt beneath the bungalow seemed virtually beyond dispute, some effort must be made to find it. Willett and Mr. Ward, conscious of the skeptical attitude of the alienists, resolved during their final conference to undertake a joint secret exploration

marcadores de las tumbas antiguas no siempre son precisos.

Willett y Mr. Ward se estremecieron al pasar de conclusión en conclusión. Las cosas —presencias o voces de algún tipo— podían ser atraídas desde lugares desconocidos tanto como desde la tumba y en este proceso también había que ser cuidadoso. Joseph Curwen había evocado indudablemente muchas cosas prohibidas, y en cuanto a Charles, ¿qué se podía pensar de él? ¿Qué fuerzas «ajenas a las esferas» le habían llegado desde la época de Joseph Curwen y habían hecho girar su mente hacia cosas olvidadas? Le habían llevado a encontrar ciertas direcciones y las había utilizado. Había hablado con el hombre del horror en Praga y permanecido largo tiempo con la criatura en las montañas de Transilvania. Y debía haber encontrado por fin la tumba de Joseph Curwen. Aquel artículo del periódico y lo que su madre había oído por la noche eran demasiado significativos para pasarlos por alto. Entonces había invocado algo y debía de haber llegado. Aquella voz poderosa en lo alto el Viernes Santo, y aquellos tonos *diferentes* en el laboratorio del desván cerrado. ¿Cómo eran, con su profundidad y su oquedad? ¿No había aquí algún horrible presagio del temido desconocido Dr. Allen con su voz de bajo espectral? ¡Sí, *eso* era lo que Mr. Ward había sentido con vago horror en su única charla con el hombre —si hombre era— por teléfono!

¿Qué conciencia o voz infernal, qué sombra o presencia mórbida, había venido a responder a los ritos secretos de Charles Ward tras aquella puerta cerrada? Aquellas voces que se oían en la discusión —«debe tenerlo rojo durante tres meses»— ¡Dios Santo! ¿No fue eso justo antes de que estallara el vampirismo? El saqueo de la antigua tumba de Ezra Weeden y los gritos posteriores en Pawtuxet: ¿qué mente había planeado la venganza y redescubierto la sede rechazada de las blasfemias de los mayores? Y luego el bungalow y el desconocido barbudo y las habladurías y el miedo. La locura final de Charles ni el padre ni el médico podían intentar explicarla, pero sí estaban seguros de que la mente de Joseph Curwen había vuelto a la tierra y seguía sus antiguos morbos. ¿Era en verdad una posibilidad la posesión demoniaca? Allen tenía algo que ver con ello y los detectives debían averiguar más sobre uno cuya existencia amenazaba la vida del joven. Mientras tanto, dado que la existencia de alguna vasta cripta bajo el bungalow parecía prácticamente fuera de toda duda, debía hacerse algún esfuerzo por encontrarla. Willett y Mr. Ward, conscientes de la actitud escéptica de los alienistas, resolvieron durante su conversación final emprender una exploración secreta

of unparalleled thoroughness; and agreed to meet at the bungalow on the following morning with valises and with certain tools and accessories suited to architectural search and underground exploration.

The morning of April 6th dawned clear, and both explorers were at the bungalow by ten o'clock. Mr. Ward had the key, and an entry and cursory survey were made. From the disordered condition of Dr. Allen's room it was obvious that the detectives had been there before, and the later searchers hoped that they had found some clue which might prove of value. Of course the main business lay in the cellar; so thither they descended without much delay, again making the circuit which each had vainly made before in the presence of the mad young owner. For a time everything seemed baffling, each inch of the earthen floor and stone walls having so solid and innocuous an aspect that the thought of a yearning aperture was scarcely to be entertained. Willett reflected that since the original cellar was dug without knowledge of any catacombs beneath, the beginning of the passage would represent the strictly modern delving of young Ward and his associates, where they had probed for the ancient vaults whose rumor could have reached them by no wholesome means.

The doctor tried to put himself in Charles's place to see how a delver would be likely to start, but could not gain much inspiration from this method. Then he decided on elimination as a policy, and went carefully over the whole subterranean surface both vertical and horizontal, trying to account for every inch separately. He was soon substantially narrowed down, and at last had nothing left but the small platform before the washtubs, which he tried once before in vain. Now experimenting in every possible way, and exerting a double strength, he finally found that the top did indeed turn and slide horizontally on a corner pivot. Beneath it lay a trim concrete surface with an iron manhole, to which Mr. Ward at once rushed with excited zeal. The cover was not hard to lift, and the father had quite removed it when Willett noticed the queerness of his aspect. He was swaying and nodding dizzily, and in the gust of noxious air which swept up from the black pit beneath the doctor soon recognized ample cause.

conjunta de una minuciosidad sin parangón y acordaron reunirse en el bungalow a la mañana siguiente con maletas y con ciertas herramientas y accesorios adecuados para la búsqueda arquitectónica y la exploración subterránea.

La mañana del 6 de abril amaneció despejada y ambos exploradores estaban en el bungalow a las diez. Mr. Ward tenía la llave y se procedió a entrar y a una inspección superficial. Por el estado desordenado de la habitación del Dr. Allen era obvio que los detectives habían estado allí antes y los exploradores posteriores esperaban que hubieran encontrado alguna pista que pudiera resultar de valor. Por supuesto, el asunto principal estaba en el sótano; así que descendieron allí sin mucha demora, haciendo de nuevo el circuito que cada uno había hecho en vano antes en presencia del joven y desquiciado propietario. Durante un tiempo todo pareció desconcertante, cada pulgada del suelo de tierra y las paredes de piedra tenían un aspecto tan sólido e inocuo que apenas cabía pensar en la existencia de la anhelada abertura. Willett reflexionó que, puesto que el sótano original se excavó sin conocimiento de que hubiera catacumbas debajo, el comienzo del pasadizo representaría la excavación estrictamente moderna del joven Ward y sus socios, donde habían sondeado en busca de las antiguas bóvedas cuyo rumor no podía haberles llegado por ningún medio sano.

El médico trató de ponerse en el lugar de Charles para ver cómo sería probable que empezara un desenterrador, pero no pudo inspirarse mucho en este método. Entonces se decidió por la eliminación como política y recorrió cuidadosamente toda la superficie subterránea tanto vertical como horizontalmente, tratando de contabilizar cada pulgada por separado. Pronto se vio sustancialmente reducido y al final no le quedó más que la pequeña plataforma ante los lavabos, que ya había intentado una vez en vano. Experimentando ahora de todas las maneras posibles, y esforzándose doblemente, descubrió por fin que la parte superior efectivamente giraba y se deslizaba horizontalmente sobre un pivote angular. Debajo de ella había una superficie de hormigón recortado con una boca de inspección de hierro a la que Mr. Ward se dirigió de inmediato con celo excitado. La cubierta no era difícil de levantar y el padre la había quitado del todo cuando Willett advirtió la extrañeza de su aspecto. Él se balanceaba y cabeceaba mareado y, en la ráfaga de aire nocivo que se elevó desde la negra fosa que había debajo, el doctor reconoció pronto la causa sobradamente.

In a moment Dr. Willett had his fainting companion on the floor above and was reviving him with cold water. Mr. Ward responded feebly, but it could be seen that the mephitic blast from the crypt had in some way gravely sickened him. Wishing to take no chances, Willett hastened out to Broad Street for a taxicab and had soon dispatched the sufferer home despite his weak-voiced protests; after which he produced an electric torch, covered his nostrils with a band of sterile gauze, and descended once more to peer into the new-found depths. The foul air had now slightly abated, and Willett was able to send a beam of light down the Stygian hold. For about ten feet, he saw, it was a sheer cylindrical drop with concrete walls and an iron ladder; after which the hole appeared to strike a flight of old stone steps which must originally have emerged to earth somewhat southwest of the present building.

En un instante el Dr. Willett tenía a su desmayado compañero en el piso superior y lo estaba reanimando con agua fría. Mr. Ward respondió débilmente, pero se veía que el golpe mefítico de la cripta le había enfermado gravemente de algún modo. Deseoso de no correr riesgos, Willett se apresuró a salir a Broad Street en busca de un taxi y pronto había despachado al enfermo a su casa a pesar de sus protestas con voz débil; después de esto sacó una linterna eléctrica, se cubrió las fosas nasales con una banda de gasa estéril y descendió una vez más para otear las profundidades recién descubiertas. El aire viciado había amainado ahora ligeramente y Willett pudo enviar un haz de luz hacia el fondo de la bodega estigia. Durante unos diez pies, vio: era una caída cilíndrica escarpada con paredes de hormigón y una escalera de hierro; después de la cual el agujero parecía golpear un tramo de viejos escalones de piedra que originalmente debían haber emergido a tierra algo al suroeste del edificio actual.

CHAPTER 2

Willett freely admits that for a moment the memory of the old Curwen legends kept him from climbing down alone into that malodorous gulf. He could not help thinking of what Like Fenner had reported on that last monstrous night. Then duty asserted itself and he made the plunge, carrying a great valise for the removal of whatever papers might prove of supreme importance. Slowly, as befitted one of his years, he descended the ladder and reached the slimy steps below. This was ancient masonry, his torch told him; and upon the dripping walls he saw the unwholesome moss of centuries. Down, down, ran the steps; not spirally, but in three abrupt turns; and with such narrowness that two men could have passed only with difficulty. He had counted about thirty when a sound reached him very faintly; and after that he did not feel disposed to count any more.

It was a godless sound; one of those low-keyed, insidious outrages of Nature which are not meant to be. To call it a dull wail, a doom-dragged whine, or a hopeless howl of chorused anguish and stricken flesh without mind would be to miss its quintessential loathsomeness and soul-sickening overtones. Was it for this that Ward had seemed to listen on that day he was removed? It was the most shocking thing that Willett had ever heard, and it continued from no determinate point as the doctor reached the bottom of the steps and cast his torchlight around on lofty corridor walls surmounted by Cyclopean vaulting and pierced by numberless black archways. The hall in which he stood was perhaps fourteen feet high in the middle of the vaulting and ten or twelve feet broad. Its pavement was of large chipped flagstone, and its walls and roof were of dressed masonry. Its length he could not imagine, for it stretched ahead indefinitely into the blackness. Of the archways, some had doors of the old six-paneled colonial type, whilst others had none.

Overcoming the dread induced by the smell and the howling, Willett began to explore these archways one by one; finding beyond them rooms with groined stone ceilings, each of medium size and apparently of bizarre used. Most of them had fireplaces, the upper courses of whose chimneys would have formed an interesting study in engi-

CAPÍTULO 2

Willett admite libremente que por un momento el recuerdo de las viejas leyendas de Curwen le impidió descender solo a aquel maloliente abismo. No pudo evitar pensar en lo que Like Fenner le había contado aquella última noche monstruosa. Entonces el deber se impuso y se lanzó, llevando consigo una gran valija para sustraer los papeles que pudieran resultar de suprema importancia. Lentamente, como correspondía a alguien de su edad, descendió por la escalera y llegó a los viscosos peldaños de abajo. Se trataba de mampostería antigua, le dijo su linterna; y sobre las paredes goteantes vio el malsano musgo de los siglos. Abajo, abajo, seguían los escalones; no en espiral, sino en tres giros bruscos; y con tal estrechez que dos hombres sólo habrían podido pasar con dificultad. Había contado unos treinta cuando un sonido le llegó muy débilmente; y después de eso no se sintió dispuesto a seguir contando.

Era un sonido impío; uno de esos insidiosos ultrajes de la Naturaleza que no están destinados a ser. Llamarlo un lamento sordo, un quejido arrastrado por la fatalidad, o un aullido desesperado de angustia a coro y carne golpeada sin mente, sería pasar por alto su repugnancia por excelencia y sus matices que enferman el alma. ¿Era esto lo que Ward había parecido escuchar aquel día en que fue destituido? Era lo más estremecedor que Willett había oído en su vida y continuó, desde ningún punto determinado, mientras el doctor llegaba al pie de la escalinata y proyectaba la luz de su linterna en torno a las elevadas paredes del corredor coronadas por bóvedas ciclópeas y atravesadas por innumerables arcos negros. El vestíbulo en el que se encontraba tenía quizás catorce pies de altura en el centro de la bóveda y diez o doce pies de ancho. Su pavimento estaba hecho por grandes losas desbastadas y sus paredes y techo eran de mampostería labrada. No podía imaginar su longitud, pues se extendía indefinidamente hacia la negrura. De los arcos, algunos tenían puertas del viejo tipo colonial de seis paneles, mientras que otros no tenían ninguna.

Sobreponiéndose al pavor inducido por el olor y los aullidos, Willett empezó a explorar estos arcos uno por uno; encontrando más allá de ellos habitaciones con techos de piedra acanalada, cada una de tamaño mediano y aparentemente de uso bizarro. La mayoría de ellas tenían chimeneas, los cursos superiores de cuyas chimeneas habrían formado

neering. Never before or since had he seen such instruments or suggestions of instruments as here loomed up on every hand through the burying dust and cobwebs of a century and a half, in many cases evidently shattered as if by the ancient raiders. For many of the chambers seemed wholly untrodden by modern feet, and must have represented the earliest and most obsolete phases of Joseph Curwen's experimentation. Finally there came a room of obvious modernity, or at least of recent occupancy. There were oil heaters, bookshelves and tables, chairs and cabinets, and a desk piled high with papers of varying antiquity and contemporaneousness. Candlesticks and oil lamps stood about in several places; and finding a match-safe handy, Willett lighted such as were ready for use.

In the fuller gleam it appeared that this apartment was nothing less than the latest study or library of Charles Ward. Of the books the doctor had seen many before, and a good part of the furniture had plainly come from the Prospect Street mansion. Here and there was a piece well known to Willett, and the sense of familiarity became so great that he half forgot the noisomeness and the wailing, both of which were plainer here than they had been at the foot of the steps. His first duty, as planned long ahead, was to find and seize any papers which might seem of vital importance; especially those portentous documents found by Charles so long ago behind the picture in Olney Court. As he search he perceived how stupendous a task the final unraveling would be; for file on file was stuffed with papers in curious hands and bearing curious designs, so that months or even years might be needed for a thorough deciphering and editing. Once he found three large packets of letters with Prague and Rakus postmarks, and in writing clearly recognizable as Orne's and Hutchinson's; all of which he took with him as part of the bundle to be removed in his valise.

At last, in a locked mahogany cabinet once gracing the Ward home, Willett found the batch of old Curwen papers; recognizing them from the reluctant glimpse Charles had granted him so many years ago. The youth had evidently kept them together very much as they had been when first he found them, since all the titles recalled by the workmen were present except the papers addressed to Orne and Hutchinson, and the cipher with its key. Willett placed the entire lot

un interesante estudio de ingeniería. Nunca antes ni después había visto tales instrumentos o sugerencias de instrumentos como los que aquí asomaban a cada lado a través del polvo enterrado y las telarañas de siglo y medio, en muchos casos evidentemente destrozados al parecer por los antiguos asaltantes. Porque muchas de las cámaras parecían totalmente no transitadas por los pies modernos y debían de representar las fases más tempranas y obsoletas de la experimentación de Joseph Curwen. Finalmente llegó una habitación de evidente modernidad o al menos de reciente ocupación. Había calentadores de aceite, estanterías y mesas, sillas y armarios, y un escritorio repleto de papeles de diversa antigüedad y contemporaneidad. Había candelabros y lámparas de aceite en varios sitios y, encontrando una caja de cerillas a mano, Willett encendió las que estaban listas para su uso.

A pleno resplandor parecía que aquel apartamento era nada menos que el último estudio o biblioteca de Charles Ward. De los libros, el doctor había visto muchos antes, y buena parte del mobiliario procedía claramente de la mansión de Prospect Street. Aquí y allá había una pieza bien conocida por Willett y la sensación de familiaridad llegó a ser tan grande que casi olvidó el bullicio y los lamentos, ambos más claros aquí de lo que lo habían sido al pie de la escalinata. Su primer deber, planeado con mucha antelación, era encontrar y apoderarse de cualquier papel que pudiera parecer de vital importancia; especialmente aquellos portentosos documentos encontrados por Charles hacía tanto tiempo detrás del cuadro de Olney Court. Mientras buscaba percibió lo estupenda que sería la tarea final de desentrañarlos; pues archivo tras archivo estaban repletos de papeles de curiosas autorías y con curiosos diseños, de modo que podrían necesitarse meses o incluso años para descifrarlos y editarlos minuciosamente. En una ocasión encontró tres grandes paquetes de cartas con matasellos de Praga y Rakus y con una escritura claramente reconocible como las de Orne y Hutchinson; todo ello se lo llevó como parte del fardo que debía trasladar en su valija.

Por fin, en un armario de caoba cerrado con llave que antaño adornaba la casa de los Ward, Willett encontró el lote de viejos papeles de Curwen; los reconoció por la reticente ojeada que Charles le había concedido hacía tantos años. Evidentemente, el joven los había conservado prácticamente tal como estaban cuando los encontró por primera vez, ya que todos los títulos recordados por los obreros estaban presentes, excepto los papeles dirigidos a Orne y Hutchinson, y la cifra con su

in his valise and continued his examination of the files. Since young Ward's immediate condition was the greatest matter at stake, the closest searching was done among the most obviously recent matter; and in this abundance of contemporary manuscript one very baffling oddity was noted. The oddity was the slight amount in Charles's normal writing, which indeed included nothing more recent than two months before. On the other hand, there were literally reams of symbols and formulae, historical notes and philosophical comment, in a crabbed penmanship absolutely identical with the ancient script of Joseph Curwen, though of undeniably modern dating. Plainly, a part of the latter-day program had been a sedulous imitation of the old wizard's writing, which Charles seemed to have carried to a marvelous state of perfection. Of any third hand which might have been Allen's there was not a trace. If he had indeed come to be the leader, he must have forced young Ward to act as his amanuensis.

In this new material one mystic formula, or rather pair of formulae, recurred so often that Willett had it by heart before he had half finished his quest. It consisted of two parallel columns, the left-hand one surmounted by the archaic symbol called "Dragon's Head" and used in almanacs to indicate the ascending node, and the right-hand one headed by a corresponding sign of "Dragon's Tail" or descending node. The appearance of the whole was something like this, and almost unconsciously the doctor realized that the second half was no more than the first written syllabically backward with the exception of the final monosyllables and of the odd name *Yog-Sothoth*, which he had come to recognize under various spellings from other things he had seen in connection with this horrible matter. The formulae were as follows— *exactly* so, as Willett is abundantly able to testify—and the first one struck an odd note of uncomfortable latent memory in his brain, which he recognized later when reviewing the events of that horrible Good Friday of the previous year.

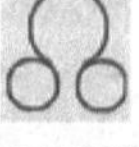

Y'AI 'NG'NGAH
YOG-SOTHOTH

OGTHROD AI'F
GEB'L-EE'H

clave. Willett guardó todo el lote en su valija y continuó su examen de los expedientes. Puesto que el estado inmediato del joven Ward era el mayor asunto en cuestión, la búsqueda más minuciosa fue hecha entre el material más obviamente reciente; y en esta abundancia de manuscritos contemporáneos se observó una rareza muy desconcertante. La rareza era la escasa cantidad de escritos en la escritura normal de Charles, que de hecho no incluía nada más reciente que los dos meses anteriores. Por otro lado, había literalmente resmas de símbolos y fórmulas, notas históricas y comentarios filosóficos, en una caligrafía garabateada absolutamente idéntica a la antigua escritura de Joseph Curwen, aunque de datación innegablemente moderna. Evidentemente, una parte del programa de los últimos días había sido una seductora imitación de la escritura del viejo mago, que Charles parecía haber llevado a un maravilloso estado de perfección. De cualquier tercera mano que pudiera haber sido la de Allen no había ni rastro. Si realmente había llegado a ser el líder, debió obligar al joven Ward a actuar como su amanuense.

En este nuevo material, una fórmula mística, o más bien un par de fórmulas, se repetía tan a menudo que Willett se la sabía de memoria antes de haber terminado la mitad de su búsqueda. Consistía en dos columnas paralelas, la de la izquierda coronada por el símbolo arcaico llamado «Cabeza de Dragón» y utilizado en los almanaques para indicar el nodo ascendente, y la de la derecha encabezada por un signo correspondiente de «Cola de Dragón» o nodo descendente. La apariencia del conjunto era algo así, y casi inconscientemente el doctor se dio cuenta de que la segunda mitad no era más que la primera escrita silábicamente al revés, con excepción de los monosílabos finales y del extraño nombre *Yog-Sothoth*, que había llegado a reconocer bajo diversas grafías por otras cosas que había visto en relación con este horrible asunto. Las fórmulas eran las siguientes —*exactamente* así, como Willett está sobradamente capacitado para atestiguar— y la primera tocó una extraña nota de incómodo recuerdo latente en su cerebro, que reconoció más tarde al repasar los acontecimientos de aquel horrible Viernes Santo del año anterior.

Y'AI 'NG'NGAH
YOG-SOTHOTH

OGTHROD AI'F
GEB'L-EE'H

H'EE-L'GEB YOG-SOTHOTH
F'AI THRODOG 'NGAH'NG AI'Y
UAAAH ZHRO

So haunting were these formulae, and so frequently did he come upon them, that before the doctor knew it he was repeating them under his breath. Eventually, however, he felt he had secured all the papers he could digest to advantage for the present; hence resolved to examine no more till he could bring the skeptical alienists en masse for an ampler and more systematic raid. He had still to find the hidden laboratory, so leaving his valise in the lighted room he emerged again into the black noisome corridor whose vaulting echoed ceaseless with that dull and hideous whine.

The next few rooms he tried were all abandoned, or filled only with crumbling boxes and ominous-looking leaden coffins; but impressed him deeply with the magnitude of Joseph Curwen's original operations. He thought of the slaves and seamen who had disappeared, of the graves which had been violated in every part of the world, and of what that final raiding party must have seen; and then he decided it was better not to think any more. Once a great stone staircase mounted at his right, and he deduced that this must have reached to one of the Curwen outbuildings—perhaps the famous stone edifice with the high slit-like windows—provided the steps he had descended had led from the steep-roofed farmhouse. Suddenly the walls seemed to fall away ahead, and the stench and the wailing grew stronger. Willett saw that he had come upon a vast open space, so great that his torchlight would not carry across it; and as he advanced he encountered occasional stout pillars supporting the arches of the roof.

After a time he reached a circle of pillars grouped like the monoliths of Stonehenge, with a large carved altar on a base of three steps in the center; and so curious were the carvings on that altar that he approached to study them with his electric light. But when he saw what they were he shrank away shuddering, and did not stop to investigate the dark stains which discolored the upper surface and had spread down the sides in occasional thin lines. Instead, he found the distant wall and traced it as it swept round in a gigantic circle per-

H'EE-L'GEB   YOG-SOTHOTH
F'AI THRODOG   'NGAH'NG AI'Y
UAAAH   ZHRO

Tan inquietantes eran estas fórmulas, y con tanta frecuencia se topaba con ellas, que antes de que el doctor se diera cuenta las estaba repitiendo en voz baja. Al final, sin embargo, sintió que se había asegurado todos los papeles que podía digerir con provecho por el momento; de ahí que resolviera no examinar más hasta que pudiera reunir a los alienistas escépticos en asamblea para una incursión más amplia y sistemática. Aún tenía que encontrar el laboratorio oculto, así que dejando su valija en la habitación iluminada salió de nuevo al negro y ruidoso pasillo cuyas bóvedas resonaban sin cesar con aquel sordo y horrible quejido.

Las siguientes habitaciones que probó estaban todas abandonadas, o llenas sólo de cajas desvencijadas y ataúdes de plomo de aspecto ominoso; pero le impresionó profundamente la magnitud de las operaciones originales de Joseph Curwen. Pensó en los esclavos y marineros que habían desaparecido, en las tumbas que habían sido violadas en todas partes del mundo y en lo que debió de ver aquel último grupo de incursión; y entonces decidió que era mejor no pensar más. Una vez una gran escalera de piedra se elevó a su derecha y dedujo que ésta debía de llegar a una de las dependencias de los Curwen —quizá el famoso edificio de piedra con las altas ventanas en forma de rendija—, siempre que los escalones que había bajado hubieran salido de la granja de tejados empinados. De pronto, los muros parecieron desvanecerse delante, y el hedor y los lamentos se hicieron más fuertes. Willett vio que había llegado a un vasto espacio abierto, tan grande que la luz de su linterna no lo abarcaría, y a medida que avanzaba se encontró de vez en cuando con robustos pilares que sostenían los arcos del tejado.

Al cabo de un rato llegó a un círculo de pilares agrupados como los monolitos de Stonehenge, con un gran altar tallado sobre una base de tres escalones en el centro, y tan curiosas eran las tallas de aquel altar que se acercó para estudiarlas con su luz eléctrica. Pero cuando vio lo que eran se apartó temblando y no se detuvo a investigar las manchas oscuras que decoloraban la superficie superior y se habían extendido por los lados en finas líneas ocasionales. En lugar de eso, encontró la pared distante y la recorrió mientras daba vueltas en un círculo gigantes-

forated by occasional black doorways and indented by a myriad of shallow cells with iron gratings and wrist and ankle bonds on chains fastened to the stone of the concave rear masonry. These cells were empty, but still the horrible odor and the dismal moaning continued, more insistent now than ever, and seemingly varied at time by a sort of slippery thumping.

co, perforado por ocasionales puertas negras y surcado por una miríada de celdas poco profundas con rejas de hierro y ataduras para muñecas y tobillos en cadenas sujetas a la piedra de la mampostería cóncava posterior. Estas celdas estaban vacías, pero aun así el horrible olor y los lúgubres gemidos continuaban, más insistentes ahora que nunca, y aparentemente variados a veces por una especie de resbaladizo golpeteo.

CHAPTER 3

From that frightful smell and that uncanny noise Willett's attention could no longer be diverted. Both were plainer and more hideous in the great pillared hall than anywhere else, and carried a vague impression of being far below, even in this dark nether world of subterrene mystery. Before trying any of the black archways for steps leading further down, the doctor cast his beam of light about the stone-flagged floor. It was very loosely paved, and at irregular intervals there would occur a slab curiously pierced by small holes in no definite arrangement, while at one point there lay a very long ladder carelessly flung down. To this ladder, singularly enough, appeared to cling a particularly large amount of the frightful odor which encompassed everything. As he walked slowly about it suddenly occurred to Willett that both the noise and the odor seemed strongest above the oddly pierced slabs, as if they might be crude trap-doors leading down to some still deeper region of horror. Kneeling by one, he worked at it with his hands, and found that with extreme difficulty he could budge it. At his touch the moaning beneath ascended to a louder key, and only with vast trepidation did he persevere in the lifting of the heavy stone. A stench unnameable now rose up from below, and the doctor's head reeled dizzily as he laid back the slab and turned his torch upon the exposed square yard of gaping blackness.

If he had expected a flight of steps to some wide gulf of ultimate abomination, Willett was destined to be disappointed; for amidst that fetor and cracked whining he discerned only the brick-faced top of a cylindrical well perhaps a yard and a half in diameter and devoid of any ladder or other means of descent. As the light shone down, the wailing changed suddenly to a series of horrible yelps; in conjunction with which there came again that sound of blind, futile scrambling and slippery thumping. The explorer trembled, unwilling even to imagine what noxious thing might be lurking in that abyss, but in a moment mustered up the courage to peer over the rough-hewn brink; lying at full length and holding the torch downward at arm's length to see what might lie below. For a second he could distinguish nothing but the slimy, moss-grown brick walls sinking illimitably into that

CAPÍTULO 3

De aquel espantoso olor y de aquel extraño ruido la atención de Willett ya no podía desviarse. Ambos eran más simples y horribles en el gran vestíbulo de columnas que en cualquier otro lugar y daban una vaga impresión de estar muy abajo, incluso en este oscuro mundo inferior de subterráneo misterio. Antes de tantear cualquiera de los negros arcos en busca de escalones que condujeran más abajo, el doctor arrojó su haz de luz sobre el suelo enlosado de piedra. Estaba muy flojamente pavimentado y a intervalos irregulares aparecía una losa curiosamente agujereada por pequeños agujeros sin disposición definida, mientras que en un punto había una escalera muy larga arrojada con descuido. A esta escalera, singularmente, parecía aferrarse una cantidad particularmente grande del espantoso olor que lo envolvía todo. Mientras caminaba lentamente a su alrededor, a Willett se le ocurrió de pronto que tanto el ruido como el olor parecían más fuertes por encima de las losas extrañamente perforadas, como si pudieran ser rudimentarias trampillas que conducían a alguna región de horror aún más profunda. Arrodillado junto a una, trabajó en ella con sus manos, y descubrió que con extrema dificultad podía moverla. A su contacto, el gemido que se oía debajo ascendió a una tonalidad más fuerte y sólo con gran inquietud perseveró en el levantamiento de la pesada piedra. Un hedor innombrable se elevaba ahora desde abajo y la cabeza del doctor se tambaleó vertiginosamente mientras echaba hacia atrás la losa y giraba su linterna sobre la yarda cuadrada de oscuridad abierta que quedaba al descubierto.

Si había esperado un tramo de escaleras hacia algún ancho abismo de abominación final, Willett estaba destinado a quedar decepcionado; pues en medio de aquel fetor y quejido agrietado sólo discernió la cima revestida de ladrillos de un pozo cilíndrico de quizá una yarda y media de diámetro y desprovisto de escalera u otro medio de descenso. A medida que la luz brillaba hacia abajo, los lamentos cambiaron repentinamente a una serie de horribles aullidos; junto con los cuales llegó de nuevo aquel sonido de ciegos e inútiles forcejeos y resbaladizos golpes. El explorador temblaba, reacio incluso a imaginar qué cosa nociva podría estar acechando en aquel abismo, pero en un momento se armó de valor para asomarse por encima del tosco borde; se tumbó de cuerpo entero y sostuvo la linterna hacia abajo a la distancia de un brazo para ver qué podía haber debajo. Durante un segundo no pudo distin-

half-tangible miasma of murk and foulness and anguished frenzy; and then he saw that something dark was leaping clumsily and frantically up and down at the bottom of the narrow shaft, which must have been from twenty to twenty-five feet below the stone floor where he lay. The torch shook in his hand, but he looked again to see what manner of living creature might be immured there in the darkness of that unnatural well; left starving by young Ward through all the long month since the doctors had taken him away, and clearly only one of a vast number prisoned in the kindred wells whose pierced stone covers so thickly studded the floor of the great vaulted cavern. Whatever the things were, they could not lie down in their cramped spaces; but must have crouched and whined and waited and feebly leaped all those hideous weeks since their master had abandoned them unheeded.

But Marinus Bicknell Willett was sorry that he looked again; for surgeon and veteran of the dissecting-room though he was, he has not been the same since. It is hard to explain just how a single sight of a tangible object with measurable dimensions could so shake and change a man; and we may only say that there is about certain outlines and entities a power of symbolism and suggestion which acts frightfully on a sensitive thinker's perspective and whispers terrible hints of obscure cosmic relationships and unnameable realities behind the protective illusions of common vision. In that second look Willett saw such an outline or entity, for during the next few instants he was undoubtedly as stark raving mad as any inmate of Dr. Waite's private hospital. He dropped the electric torch from a hand drained of muscular power or nervous co-ordination, nor heeded the sound of crunching teeth which told of its fate at the bottom of the pit. He screamed and screamed and screamed in a voice whose falsetto panic no acquaintance of his would ever have recognized; and though he could not rise to his feet he crawled and rolled desperately away from the damp pavement where dozens of Tartarean wells poured forth their exhausted whining and yelping to answer his own insane cries. He tore his hands on the rough, loose stones, and many times bruised his head against the frequent pillars, but still he kept on. Then at last he slowly came to himself in the utter blackness and stench, and stopped his ears against the droning wail into which the

guir más que las viscosas paredes de ladrillo cubiertas de musgo que se hundían ilimitadamente en aquel miasma medio tangible de lobreguez y suciedad y angustioso frenesí; y entonces vio que algo oscuro saltaba torpe y frenéticamente arriba y abajo en el fondo del estrecho pozo, que debía de estar entre veinte y veinticinco pies por debajo del suelo de piedra donde él yacía. La linterna temblaba en su mano, pero volvió a mirar para ver qué clase de criatura viviente podría estar inmersa allí en la oscuridad de aquel pozo antinatural, abandonada por el joven Ward a su suerte durante todo el largo mes transcurrido desde que los médicos se lo habían llevado y claramente sólo una de un vasto número aprisionadas en los pozos afines cuyas tapas de piedra agujereada tachonaban tan densamente el suelo de la gran caverna abovedada. Fueran lo que fueran no podían tumbarse en sus estrechos espacios sino que debían de haberse agazapado y gimoteado y esperado y saltado débilmente todas aquellas horribles semanas desde que su amo los había abandonado sin atenderlos.

Pero Marinus Bicknell Willett lamentó haber mirado de nuevo; pues por muy cirujano y veterano de la sala de disección que fuera no ha vuelto a ser el mismo desde entonces. Es difícil explicar cómo una sola visión de un objeto tangible con dimensiones mensurables puede sacudir y cambiar tanto a un hombre y sólo podemos decir que hay en ciertos contornos y entidades un poder de simbolismo y sugestión que actúa espantosamente sobre la perspectiva de un pensador sensible y susurra terribles indicios de oscuras relaciones cósmicas y realidades innombrables tras las ilusiones protectoras de la visión común. En aquella segunda mirada Willett vio un contorno o entidad tal, pues durante los instantes siguientes estuvo sin duda tan enloquecido como cualquier interno del hospital privado del Dr. Waite. Dejó caer la linterna eléctrica de una mano agotada de fuerza muscular o coordinación nerviosa, ni siquiera prestó atención al sonido de dientes crujiendo que anunciaba su destino en el fondo de la fosa. Gritó y gritó y gritó con una voz cuyo falsete de pánico ningún conocido suyo habría reconocido jamás; y aunque no podía ponerse en pie, se arrastró y rodó desesperadamente alejándose del húmedo pavimento donde docenas de pozos tártaros vertían sus agotados gemidos y aullidos para responder a sus propios gritos de locura. Se rasgó las manos con las piedras ásperas y sueltas, y muchas veces se golpeó la cabeza contra los frecuentes pilares, pero aun así siguió adelante. Entonces, por fin, volvió lentamente en sí en la negrura y el hedor absolutos, y taponó sus oídos contra el

burst of yelping had subsided. He was drenched with perspiration and without means of producing a light; stricken and unnerved in the abysmal blackness and horror, and crushed with a memory he never could efface. Beneath him dozens of those things still lived, and from one of those shafts the cover was removed. He knew that what he had seen could never climb up the slippery walls, yet shuddered at the thought that some obscure foot-hold might exist.

What the thing was, he would never tell. It was like some of the carvings on the hellish altar, but it was alive. Nature had never made it in this form, for it was too palpably *unfinished*. The deficiencies were of the most surprising sort, and the abnormalities of proportion could not be described. Willett consents only to say that this type of thing must have represented entities which Ward called up from *imperfect salts*, and which he kept for servile or ritualistic purposes. If it had not had a certain significance, its image would not have been carved on that damnable stone. It was not the worst thing depicted on that stone—but Willett never opened the other pits. At the time, the first connected idea in his mind was an idle paragraph from some of the old Curwen data he had digested long before; a phrase used by Simon or Jedediah Orne in that portentous confiscated letter to the bygone sorcerer:

> *'Certainely, there was Noth'g but ye liveliest Awfulness in that which H. rais'd upp from What he cou'd gather onlie a part of.'*

Then, horribly supplementing rather than displacing this image, there came a recollection of those ancient lingering rumors anent the burned, twisted thing found in the fields a week after the Curwen raid. Charles Ward had once told the doctor what old Slocum said of that object; that it was neither thoroughly human, nor wholly allied to any animal which Pawtuxet folk had ever seen or read about.

These words hummed in the doctor's mind as he rocked to and fro, squatting on the nitrous stone floor. He tried to drive them out, and repeated the Lord's Prayer to himself; eventually trailing off into a mnemonic hodge-podge like the modernistic *Waste Land* of Mr. T. S. Eliot, and finally reverting to the oft-repeated dual formula he had

lamento zumbón en que se había convertido el estallido de aullidos. Estaba empapado de sudor y sin medios para encender una luz; aturdido y desconcertado en la negrura y el horror abismales, y aplastado por un recuerdo que nunca pudo borrar. Bajo él vivían aún docenas de aquellas cosas y de sólo uno de aquellos pozos se había retirado la cubierta. Sabía que lo que había visto nunca podría trepar por las resbaladizas paredes, pero se estremeció al pensar que pudiera existir algún oscuro asidero.

Qué era aquella cosa, nunca lo diría. Era como algunas de las tallas del altar infernal, pero estaba viva. La naturaleza nunca la había hecho de esta forma, pues estaba demasiado palpablemente *inacabada*. Las deficiencias eran del tipo más sorprendente y las anormalidades de proporción no podían describirse. Willett sólo consiente en decir que este tipo de cosas debían de representar entidades que Ward invocaba a partir de *sales imperfectas* y que conservaba con fines serviles o rituales. Si no hubiera tenido cierto significado, su imagen no habría sido esculpida en aquella piedra maldita. No era lo peor que se representaba en aquella piedra... pero Willett nunca abrió las otras fosas. En aquel momento, la primera idea conectada en su mente fue un párrafo ocioso de algunos de los viejos datos de Curwen que había digerido mucho antes; una frase utilizada por Simon o Jedediah Orne en aquella portentosa carta confiscada al desaparecido hechicero:

«Ciertamente, no había Nada más que su más viva Horrorosidad en lo que H. levantó de lo Que sólo pudo recoger una parte».

Entonces, complementando horriblemente más que desplazando esta imagen, vino el recuerdo de aquellos antiguos rumores persistentes sobre la cosa quemada y retorcida encontrada en los campos una semana después de la incursión de Curwen. Charles Ward le había contado una vez al doctor lo que el viejo Slocum había dicho de aquel objeto: que no era ni completamente humano ni totalmente parecido a ningún animal que la gente de Pawtuxet hubiera visto o sobre el que hubiera leído.

Estas palabras zumbaban en la mente del doctor mientras se mecía de un lado a otro, en cuclillas sobre el suelo de piedra nitrosa. Intentó expulsarlas y se repitió a sí mismo el Padrenuestro; al final se desvió hacia una mezcolanza mnemotécnica como la de la modernista *La tierra baldía* de T. S. Eliot, y finalmente volvió a la fórmula dual tantas veces re-

lately found in Ward's underground library: *'Y'ai 'ng'ngah, Yog-Sothoth'* and so on till the final underlined *Zhro*.

It seemed to soothe him, and he staggered to his feet after a time; lamenting bitterly his fright-lost torch and looking wildly about for any gleam of light in the clutching inkiness of the chilly air. Think he would not; but he strained his eyes in every direction for some faint glint or reflection of the bright illumination he had left in the library. After a while he thought he detected a suspicion of a glow infinitely far away, and toward this he crawled in agonized caution on hands and knees amidst the stench and howling, always feeling ahead lest he collide with the numerous great pillars or stumble into the abominable pit he had uncovered.

Once his shaking fingers touched something which he knew must be the steps leading to the hellish altar, and from this spot he recoiled in loathing. At another time he encountered the pierced slab he had removed, and here his caution became almost pitiful. But he did not come upon the dread aperture after all, nor did anything issue from that aperture to detain him. What had been down there made no sound nor stir. Evidently its crunching of the fallen electric torch had not been good for it. Each time Willett's fingers felt a perforated slab he trembled. His passage over it would sometimes increase the groaning below, but generally it would produce no effect at all, since he moved very noiselessly. Several times during his progress the glow ahead diminished perceptibly, and he realized that the various candles and lamps he had left must be expiring one by one. The thought of being lost in utter darkness without matches amidst this underground world of nightmare labyrinths impelled him to rise to his feet and run, which he could safely do now that he had passed the open pit; for he knew that once the light failed, his only hope of rescue and survival would lie in whatever relief party Mr. Ward might send after missing him for a sufficient period. Presently, however, he emerged from the open space into the narrower corridor and definitely located the glow as coming from a door on his right. In a moment he had reached it and was standing once more in young Ward's secret library, trembling with relief, and watching the sputterings of that last lamp which had brought him to safety.

petida que había encontrado últimamente en la biblioteca subterránea de Ward: *«Y'ai 'ng'ngah, Yog-Sothoth»* y así sucesivamente hasta el subrayado final *«Zhro»*.

Pareció tranquilizarle y al cabo de un rato se puso en pie tambaleándose, lamentando amargamente la pérdida de su linterna por el susto y mirando salvajemente a su alrededor en busca de algún destello de luz en la viscosidad atenazadora del aire gélido. Pensar no quiso; pero forzó la vista en todas direcciones en busca de algún débil destello o reflejo de la brillante iluminación que había dejado en la biblioteca. Al cabo de un rato creyó detectar la sospecha de un resplandor infinitamente lejano y hacia él se arrastró con agónica cautela sobre manos y rodillas en medio del hedor y los aullidos, siempre tanteando el terreno por si chocaba con los numerosos grandes pilares o tropezaba en el abominable pozo que había destapado.

Una vez sus dedos temblorosos tocaron algo que sabía que debían ser los escalones que conducían al altar infernal y desde este lugar retrocedió con repugnancia. En otra ocasión se topó con la losa agujereada que había retirado y aquí su cautela se hizo casi lastimera. Pero después de todo no se topó con la temible abertura ni salió de ella nada que le detuviera. Lo que había allí abajo no hizo ruido ni se agitó. Evidentemente, el crujido de la linterna eléctrica caída no le había sentado bien. Cada vez que los dedos de Willett palpaban una losa perforada temblaba. Su paso sobre ella aumentaba a veces el gemido de abajo, pero generalmente no producía efecto alguno, ya que él se movía muy silenciosamente. Varias veces durante su avance el resplandor de delante disminuyó perceptiblemente y se dio cuenta de que las diversas velas y lámparas que le quedaban debían estar expirando una a una. La idea de perderse en la oscuridad total sin cerillas en medio de este mundo subterráneo de laberintos aterradores le impulsó a ponerse en pie y correr, cosa que podía hacer con seguridad ahora que había pasado el pozo abierto; porque sabía que, una vez que la luz faltara, su única esperanza de rescate y supervivencia residiría en cualquier grupo de socorro que Mr. Ward pudiera enviar después de haber estado desaparecido durante un periodo suficiente. Sin embargo, pronto salió del espacio abierto al pasillo más estrecho y localizó definitivamente el resplandor como procedente de una puerta a su derecha. Al cabo de un instante la había alcanzado y se encontraba de nuevo en la biblioteca secreta del joven Ward, temblando de alivio y observando el chisporroteo de aquella última lámpara que le había puesto a salvo.

CHAPTER 4

In another moment he was hastily filling the burned-out lamps from an oil supply he had previously noticed, and when the room was bright again he looked about to see if he might find a lantern for further exploration. For racked though he was with horror, his sense of grim purpose was still uppermost; and he was firmly determined to leave no stone unturned in his search for the hideous facts behind Charles Ward's bizarre madness. Failing to find a lantern, he chose the smallest of the lamps to carry; also filling his pockets with candles and matches, and taking with him a gallon can of oil, which he proposed to keep for reserve use in whatever hidden laboratory he might uncover beyond the terrible open space with its unclean altar and nameless covered wells. To traverse that space again would require his utmost fortitude, but he knew it must be done. Fortunately neither the frightful altar nor the opened shaft was near the vast cell-indented wall which bounded the cavern area, and whose black mysterious archways would form the next goals of a logical search.

So Willett went back to that great pillared hall of stench and anguished howling; turning down his lamp to avoid any distant glimpse of the hellish altar, or of the uncovered pit with the pierced stone slab beside it. Most of the black doorways led merely to small chambers, some vacant and some evidently used as storerooms; and in several of the latter he saw some very curious accumulations of various objects. One was packed with rotting and dust-draped bales of spare clothing, and the explorer thrilled when he saw that it was unmistakably the clothing of a century and a half before. In another room he found numerous odds and ends of modern clothing, as if gradual provisions were being made to equip a large body of men. But what he disliked most of all were the huge copper vats which occasionally appeared; these, and the sinister incrustations upon them. He liked them even less than the weirdly figured leaden bowls whose rims retained such obnoxious deposits and around which clung repellent odors perceptible above even the general noisomeness of the crypt. When he had completed about half the entire circuit of the wall he found another corridor like that from which he had come, and out of which many doors opened. This he proceeded to investigate; and

CAPÍTULO 4

Al cabo de un instante estaba llenando apresuradamente las lámparas agotadas con una provisión de aceite que había encontrado previamente y cuando la habitación volvió a estar iluminada miró a su alrededor para ver si encontraba una linterna para seguir explorando. Por muy atormentado que estuviera por el horror, su sentido de propósito sombrío seguía prevaleciendo y estaba firmemente decidido a no dejar piedra sin remover en su búsqueda de los espantosos hechos que se ocultaban tras la extraña locura de Charles Ward. Al no encontrar una linterna, eligió la más pequeña de las lámparas para llevarla consigo; también llenó sus bolsillos de velas y cerillas y se llevó una lata de aceite de un galón, que se propuso guardar para utilizarla como reserva en cualquier laboratorio oculto que pudiera descubrir más allá del terrible espacio abierto con su altar inmundo y sus pozos cubiertos sin nombre. Atravesar de nuevo ese espacio requeriría su mayor fortaleza pero sabía que debía hacerlo. Afortunadamente, ni el espantoso altar ni el pozo abierto se encontraban cerca de la vasta pared con celdas que delimitaba la zona de la caverna y cuyos misteriosos arcos negros constituirían los siguientes objetivos de una búsqueda lógica.

Así que Willett regresó a aquella gran sala con columnas de hedor y angustiosos aullidos, apagando su lámpara para evitar cualquier atisbo lejano del altar infernal o de la fosa descubierta con la losa de piedra agujereada a su lado. La mayoría de las puertas negras conducían simplemente a pequeñas cámaras, algunas vacías y otras evidentemente utilizadas como almacenes; y en varias de estas últimas vio algunas acumulaciones muy curiosas de objetos diversos. Una de ellas estaba repleta de fardos podridos y cubiertos de polvo de ropa de repuesto y el explorador se estremeció al ver que se trataba inequívocamente de ropa de hace un siglo y medio. En otra habitación encontró numerosos retales de ropa moderna, como si se estuviera haciendo un aprovisionamiento gradual para equipar a un gran contingente de hombres. Pero lo que más le disgustaba de todo eran las enormes cubas de cobre que aparecían de vez en cuando; éstas, y las siniestras incrustaciones que había sobre ellas. Le gustaban incluso menos que los cuencos de plomo extrañamente tallados, cuyos bordes conservaban depósitos tan detestables y alrededor de los cuales se aferraban olores repelentes perceptibles por encima incluso del bullicio general de la cripta. Cuando hubo completado aproximadamente la mitad del circuito de la pa-

after entering three rooms of medium size and of no significant contents, he came at last to a large oblong apartment whose business-like tanks and tables, furnaces and modern instruments, occasional books and endless shelves of jars and bottles proclaimed it indeed the long-sought laboratory of Charles Ward—and no doubt of old Joseph Curwen before him.

After lighting the three lamps which he found filled and ready, Dr. Willett examined the place and all the appurtenances with the keenest interest; noting from the relative quantities of various reagents on the shelves that young Ward's dominant concern must have been with some branch of organic chemistry. On the whole, little could be learned from the scientific ensemble, which included a gruesome-looking dissecting-table; so that the room was really rather a disappointment. Among the books was a tattered old copy of Borellus in black-letter, and it was weirdly interesting to note that Ward had underlined the same passage whose marking had so perturbed good Mr. Merritt in Curwen's farmhouse more than a century and half before. That old copy, of course, must have perished along with the rest of Curwen's occult library in the final raid. Three archways opened off the laboratory, and these the doctor proceeded to sample in turn. From his cursory survey he saw that two led merely to small storerooms; but these he canvassed with care, remarking the piles of coffins in various stages of damage and shuddering violently at two or three of the few coffin-plates he could decipher. There was much clothing also stored in these rooms, and several new and tightly nailed boxes which he did not stop to investigate. Most interesting of all, perhaps, were some odd bits which he judged to be fragments of old Joseph Curwen's laboratory appliances. These had suffered damage at the hands of the raiders, but were still partly recognizable as the chemical paraphernalia of the Georgian period.

The third archway led to a very sizeable chamber entirely lined with shelves and having in the center a table bearing two lamps. These lamps Willett lighted, and in their brilliant glow studied the endless shelving which surrounded him. Some of the upper levels were wholly vacant, but most of the space was filled with small odd-looking leaden jars of two general types; one tall and without handles

red, encontró otro pasillo como aquel del que había venido y del que se abrían muchas puertas. Procedió a investigarlo; y después de entrar en tres habitaciones de tamaño mediano y sin contenido significativo, llegó por fin a un gran apartamento oblongo cuyos tanques y mesas de aspecto ejecutivo, hornos e instrumentos modernos, libros ocasionales e interminables estantes de frascos y botellas lo proclamaban sin duda como el largamente buscado laboratorio de Charles Ward, y sin duda del viejo Joseph Curwen antes que él.

Después de encender las tres lámparas que encontró llenas y listas, el Dr. Willett examinó el lugar y todos los accesorios con el mayor interés; observando las cantidades relativas de diversos reactivos en los estantes se dio cuenta de que la preocupación dominante del joven Ward debía ser alguna rama de la química orgánica. En general, poco se podía aprender del conjunto científico, que incluía una mesa de disección de aspecto horripilante; de modo que la sala fue realmente una decepción. Entre los libros había un viejo ejemplar andrajoso de Borellus en letra negra y era extrañamente interesante observar que Ward había subrayado el mismo pasaje cuya marca había perturbado tanto al buen Mr. Merritt en la granja de Curwen más de un siglo y medio antes. Aquella vieja copia, por supuesto, debió de perecer junto con el resto de la biblioteca ocultista de Curwen en la redada final. Del laboratorio se abrían tres arcos, que el doctor procedió a examinar sucesivamente. De su somera inspección vio que dos conducían simplemente a pequeños almacenes; pero éstos los recorrió con cuidado, observando las pilas de ataúdes en diversos estados de deterioro y estremeciéndose violentamente ante dos o tres de las pocas placas de ataúd que pudo descifrar. También había mucha ropa guardada en estas salas y varias cajas nuevas y bien cerradas con clavos que no se detuvo a investigar. Lo más interesante de todo, tal vez, eran algunos trozos extraños que juzgó fragmentos de los aparatos de laboratorio del viejo Joseph Curwen. Habían sufrido daños a manos de los asaltantes pero aún eran parcialmente reconocibles como la parafernalia química del periodo georgiano.

El tercer arco conducía a una cámara de gran tamaño completamente forrada de estanterías y que tenía en el centro una mesa con dos lámparas. Estas lámparas las encendió Willett, y en su brillante resplandor estudió las interminables estanterías que le rodeaban. Algunos de los niveles superiores estaban totalmente vacíos pero la mayor parte del espacio estaba lleno de pequeñas jarras de plomo de aspecto extraño

like a Grecian lekythos or oil-jug, and the other with a single handle and proportioned like a Phaleron jug. All had metal stoppers, and were covered with peculiar-looking symbols moulded in low relief. In a moment the doctor noticed that these jugs were classified with great rigidity; all the lekythoi being on one side of the room with a large wooden sign reading 'Custodes' above them, and all the Phalerons on the other, correspondingly labeled with a sign reading 'Materia'.

Each of the jars of jugs, except some on the upper shelves that turned out to be vacant, bore a cardboard tag with a number apparently referring to a catalogue; and Willett resolved to look for the latter presently. For the moment, however, he was more interested in the nature of the array as a whole, and experimentally opened several of the lekythoi and Phalerons at random with a view to a rough generalization. The result was invariable. Both types of jar contained a small quantity of a single kind of substance; a fine dusty powder of very light weight and of many shades of dull, neutral color. To the colors which formed the only point of variation there was no apparent method of disposal; and no distinction between what occurred in the lekythoi and what occurred in the Phalerons. A bluish-grey powder might be by the side of a pinkish-white one, and any one in a Phaleron might have its exact counterpart in a lekythos. The most individual feature about the powders was their non-adhesiveness. Willett would pour one into his hand, and upon returning it to its jug would find that no residue whatever remained on his palm.

The meaning of the two signs puzzled him, and he wondered why this battery of chemicals was separated so radically from those in glass jars on the shelves of the laboratory proper. "Custodes", "Materia"; that was the Latin for "Guards" and "Materials", respectively—and then there came a flash of memory as to where he had seen that word "Guards" before in connection with this dreadful mystery. It was, of course, in the recent letter to Dr. Allen purporting to be from old Edwin Hutchinson; and the phrase had read: 'There was no Neede to keep the Guards in Shape and eat'g off their Heads, and it made Much to be founde in Case of Trouble, as you too welle knowe.' What did this signify? But wait—was there not still *another* reference to "guards" in this matter which he had failed wholly to recall when

y de dos tipos generales; una alta y sin asas como un *lekythos* griego o una jarra de aceite, y la otra con un solo asa y proporcionada como una jarra *phaleron*. Todas tenían tapones de metal y estaban cubiertas con símbolos de aspecto peculiar moldeados en bajo relieve. Al instante el doctor se dio cuenta de que estas jarras estaban clasificadas con gran rigidez; todos los *lekythos* estaban en un lado de la habitación con un gran cartel de madera que decía «Custodios» sobre ellos, y todos los *phaleron* en el otro, correspondientemente etiquetados con un cartel que decía «Materia».

Cada uno de los recipientes, excepto algunos de los estantes superiores que resultaron estar vacíos, llevaba una etiqueta de cartón con un número que aparentemente remitía a un catálogo; y Willett resolvió buscar este último en breve. Por el momento, sin embargo, estaba más interesado en la naturaleza del conjunto, y abrió experimentalmente varios de los *lekython* y *phaleron* al azar con vistas a una generalización aproximada. El resultado fue invariable. Ambos tipos de frasco contenían una pequeña cantidad de un único tipo de sustancia; un polvo fino de peso muy ligero y de muchos matices de color apagado y neutro. Para los colores que formaban, el único punto de variación, no había ningún método aparente de distinguirlos; y ninguna diferencia entre lo que ocurría en los *lekython* y lo que ocurría en los *phaleron*. Un polvo gris azulado podía estar al lado de uno blanco rosado y cualquiera en un *phaleron* podía tener su homólogo exacto en un *lekythos*. La característica más individual de los polvos era su falta de adherencia. Willett vertía alguno en su mano y, al devolverlo a su jarra, descubría que no quedaba residuo alguno en su palma.

El significado de los dos signos le desconcertó y se preguntó por qué esta batería de productos químicos estaba tan radicalmente separada de los que se encontraban en recipientes de cristal en las estanterías del laboratorio propiamente dicho. «Custodes», «Materia»; eso era lo que en latín significaban «Guardias» y «Materias», respectivamente, y entonces le vino un destello de memoria sobre dónde había visto antes esa palabra «Guardias» en relación con este espantoso misterio. Estaba, por supuesto, en la reciente carta al Dr. Allen que pretendía ser del viejo Edwin Hutchinson; y la frase decía: «no había Necesidad de mantener a los Guardias en Forma y comerse sus Cabezas, y era Mucho más fácil encontrarlos en Caso de Problemas, como usted bien sabe». ¿Qué significaba esto? Pero, un momento: ¿no había aún *otra* referencia a los

reading the Hutchinson letter? Back in the old non-secretive days Ward had told him of the Eleazar Smith diary recording the spying of Smith and Weeden on the Curwen farm, and in that dreadful chronicle there had been a mention of conversations overheard before the old wizard betook himself wholly beneath the earth. There had been, Smith and Weeden insisted, terrible colloquies wherein figured Curwen, certain captives of his, *and the guards of those captives*. Those guards, according to Hutchinson or his avatar, had "eaten their heads off", so that now Dr. Allen did not keep them *in shape*. And if not *in shape*, how save as the "salts" to which it appears this wizard band was engaged in reducing as many human bodies or skeletons as they could?

So *that* was what these lekythoi contained; the monstrous fruit of unhallowed rites and deeds, presumably won or cowed to such submission as to help, when called up by some hellish incantation, in the defence of their blasphemous master or the questioning of those who were not so willing? Willett shuddered at the thought of what he had been pouring in and out of his hands, and for a moment felt an impulse to flee in panic from that cavern of hideous shelves with their silent and perhaps watching sentinels. Then he thought of the "Materia"—in the myriad Phaleron jugs on the other side of the room. Salts too—and if not the salts of "guards", then the salts of what? God! Could it be possible that here lay the mortal relics of half the titan thinkers of all the ages; snatched by supreme ghouls from crypts where the world thought them safe, and subject to the beck and call of madmen who sought to drain their knowledge for some still wilder end whose ultimate effect would concern, as poor Charles had hinted in his frantic note, "all civilization, all natural law, perhaps even the fate of the solar system and the universe"? And Marinus Bicknell Willett had sifted their dust through his hands!

Then he noticed a small door at the further end of the room, and calmed himself enough to approach it and examine the crude sign chiseled above. It was only a symbol, but it filled him with vague spiritual dread; for a morbid, dreaming friend of his had once drawn it on paper and told him a few of the things it means in the dark abyss of sleep. It was the sign of Koth, that dreamers see fixed above the archway of a certain black tower standing alone in twilight—and Wil-

«guardias» en este asunto que no había logrado recordar en absoluto al leer la carta de Hutchinson? En los viejos tiempos no secretos, Ward le había hablado del diario de Eleazar Smith que registraba el espionaje de Smith y Weeden en la granja Curwen, y en esa espantosa crónica se mencionaban conversaciones escuchadas antes de que el viejo mago se internara por completo bajo tierra. Había habido, insistieron Smith y Weeden, terribles coloquios en los que figuraban Curwen, ciertos cautivos suyos *y los guardias de esos cautivos*. Esos guardias, según Hutchinson o su avatar, les habían «comido la cabeza», de modo que ahora el Dr. Allen no los mantenía *en forma*. Y si no *en forma*, ¿cómo salvarlos como las «sales» a las que parece que esta banda de hechiceros se dedicaba a reducir tantos cuerpos humanos o esqueletos como podían?

¿Así que *eso* era lo que contenían estos *lekythos*; el fruto monstruoso de ritos y actos profanos, presumiblemente ganados o acobardados hasta tal sumisión como para ayudar, cuando eran invocados por algún conjuro infernal, en la defensa de su blasfemo amo o en el interrogatorio de aquellos que no estaban tan dispuestos? Willett se estremeció al pensar en lo que había estado vertiendo dentro y fuera de sus manos, y por un momento sintió el impulso de huir despavorido de aquella caverna de horribles estantes con sus centinelas silenciosos y tal vez vigilantes. Entonces pensó en la «Materia»... en las miríadas de jarras de *phaleron* al otro lado de la habitación. Las sales también... y si no eran las sales de los «guardianes», ¿entonces las sales de qué? ¡Dios! ¿Podría ser posible que aquí yacieran las reliquias mortales de la mitad de los pensadores titanes de todas las épocas; arrebatadas por engendros supremos de criptas donde el mundo las creía a salvo, y sometidas a la voluntad de locos que pretendían drenar sus conocimientos para algún fin aún más salvaje cuyo efecto último afectaría, como el pobre Charles había insinuado en su frenética nota, «a toda la civilización, a toda la ley natural, quizá incluso al destino del sistema solar y del universo»? ¡Y Marinus Bicknell Willett había tamizado su polvo entre sus manos!

Entonces reparó en una pequeña puerta en el extremo más alejado de la habitación y se tranquilizó lo suficiente como para acercarse a ella y examinar el tosco letrero cincelado encima. No era más que un símbolo, pero le llenó de un vago temor espiritual, pues un morboso y soñador amigo suyo lo había dibujado una vez en un papel y le había contado algunas de las cosas que significa en el oscuro abismo del sueño. Era el signo de Koth, que los soñadores ven fijo sobre el arco de cierta torre ne-

lett did not like what his friend Randolph Carter had said of its powers. But a moment later he forgot the sign as he recognized a new acrid odor in the stench-filled air. This was a chemical rather than animal smell, and came clearly from the room beyond the door. And it was, unmistakably, the same odor which had saturated Charles Ward's clothing on the day the doctors had taken him away. So it was here that the youth had been interrupted by the final summons? He was wiser that old Joseph Curwen, for he had not resisted. Willett, boldly determined to penetrate every wonder and nightmare this nether realm might contain, seized the small lamp and crossed the threshold. A wave of nameless fright rolled out to meet him, but he yielded to no whim and deferred to no intuition. There was nothing alive here to harm him, and he would not be stayed in his piercing of the eldritch cloud which engulfed his patient.

The room beyond the door was of medium size, and had no furniture save a table, a single chair, and two groups of curious machines with clamps and wheels, which Willett recognized after a moment as medieval instruments of torture. On one side of the door stood a rack of savage whips, above which were some shelves bearing empty rows of shallow pedestaled cups of lead shaped like Grecian kylikes. On the other side was the table; with a powerful Argand lamp, a pad and pencil, and two of the stoppered lekythoi from the shelves outside set down at irregular places as if temporarily or in haste. Willett lighted the lamp and looked carefully at the pad, to see what notes Ward might have been jotting down when interrupted; but found nothing more intelligible than the following disjointed fragments in that crabbed Curwen chirography, which shed no light on the case as a whole:

'B. dy'd not. Escap'd into walls and founde Place below.'
'Sawe olde V. saye ye Sabaoth and learnt yee Way.'
'Rais'd Yog-Sothoth thrice and was ye nexte Day deliver'd.'
'F. soughte to wipe out all know'g howe to raise Those from Outside.'

As the strong Argand blaze lit up the entire chamber the doctor saw that the wall opposite the door, between the two groups of torturing appliances in the corners, was covered with pegs from which hung a

gra que se alza solitaria en el crepúsculo, y a Willett no le gustó lo que su amigo Randolph Carter había dicho de sus poderes. Pero un momento después olvidó el signo al reconocer un nuevo olor acre en el aire hediondo. Se trataba más bien de un olor químico que animal y procedía claramente de la habitación situada más allá de la puerta. Y era, inequívocamente, el mismo olor que había saturado la ropa de Charles Ward el día en que los médicos se lo habían llevado. ¿Así que era aquí donde el joven había sido interrumpido a causa de la última convocatoria? Era más sabio que el viejo Joseph Curwen, pues no se había resistido. Willett, audazmente decidido a penetrar cada maravilla y pesadilla que este reino inferior pudiera contener, cogió la pequeña lámpara y cruzó el umbral. Una oleada de espanto sin nombre salió a su encuentro, pero no cedió a ningún antojo ni postergó ninguna intuición. Aquí no había nada vivo que pudiera hacerle daño y no se detendría en su penetración en la nube misteriosa que envolvía a su paciente.

La habitación al otro lado de la puerta era de tamaño medio y no tenía más muebles que una mesa, una sola silla y dos grupos de curiosas máquinas con pinzas y ruedas que Willett reconoció al cabo de un momento como instrumentos medievales de tortura. A un lado de la puerta había un estante con poderosos látigos, encima de los cuales había unos estantes con filas vacías de tazas de plomo con pedestal poco profundas y con forma de *kylikos* griegos. Al otro lado estaba la mesa; con una potente lámpara Argand, un bloc y un lápiz, y dos de los *lekythos* con tapón de los estantes del exterior colocados en lugares irregulares, como si fuera de forma temporal o apresurada. Willett encendió la lámpara y miró atentamente el bloc, para ver qué notas podría haber estado anotando Ward cuando fue interrumpido; pero no encontró nada más inteligible que los siguientes fragmentos inconexos en aquella quirografía de Curwen, que no arrojaban ninguna luz sobre el caso en su conjunto:

«B. no murió. Escapó entre los muros y encontró un Lugar abajo».
«Vio al viejo V. recitar el Sabaoth y aprendió su camino».
«Levantó a Yog-Sothoth tres veces y fue liberado al Día siguiente».
«F. trató de eliminar todo conocimiento sobre cómo resucitar a Los de Fuera».

Cuando el fuerte resplandor de Argand iluminó toda la cámara, el doctor vio que la pared opuesta a la puerta, entre los dos grupos de aparatos de tortura de las esquinas, estaba cubierta de pinzas de las que

set of shapeless-looking robes of a rather dismal yellowish-white. But far more interesting were the two vacant walls, both of which were thickly covered with mystic symbols and formulae roughly chiseled in the smooth dressed stone. The damp floor also bore marks of carving; and with but little difficulty Willett deciphered a huge pentagram in the center, with a plain circle about three feet wide half way between this and each corner. In one of these four circles, near where a yellowish robe had been flung carelessly down, there stood a shallow kylix of the sort found on the shelves above the whip-rack; and just outside the periphery was one of the Phaleron jugs from the shelves in the other room, its tag numbered 118. This was unstoppered, and proved upon inspection to be empty; but the explorer saw with a shiver that the kylix was not. Within its shallow area, and saved from scattering only by the absence of wind in this sequestered cavern, lay a small amount of a dry, dull-greenish efflorescent powder which must have belonged in the jug; and Willett almost reeled at the implications that came sweeping over him as he correlated little by little the several elements and antecedents of the scene. The whips and the instruments of torture, the dust or salts from the jug of "Materia", the two lekythoi from the "Custodes" shelf, the robes, the formulae on the walls, the notes on the pad, the hints from letters and legends, and the thousand glimpses, doubts, and suppositions which had come to torment the friends and parents of Charles Ward —all these engulfed the doctor in a tidal wave of horror as he looked at that dry greenish powder outspread in the pedestaled leaden kylix on the floor.

With an effort, however, Willett pulled himself together and began studying the formulae chiseled on the walls. From the stained and incrusted letters it was obvious that they were carved in Joseph Curwen's time, and their text was such as to be vaguely familiar to one who had read much Curwen material or delved extensively into the history of magic. One the doctor clearly recognized as what Mrs. Ward heard her son chanting on that ominous Good Friday a year before, and what an authority had told him was a very terrible invocation addressed to secret gods outside the normal spheres. It was not spelled here exactly as Mrs. Ward had set it down from memory, nor yet as the authority had shown it to him in the forbidden pages of "Eliphas Levi"; but its identity was unmistakable, and such words as *Sabaoth,*

colgaban un conjunto de túnicas de aspecto informe de un blanco amarillento bastante lúgubre. Pero mucho más interesantes eran las dos paredes vacías, ambas densamente cubiertas de símbolos místicos y fórmulas toscamente cinceladas en la lisa piedra labrada. El suelo húmedo también presentaba marcas de talla; y con muy poca dificultad Willett descifró un enorme pentagrama en el centro, con un círculo liso de unos tres pies de ancho a medio camino entre éste y cada esquina. En uno de estos cuatro círculos, cerca de donde se había arrojado descuidadamente una túnica amarillenta, había un cáliz poco profundo del tipo de aquéllos que se encontraban en los estantes, sobre el estante de los látigos; y justo fuera de la periferia había una de las jarras *phaleron* de los estantes de la otra habitación, con su etiqueta numerada 118. Ésta no tenía tapón y al inspeccionarlo resultó estar vacío; pero el explorador vio con un escalofrío que el cáliz no lo estaba. Dentro de su área poco profunda, y salvado de la dispersión sólo por la ausencia de viento en esta caverna apartada, yacía una pequeña cantidad de un polvo eflorescente seco y de color verde apagado que debía de pertenecer a la jarra; y Willett casi se tambaleó ante las implicaciones que le sobrevinieron al correlacionar poco a poco los diversos elementos y antecedentes de la escena. Los látigos y los instrumentos de tortura, el polvo o las sales de la jarra de «Materia», los dos *lekythos* del estante de «Custodes», las batas, las fórmulas de las paredes, las notas del bloc, las insinuaciones de cartas y leyendas, y los mil atisbos, dudas y suposiciones que habían llegado a atormentar a los amigos y padres de Charles Ward... todo ello envolvió al doctor en un maremoto de horror al contemplar aquel polvo verdoso y seco extendido en el cáliz de plomo con pedestal que había en el suelo.

Con un esfuerzo, sin embargo, Willett se recompuso y empezó a estudiar las fórmulas cinceladas en las paredes. Por las letras manchadas e incrustadas era obvio que habían sido talladas en tiempos de Joseph Curwen y su texto era tal que resultaría vagamente familiar a quien hubiera leído mucho material de Curwen o profundizado bien en la historia de la magia. El doctor reconoció un texto claramente como el que Mrs. Ward oyó entonar a su hijo aquel ominoso Viernes Santo un año antes y que una autoridad le había dicho que era una invocación terrible, dirigida a dioses secretos fuera de las esferas normales. No estaba deletreada aquí exactamente como Mrs. Ward la había escrito de memoria, ni tampoco como la autoridad se la había mostrado en las páginas prohibidas de «Eliphas Levi»; pero su identidad era inconfundible,

Metraton, Almonsin, and *Zariatnatmik* sent a shudder of fright through the search who had seen and felt so much of cosmic abomination just around the corner.

This was on the left-hand wall as one entered the room. The right-hand wall was no less thickly inscribed, and Willett felt a start of recognition when he came up the pair of formulae so frequently occurring in the recent notes in the library. They were, roughly speaking, the same; with the ancient symbols of "Dragon's Head" and "Dragon's Tail" heading them as in Ward's scribblings. But the spelling differed quite widely from that of the modern versions, as if old Curwen had had a different way of recording sound, or as if later study had evolved more powerful and perfected variants of the invocations in question. The doctor tried to reconcile the chiseled version with the one which still ran persistently in his head, and found it hard to do. Where the script he had memorized began "Y'ai 'ng'ngah, Yog-Sothoth", this epigraph started out as "Aye, engengah, Yogge-Sothotha"; which to his mind would seriously interfere with the syllabification of the second word.

Ground as the later text was into his consciousness, the discrepancy disturbed him; and he found himself chanting the first of the formulae aloud in an effort to square the sound he conceived with the letters he found carved. Weird and menacing in that abyss of antique blasphemy rang his voice; its accents keyed to a droning sing-song either through the spell of the past and the unknown, or through the hellish example of that dull, godless wail from the pits whose inhuman cadences rose and fell rhythmically in the distance through the stench and the darkness.

Y'ai 'Ng'ngah,
Yog-Sothoth
H'ee-L'geb
F'ai Throdo
Uaaah!

But what was this cold wind which had sprung into life at the very outset of the chant? The lamps were sputtering woefully, and the gloom grew so dense that the letters on the wall nearly faded from

y palabras como *Sabaoth, Metraton, Almonsin* y *Zariatnatmik* causaron un escalofrío de espanto durante la búsqueda por lo que había visto y presentido de esta abominación cósmica tan cercana.

El texto se encontraba en la pared de la izquierda cuando uno entraba en la habitación. La pared de la derecha estaba no menos densamente inscrita y Willett sintió un sobresalto al encontrar y reconocer el par de fórmulas que tan frecuentemente aparecían en las notas recientes de la biblioteca. Eran, a grandes rasgos, las mismas; con los antiguos símbolos de «Cabeza de Dragón» y «Cola de Dragón» encabezándolas de la misma manera que en los garabatos de Ward. Pero la grafía difería bastante de la de las versiones modernas, como si el viejo Curwen hubiera tenido una forma diferente de grabar el sonido o como si el estudio posterior hubiera desarrollado variantes más potentes y perfeccionadas de las invocaciones en cuestión. El médico trató de conciliar la versión cincelada con la que aún corría insistentemente en su cabeza, y le resultó difícil; donde la escritura que había memorizado comenzaba «Y'ai 'ng'ngah, Yogge-Sothoth», este epígrafe empezaba por «Aye, engengah, Yogge-Sothotha»; lo que a su entender interfería gravemente con el silabeo de la segunda palabra.

A medida que el texto posterior iba entrando en su conciencia, la discrepancia le perturbaba y se encontró canturreando la primera de las fórmulas en voz alta en un esfuerzo por cuadrar el sonido que concebía con las letras que encontraba talladas. Extraña y amenazadora en aquel abismo de antigua blasfemia sonó su voz; sus acentos entonados en un canto zumbón bien por el hechizo del pasado y lo desconocido bien por el ejemplo infernal de aquel lamento sordo e impío de los fosos cuyas cadencias inhumanas se elevaban y caían rítmicamente en la distancia a través del hedor y la oscuridad.

Y'ai 'Ng'ngah,
Yog-Sothoth
H'ee-L'geb
F'ai Throdo
Uaaah!

Pero, ¿qué era ese viento frío que había cobrado vida nada más comenzar el canto? Las lámparas chisporroteaban lastimosamente y la penumbra se hizo tan densa que las letras de la pared casi desapa-

sight. There was smoke, too, and an acrid odor which quite drowned out the stench from the far-away wells; an odor like that he had smelt before, yet infinitely stronger and more pungent. He turned from the inscriptions to face the room with its bizarre contents, and saw that the kylix on the floor, in which the ominous efflorescent powder had lain, was giving forth a cloud of thick, greenish-black vapor of surprising volume and opacity. That powder—Great God! it had come from the shelf of "Materia"—what was it doing now, and what had started it? The formula he had been chanting—the first of the pair—Dragon's Head, *ascending node*—Blessed Saviour, could it be...

The doctor reeled, and through his head raced wildly disjointed scraps from all he had seen, heard, and read of the frightful case of Joseph Curwen and Charles Dexter Ward. "I say to you againe, doe not call up Any that you can not put downe... Have ye Wordes for laying at all times readie, and stopp not to be sure when there is any Doubte of Whom you have... 3 Talkes with What was therein inhum'd..." *Mercy of Heaven, what is that shape behind the parting smoke?*

recieron de la vista. También había humo y un olor acre que ahogaba por completo el hedor de los lejanos pozos; un olor como el que él había olido antes, pero infinitamente más fuerte y acre. Se apartó de las inscripciones para mirar hacia la habitación con su extraño contenido y vio que el cáliz del suelo, en el que había yacido el ominoso polvo eflorescente, despedía una nube de espeso vapor negro verdoso de sorprendente volumen y opacidad. Ese polvo —¡Gran Dios! había salido del estante de «Materia»— ¿qué hacía ahora y qué lo había iniciado? La fórmula que había estado canturreando... la primera del par... Cabeza de Dragón, *nodo ascendente*... Bendito Salvador, ¿podría ser...?

El doctor se tambaleaba y por su cabeza corrían salvajemente retazos inconexos de todo lo que había visto, oído y leído sobre el espantoso caso de Joseph Curwen y Charles Dexter Ward. «Le digo de nuevo, no convoque a Nadie a quien no pueda derribar... Tenga siempre preparadas las Palabras que vaya a pronunciar, y no se detenga hasta estar seguro cuando haya alguna Duda de Quién... 3 Conversaciones con Lo que en ella fue inhumado...». *Misericordia del Cielo, ¿qué es esa forma tras el humo que nos separa?*

CHAPTER 5

Marinus Bicknell Willett has not hope that any part of his tale will be believed except by certain sympathetic friends, hence he has made no attempt to tell it beyond his most intimate circle. Only a few outsiders have ever heard it repeated, and of these the majority laugh and remark that the doctor surely is getting old. He has been advised to take a long vacation and to shun future cases dealing with mental disturbance. But Mr. Ward knows that the veteran physician speaks only a horrible truth. Did not he himself see the noisome aperture in the bungalow cellar? Did not Willett send him home overcome and ill at eleven o'clock that portentous morning? Did he not telephone the doctor in vain that evening, and again the next day, and had he not driven to the bungalow itself on that following noon, finding his friend unconscious but unharmed on one of the beds upstairs? Willett had been breathing stertorously, and opened his eyes slowly when Mr. Ward gave him some brandy fetched from the car. Then he shuddered and screamed, crying out, 'That beard... those eyes... God, who are you?' A very strange thing to say to a trim, blue-eyed, clean-shaven gentleman whom he had known from the latter's boyhood.

In the bright noon sunlight the bungalow was unchanged since the previous morning. Willett's clothing bore no disarrangement beyond certain smudges and worn places at the knees, and only a faint acrid odor reminded Mr. Ward of what he had smelt on his son that day he was taken to the hospital. The doctor's flashlight was missing, but his valise was safely there, as empty as when he had brought it. Before indulging in any explanations, and obviously with great moral effort, Willett staggered dizzily down to the cellar and tried the fateful platform before the tubs. It was unyielding. Crossing to where he had left his yet unused tool satchel the day before, he obtained a chisel and began to pry up the stubborn planks one by one. Underneath the smooth concrete was still visible, but of any opening or perforation there was no longer a trace. Nothing yawned this time to sicken the mystified father who had followed the doctor downstairs; only the smooth concrete underneath the planks—no noisome well, no world of subterrene horrors, no secret library, no Curwen papers, no nightmare pits of stench and howling, no laboratory or shelves or chiseled formulae, no... Dr. Willett turned pale, and clutched at the younger

CAPÍTULO 5

Marinus Bicknell Willett no tiene esperanzas de que ninguna parte de su historia sea creída salvo por ciertos amigos comprensivos, de ahí que no haya hecho ningún intento de contarla más allá de su círculo más íntimo. Sólo unos pocos desconocidos la han oído repetir y de ellos la mayoría se ríen y comentan que el doctor seguramente se está volviendo viejo. Le han aconsejado que se tome unas largas vacaciones y que evite futuros casos relacionados con trastornos mentales. Pero Mr. Ward sabe que el veterano médico sólo dice una horrible verdad. ¿Acaso no vio él mismo la ruidosa abertura en el sótano del bungalow? ¿No le envió Willett a casa trastornado y enfermo a las once de aquella portentosa mañana? ¿Acaso no telefoneó en vano al médico aquella noche, y de nuevo al día siguiente, y no había conducido hasta el propio bungalow aquel mediodía siguiente, encontrando a su amigo inconsciente pero ileso en una de las camas del piso de arriba? Willett respiraba con estertor y abrió los ojos lentamente cuando Mr. Ward le dio un poco de brandy traído del coche. Entonces se estremeció y gritó, exclamando: «Esa barba... esos ojos... Dios, ¿quién eres?». Una cosa muy extraña para decirle a un caballero elegante, de ojos azules y bien afeitado al que conocía desde la infancia de éste.

A la brillante luz del sol del mediodía, el bungalow no había cambiado desde la mañana anterior. La ropa de Willett no presentaba ningún desarreglo más allá de ciertas manchas y lugares desgastados en las rodillas y sólo un leve olor acre le recordaba a Mr. Ward lo que había olido en su hijo aquel día que lo llevaron al hospital. Faltaba la linterna del doctor, pero su valija estaba a buen recaudo, tan vacía como cuando la había traído. Antes de permitirse ninguna explicación, y obviamente con gran esfuerzo moral, Willett bajó mareado al sótano y probó la fatídica plataforma ante las cubas. Era inflexible. Cruzando hasta donde había dejado el día anterior su mochila de herramientas, aún sin usar, cogió un cincel y empezó a levantar uno a uno los obstinados tablones. Debajo aún se veía el hormigón liso, pero de cualquier abertura o perforación ya no quedaba ni rastro. Nada gemía esta vez para asquear al desconcertado padre que había seguido al doctor escaleras abajo; sólo el hormigón liso bajo los tablones: ni pozo ruidoso, ni mundo de horrores subterráneos, ni biblioteca secreta, ni papeles de Curwen, ni pozos de pesadilla de hedor y aullidos, ni laboratorio ni estanterías ni fórmulas cinceladas, ni... El Dr. Willett se puso pálido y se agarró al hombre más joven. «Ayer»,

man. 'Yesterday,' he asked softly, 'did you see it here... and smell it?' And when Mr. Ward, himself transfixed with dread and wonder, found strength to nod an affirmative, the physician gave a sound half a sigh and half a gasp, and nodded in turn. 'Then I will tell you', he said.

So for an hour, in the sunniest room they could find upstairs, the physician whispered his frightful tale to the wondering father. There was nothing to relate beyond the looming up of that form when the greenish-black vapor from the kylix parted, and Willett was too tired to ask himself what had really occurred. There were futile, bewildered head-shakings from both men, and once Mr. Ward ventured a hushed suggestion, 'Do you suppose it would be of any use to dig?' The doctor was silent, for it seemed hardly fitting for any human brain to answer when powers of unknown spheres had so vitally encroached on this side of the Great Abyss. Again Mr. Ward asked, 'But where did it go? It brought you here, you know, and it sealed up the hole somehow.' And Willett again let silence answer for him.

But after all, this was not the final phase of the matter. Reaching for his handkerchief before rising to leave, Dr. Willett's fingers closed upon a piece of paper in his pocket which had not been there before, and which was companioned by the candles and matches he had seized in the vanished vault. It was a common sheet, torn obviously from the cheap pad in that fabulous room of horror somewhere underground, and the writing upon it was that of an ordinary lead pencil—doubtless the one which had lain beside the pad. It was folded very carelessly, and beyond the faint acrid scent of the cryptic chamber bore no print or mark of any world but this. But in the text itself it did indeed reek with wonder; for here was no script of any wholesome age, but the labored strokes of medieval darkness, scarcely legible to the laymen who now strained over it, yet having combinations of symbols which seemed vaguely familiar. The briefly scrawled message was this, and its mystery lent purpose to the shaken pair, who forthwith walked steadily out to the Ward car and gave orders to be driven first to a quiet dining place and then to the John Hay Library on the hill.

preguntó en voz baja, «¿lo vio aquí... y lo olió?». Y cuando Mr. Ward, paralizado él mismo por el espanto y el asombro, encontró fuerzas para asentir con la cabeza, el médico emitió un sonido mitad suspiro y mitad jadeo y asintió a su vez. «Entonces se lo diré», dijo.

Así que durante una hora, en la habitación más soleada que pudieron encontrar en el piso de arriba, el médico susurró su espantosa historia al asombrado padre. No había nada que relatar más allá de la aparición de aquella forma cuando el vapor verdinegro del cáliz se separó y Willett estaba demasiado cansado como para preguntarse qué había ocurrido realmente. Hubo vanos y desconcertados movimientos de cabeza por parte de ambos hombres, y en una ocasión Mr. Ward aventuró una sugerencia en voz baja: «¿Cree que serviría de algo cavar?». El doctor guardó silencio, pues parecía impropio de cualquier cerebro humano responder cuando poderes de esferas desconocidas habían invadido tan vitalmente este lado del Gran Abismo. De nuevo, Mr. Ward preguntó: «¿Pero hacia dónde fue? Le trajo aquí, ya sabe, y selló el orificio de algún modo». Y Willett volvió a dejar que el silencio respondiera por él.

Pero, después de todo, ésta no era la fase final del asunto. Buscando su pañuelo antes de levantarse para marcharse, los dedos del Dr. Willett se cerraron sobre un trozo de papel en su bolsillo que no había estado allí antes y que estaba acompañado por las velas y cerillas que había cogido en la desaparecida cámara acorazada. Era una hoja común, arrancada evidentemente del bloc barato de aquella fabulosa habitación del horror en algún lugar subterráneo y la escritura que había sobre ella era la de un lápiz de plomo corriente, sin duda el que había yacido junto al bloc. Estaba doblada con mucho descuido y más allá del tenue olor acre de la cámara críptica no llevaba ninguna huella o marca de otro mundo que no fuera éste. Pero el texto en sí apestaba de maravilla, pues no se trataba de la escritura de ninguna época sana, sino de los trazos laboriosos de la oscuridad medieval, apenas legibles para los profanos que ahora se esforzaban en leerlo, pero con combinaciones de símbolos que parecían vagamente familiares. El mensaje brevemente garabateado era éste... y su misterio animó a ambos conmocionados, que inmediatamente salieron a paso firme hacia el coche de los Ward y dieron orden de que los condujeran primero a un comedor tranquilo y luego a la Biblioteca John Hay, en la colina.

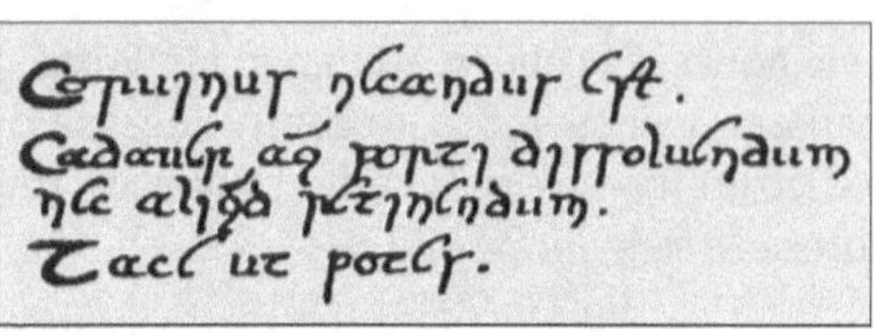

At the library it was easy to find good manuals of paleography, and over these the two men puzzled till the lights of evening shone out from the great chandelier. In the end they found what was needed. The letters were indeed no fantastic invention, but the normal script of a very dark period. They were the pointed Saxon minuscules of the eighth or ninth century A.D., and brought with them memories of an uncouth time when under a fresh Christian veneer ancient faiths and ancient rites stirred stealthily, and the pale moon of Britain looked sometimes on strange deeds in the Roman ruins of Caerleon and Hexham, and by the towers along Hadrian's crumbling wall. The words were in such Latin as a barbarous age might remember— *'Corvinus necandus est. Cadaver aq(ua) forti dissolvendum, nec aliq(ui)d retinendum. Tace ut potes.'* —which may roughly be translated, "Curwen must be killed. The body must be dissolved in aqua fortis, nor must anything be retained. Keep silence as best you are able."

Willett and Mr. Ward were mute and baffled. They had met the unknown, and found that they lacked emotions to respond to it as they vaguely believed they ought. With Willett, especially, the capacity for receiving fresh impressions of awe was well-nigh exhausted; and both men sat still and helpless till the closing of the library forced them to leave. Then they drove listlessly to the Ward mansion in Prospect Street, and talked to no purpose into the night. The doctor rested toward morning, but did not go home. And he was still there Sunday noon when a telephone message came from the detectives who had been assigned to look up Dr. Allen.

Mr. Ward, who was pacing nervously about in a dressing-gown, answered the call in person; and told the men to come up early the next day when he heard their report was almost ready. Both Willett and he were glad that this phase of the matter was taking form, for whatever

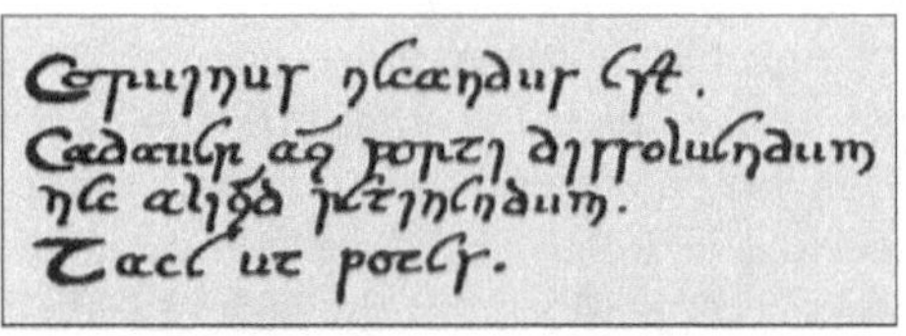

En la biblioteca era fácil encontrar buenos manuales de paleografía y sobre ellos los dos hombres se detuvieron hasta que las luces del atardecer brillaron desde la gran lámpara de araña. Al final encontraron lo que necesitaban. En efecto, las letras no eran ninguna invención fantástica, sino la escritura normal de una época muy oscura. Eran las minúsculas puntiagudas sajonas del siglo VIII o IX d.C., y traían consigo recuerdos de una época inculta en la que, bajo un fresco barniz cristiano, se agitaban sigilosamente antiguos credos y ritos ancestrales, cuando la pálida luna de Bretaña contemplaba a veces extrañas hazañas en las ruinas romanas de Caerleon y Hexham, junto a las torres a lo largo de la desmoronada muralla de Adriano. Las palabras estaban en un latín tal que una época bárbara podría recordar: *«Corvinus necandus est. Cadaver aq(ua) forti dissolvendum, nec aliq(ui)d retinendum. Tace ut potes»*. Que puede traducirse aproximadamente así: «Curwen debe ser asesinado. El cuerpo debe ser disuelto en aqua fortis, y nada debe ser retenido. Guarde silencio lo mejor que pueda».

Willett y Mr. Ward estaban mudos y desconcertados. Se habían encontrado con lo desconocido y descubrieron que carecían de emociones para responder a ello como vagamente creían que debían hacerlo. En Willett, especialmente, la capacidad de recibir nuevas impresiones de asombro estaba casi agotada y ambos hombres permanecieron sentados, inmóviles e impotentes, hasta que el cierre de la biblioteca les obligó a marcharse. Luego condujeron desganadamente hasta la mansión de los Ward, en Prospect Street, y hablaron sin ningún propósito en particular hasta bien entrada la noche. El doctor descansó hacia la mañana, pero no volvió a su domicilio. Y todavía estaba allí el domingo al mediodía cuando llegó un mensaje telefónico de los detectives que habían sido asignados para buscar al Dr. Allen.

Mr. Ward, que se paseaba nervioso en bata, respondió a la llamada en persona y dijo a los hombres que acudieran temprano al día siguiente cuando supo que su informe estaba casi listo. Tanto Willett como él se alegraron de que esta fase del asunto fuera tomando forma, pues cual-

the origin of the strange minuscule message, it seemed certain the "Curwen" who must be destroyed could be no other than the bearded and spectacled stranger. Charles had feared this man, and had said in the frantic note that he must be killed and dissolved in acid. Allen, moreover, had been receiving letters from the strange wizards in Europe under the name of Curwen, and palpably regarded himself as an avatar of the bygone necromancer. And now from a fresh and unknown source had come a message saying that "Curwen" must be killed and dissolved in acid. The linkage was too unmistakable to be factitious; and besides, was not Allen planning to murder young Ward upon the advice of the creature called Hutchinson? Of course, the letter they had seen had never reached the bearded stranger; but from its text they could see that Allen had already formed plans for dealing with the youth if he grew too "squeamish". Without doubt, Allen must be apprehended; and even if the most drastic directions were not carried out, he must be placed where he could inflict no harm upon Charles Ward.

That afternoon, hoping against hope to extract some gleam of information anent the inmost mysteries from the only available one capable of giving it, the father and the doctor went down the bay and called on young Charles at the hospital. Simply and gravely Willett told him all he had found, and noticed how pale he turned as each description made certain the truth of the discovery. The physician employed as much dramatic effect as he could, and watched for a wincing on Charles's part when he approached the matter of the covered pits and the nameless hybrids within. But Ward did not wince. Willett paused, and his voice grew indignant as he spoke of how the things were starving. He taxed the youth with shocking inhumanity, and shivered when only a sardonic laugh came in reply. For Charles, having dropped as useless his pretense that the crypt did not exist, seemed to see some ghastly jest in this affair; and chucked hoarsely at something which amused him. Then he whispered, in accents doubly terrible because of the cracked voice he used, 'Damn 'em, they do eat, but they don't need to! That's the rare part! A month, you say, without food? Lud, Sir, you be modest! D'ye know, that was the joke on poor old Whipple with his virtuous bluster! Kill everything off, would he? Why, damme, he was half-deaf with noise from Outside and never saw or heard aught from the wells! He never dreamed they were there at all! Devil take ye, *those cursed things have been howling*

quiera que fuera el origen del extraño y minúsculo mensaje, parecía seguro que el «Curwen» que debía ser destruido no podía ser otro que el desconocido barbudo de gafas. Charles había temido a este hombre, y había dicho en la frenética nota que había que matarlo y disolverlo en ácido. Allen, además, había estado recibiendo cartas de los extraños magos de Europa bajo el nombre de Curwen y palpablemente se consideraba a sí mismo como un avatar del antiguo nigromante. Y ahora, de una fuente nueva y desconocida, había llegado un mensaje que decía que «Curwen» debía ser asesinado y disuelto en ácido. El vínculo era demasiado inconfundible para ser facticio y, además, ¿no estaba Allen planeando asesinar al joven Ward por consejo de la criatura llamada Hutchinson? Por supuesto, la carta que habían visto nunca había llegado al desconocido barbudo; pero de su texto podían deducir que Allen ya había formado planes para tratar con el joven si se ponía demasiado «aprensivo». Sin duda, Allen debía ser apresado e incluso, si no se llevaban a cabo las instrucciones más drásticas, debía ser colocado donde no pudiera infligir ningún daño a Charles Ward.

Aquella tarde, con la esperanza contra toda esperanza de extraer algún destello de información sobre los misterios más recónditos de la única persona disponible capaz de darla, el padre y el médico bajaron por la bahía y visitaron al joven Charles en el hospital. Sencilla y gravemente Willett le contó todo lo que había encontrado y notó lo pálido que se ponía a medida que cada descripción daba certeza de la verdad del descubrimiento. El médico empleó todo el efecto dramático que pudo y estuvo atento a una mueca de dolor por parte de Charles cuando abordó el asunto de las fosas cubiertas y los híbridos sin nombre que había en su interior. Pero Ward no hizo ningún gesto de dolor. Willett hizo una pausa y su voz se indignó al hablar de cómo se morían de hambre aquellas cosas. Imputó al joven una inhumanidad espeluznante y se estremeció cuando sólo obtuvo como respuesta una risa sardónica. Porque Charles, habiendo abandonado como inútil su pretensión de que la cripta no existía, parecía ver alguna broma espantosa en este asunto y se rió roncamente de algo que le divertía. Luego susurró, con acentos doblemente terribles por la voz quebrada que utilizaba: «¡Malditos sean, sí comen, pero no lo necesitan! ¡Eso es lo raro! ¿Un mes, dice usted, sin comer? Señor, ¡sea modesto! ¿Sabe? ¡Ésa era la broma para el pobre viejo Whipple con su virtuosa fanfarronería! Acabar con todo, ¿verdad? ¡Maldita sea, estaba medio sordo por el ruido de fuera y nunca vio ni oyó nada de los pozos! ¡Nunca soñó que estuvieran allí! ¡Que el diablo los

down there ever since Curwen was done for a hundred and fifty-seven years gone!'

But no more than this could Willett get from the youth. Horrified, yet almost convinced against his will, he went on with his tale in the hope that some incident might startle his auditor out of the mad composure he maintained. Looking at the youth's face, the doctor could not but feel a kind of terror at the changes which recent months had wrought. Truly, the boy had drawn down nameless horrors from the skies. When the room with the formulae and the greenish dust was mentioned, Charles showed his first sign of animation. A quizzical look overspread his face as he heard what Willett had read on the pad, and he ventured the mild statement that those notes were old ones, of no possible significance to anyone not deeply initiated in the history of magic. But, he added, 'had you but known the words to bring up that which I had out in the cup, you had not been here to tell me this. 'Twas Number 118, and I conceive you would have shook had you looked it up in my list in t'other room. 'Twas never raised by me, but I meant to have it up that day you came to invite me hither.'

Then Willett told of the formula he had spoken and of the greenish-black smoke which had arisen; and as he did so he saw true fear dawn for the first time on Charles Ward's face. 'It came, and you be here alive?' As Ward croaked the words his voice seemed almost to burst free of its trammels and sink to cavernous abysses of uncanny resonance. Willett, gifted with a flash of inspiration, believed he saw the situation, and wove into his reply a caution from a letter he remembered. 'No. 118, you say? But don't forget that *stones are all changed now in nine grounds out of ten. You are never sure till you question!'* And then, without warning, he drew forth the minuscule message and flashed it before the patient's eyes. He could have wished no stronger result, for Charles Ward fainted forthwith.

All this conversation, of course, had been conducted with the greatest secrecy lest the resident alienists accuse the father and the physician of encouraging a madman in his delusions. Unaided, too, Dr. Willett and Mr. Ward picked up the stricken youth and placed him

lleve, *esas cosas malditas han estado aullando ahí abajo desde que Curwen fue eliminado hace ciento cincuenta y siete años!*».

Pero no más que esto pudo obtener Willett del joven. Horrorizado, pero casi convencido contra su voluntad, continuó con su relato con la esperanza de que algún incidente pudiera sobresaltar a su auditor y sacarlo de la loca compostura que mantenía. Observando el rostro del joven, el médico no pudo evitar sentir una especie de terror ante los cambios que habían operado los últimos meses. Verdaderamente, el muchacho había hecho descender de los cielos horrores sin nombre. Cuando se mencionó la habitación con las fórmulas y el polvo verdoso, Charles mostró su primer signo de animación. Una mirada inquisitiva se dibujó en su rostro al oír lo que Willett había leído en el bloc, y aventuró la leve afirmación de que aquellas notas eran antiguas, sin significado posible para nadie que no estuviera profundamente iniciado en la historia de la magia. Pero, añadió, «si no hubiera conocido las palabras para sacar a relucir lo que yo tenía en la copa, no estaría aquí para contarme esto. Era el número 118, y concibo que usted se habría estremecido si hubiese mirado para arriba en mi lista en el otro cuarto. Yo nunca lo había levantado, pero tenía la intención de levantarlo aquel día que usted vino a invitarme aquí».

Entonces Willett habló de la fórmula que había pronunciado y del humo negro verdoso que se había levantado y mientras lo hacía vio amanecer por primera vez el verdadero miedo en el rostro de Charles Ward. «Vino, ¿y usted está aquí vivo?». Mientras Ward graznaba las palabras, su voz parecía casi liberarse de sus ataduras y hundirse en abismos cavernosos de resonancia insólita. Willett, dotado de un destello de inspiración, creyó ver la situación e hilvanó en su respuesta una advertencia de una carta que recordaba. «No. 118, ¿dice usted? Pero no olvide que *las lápidas están todas cambiadas ahora en nueve de cada diez parcelas. Nunca se está seguro hasta que se pregunta*». Y entonces, sin previo aviso, sacó el minúsculo mensaje y lo mostró ante los ojos del paciente. No podría haber deseado un resultado más contundente, pues Charles Ward se desmayó de inmediato.

Toda esta conversación, por supuesto, se había llevado con el mayor secreto para que los alienistas residentes no acusaran al padre y al médico de alentar a un loco en sus delirios. Sin ayuda, también, el Dr. Willett y Mr. Ward levantaron al joven enfermo y lo colocaron en el diván.

on the couch. In reviving, the patient mumbled many times of some word which he must get to Orne and Hutchinson at once; so when his consciousness seemed fully back the doctor told him that of those strange creatures at least one was his bitter enemy, and had given Dr. Allen advice for his assassination. This revelation produced no visible effect, and before it was made the visitors could see that their host had already the look of a hunted man. After that he would converse no more, so Willett and the father departed presently; leaving behind a caution against the bearded Allen, to which the youth only replied that this individual was very safely taken care of, and could do no one any harm even if he wished. This was said with an almost evil chuckle very painful to hear. They did not worry about any communications Charles might indite to that monstrous pair in Europe, since they knew that the hospital authorities seized all outgoing mail for censorship and would pass no wild or outré-looking missive.

There is, however, a curious sequel to the matter of Orne and Hutchinson, if such indeed the exiled wizards were. Moved by some vague presentiment amidst the horrors of that period, Willett arranged with an international press-cutting bureau for accounts of notable current crimes and accidents in Prague and in eastern Transylvania; and after six months believed that he had found two very significant things amongst the multifarious items he received and had translated. One was the total wrecking of a house by night in the oldest quarter of Prague, and the disappearance of the evil old man called Josef Nadek, who had dwelt in it alone ever since anyone could remember. The other was a titan explosion in the Transylvanian mountains east of Rakus, and the utter extirpation with all its inmates of the ill-regarded Castle Ferenczy, whose master was so badly spoken of by peasants and soldiery alike that he would shortly have been summoned to Bucharest for serious questioning had not this incident cut off a career already so long as to antedate all common memory. Willett maintains that the hand which wrote those minuscules was able to wield stronger weapons as well; and that while Curwen was left to him to dispose of, the writer felt able to find and deal with Orne and Hutchinson itself. If what their fate may have been the doctor strives sedulously not to think.

Al reanimarse, el paciente murmuró muchas veces alguna palabra que debía hacer llegar a Orne y a Hutchinson de inmediato; así que cuando pareció recobrar plenamente la conciencia, el médico le dijo que de aquellas extrañas criaturas al menos una era su acérrimo enemigo y había aconsejado al Dr. Allen que lo asesinara. Esta revelación no produjo ningún efecto visible y antes de que se hiciera los visitantes pudieron ver que su anfitrión tenía ya el aspecto de un hombre perseguido. Después de esto no quiso conversar más, por lo que Willett y el padre se marcharon enseguida; dejando tras de sí una advertencia contra el barbudo Allen, a la que el joven sólo respondió que ese individuo estaba muy bien cuidado y que no podía hacer daño a nadie aunque lo deseara. Esto lo dijo con una risita casi malvada muy dolorosa de oír. No se preocupaban por las comunicaciones que Charles pudiera enviar a esa monstruosa pareja de Europa ya que sabían que las autoridades del hospital requisaban todo el correo saliente para censurarlo y no aprobarían ninguna misiva extraña o de aspecto extravagante.

Hay, sin embargo, una curiosa secuela del asunto de Orne y Hutchinson, si es que los magos exiliados eran tales. Movido por algún vago presentimiento en medio de los horrores de aquel período, Willett se puso de acuerdo con una oficina internacional de recortes de prensa para obtener relatos de notables crímenes y accidentes actuales en Praga y en Transilvania oriental y al cabo de seis meses creyó haber encontrado dos cosas muy significativas entre los múltiples artículos que recibió y mandó traducir. Uno fue el derrumbamiento total de una casa por la noche en el barrio más antiguo de Praga y la desaparición del malvado anciano llamado Josef Nadek, que había habitado en ella solo desde que se tiene memoria. El otro fue una explosión titánica en las montañas de Transilvania, al este de Rakus, y la extirpación total con todos sus habitantes del desacreditado castillo Ferenczy, de cuyo señor hablaban tan mal tanto los campesinos como los soldados que en breve habría sido llamado a Bucarest para ser interrogado seriamente si este incidente no hubiera cortado una carrera ya tan larga como para ser anterior a toda memoria común. Willett sostiene que la mano que escribió esas minúsculas era capaz de empuñar también armas más fuertes y que mientras Curwen quedaba a su disposición, el escritor había tenido la capacidad de encontrar y ocuparse del propio Orne y de Hutchinson. En cuanto a cuál pudo ser el destino de ellos, el doctor se esfuerza seductoramente en no pensarlo.

CHAPTER 6

The following morning Dr. Willett hastened to the Ward home to be present when the detectives arrived. Allen's destruction or imprisonment—or Curwen's if one might regard the tacit claim to reincarnation as valid— he felt must be accomplished at any cost, and he communicated this conviction to Mr. Ward as they sat waiting for the men to come. They were downstairs this time, for the upper parts of the house were beginning to be shunned because of a particular nauseousness which hung indefinitely about; a nauseousness which the older servants connected with some curse left by the vanished Curwen portrait.

At nine o'clock the three detectives presented themselves and immediately delivered all that they had to say. They had not, regrettably enough, located the Brava Tony Gomes as they had wished, nor had they found the least trace of Dr. Allen's source or present whereabouts; but they had managed to unearth a considerable number of local impressions and facts concerning the reticent stranger. Allen had struck Pawtuxet people as a vaguely unnatural being, and there was a universal belief that his thick sandy beard was either dyed or false—a belief conclusively upheld by the finding of such a false beard, together with a pair of dark glasses, in his room at the fateful bungalow. His voice, Mr. Ward could well testify from his one telephone conversation, had a depth and hollowness that could not be forgotten; and his glanced seemed malign even through his smoked and horn-rimmed glasses. One shopkeeper, in the course of negotiations, had seen a specimen of his handwriting and declared it was very queer and crabbed; this being confirmed by penciled notes of no clear meaning found in his room and identified by the merchant. In connection with the vampirism rumors of the preceding summer, a majority of the gossips believed that Allen rather than Ward was the actual vampire. Statements were also obtained from the officials who had visited the bungalow after the unpleasant incident of the motor truck robbery. They had felt less of the sinister in Dr. Allen, but had recognized him as the dominant figure in the queer shadowy cottage. The place had been too dark for them to observe him clearly, but they would know him again if they saw him. His beard had looked odd, and they thought he had some slight scar above his dark spectacled right eye. As for the detectives' search of Allen's room, it yielded noth-

CAPÍTULO 6

A la mañana siguiente, el Dr. Willett se apresuró a ir a casa de los Ward para estar presente cuando llegaran los detectives. Sentía que la destrucción o el encarcelamiento de Allen —o de Curwen, si se podía considerar válida la afirmación tácita de la reencarnación— debía lograrse a cualquier precio y comunicó esta convicción a Mr. Ward mientras esperaban sentados la llegada de los hombres. Esta vez estaban en el piso de abajo, ya que las partes altas de la casa empezaban a ser evitadas a causa de una náusea particular que rondaba indefinidamente; una náusea que los criados más viejos relacionaban con alguna maldición dejada por el desaparecido retrato de Curwen.

A las nueve en punto, los tres detectives se presentaron e inmediatamente dijeron todo lo que tenían para decir. Lamentablemente, no habían localizado al mulato Tony Gomes, como deseaban, ni habían encontrado el menor rastro del origen o el paradero actual del Dr. Allen; pero habían conseguido desenterrar un número considerable de datos y hechos locales relativos al reticente forastero. Allen había impresionado a la gente de Pawtuxet como un ser vagamente antinatural y existía la creencia universal de que su espesa barba arenosa estaba teñida o era postiza, creencia confirmada de forma concluyente por el hallazgo de dicha barba postiza, junto con un par de gafas oscuras, en su habitación del fatídico bungalow. Su voz, bien podía atestiguarlo Mr. Ward por su única conversación telefónica, tenía una profundidad y oquedad que no podían olvidarse y su mirada parecía maligna incluso a través de sus gafas ahumadas y con montura de cuerno. Un comerciante, en el transcurso de las negociaciones, había visto una muestra de su caligrafía y declaró que era muy rara y retorcida; esto fue confirmado por notas a lápiz sin significado claro encontradas en su habitación e identificadas por el comerciante. En relación con los rumores de vampirismo del verano anterior, la mayoría de los chismosos creían que Allen y no Ward era el auténtico vampiro. También se obtuvieron declaraciones de los funcionarios que habían visitado el bungalow después del desagradable incidente del robo del camión. Habían percibido en menor manera el aspecto siniestro del Dr. Allen, pero lo habían reconocido como la figura dominante en la extraña cabaña sombría. El lugar había estado demasiado oscuro para que pudieran observarle con claridad, pero volverían a reconocerle si le vieran. Su barba les había parecido extraña y pensaron que tenía alguna leve cicatriz sobre su oscuro ojo derecho

ing definite save the beard and glasses, and several penciled notes in a crabbed writing which Willett at once saw was identical with that shared by the old Curwen manuscripts and by the voluminous recent notes of young Ward found in the vanished catacombs of horror.

Dr. Willett and Mr. Ward caught something of a profound, subtle, and insidious cosmic fear from this data as it was gradually unfolded, and almost trembled in following up the vague, mad thought which had simultaneously reached their minds. The false beard and glasses—the crabbed Curwen penmanship—the old portrait and its tiny scar—*and the altered youth in the hospital with such a scar*—that deep, hollow voice on the telephone—was it not of this that Mr. Ward was reminded when his son barked forth those pitiable tones to which he now claimed to be reduced? Who had ever seen Charles and Allen together? Yes, the officials had once, but who later on? Was it not when Allen left that Charles suddenly lost his growing fright and began to live wholly at the bungalow? Curwen— Allen—Ward—in what blasphemous and abominable fusion had two ages and two persons become involved? That damnable resemblance of the picture to Charles—had it not used to stare and stare, and follow the boy around the room with its eyes? Why, too, did both Allen and Charles copy Joseph Curwen's handwriting, even when alone and off guard? And then the frightful work of those people—the lost crypt of horrors that had aged the doctor overnight; the starving monsters in the noisome pits; the awful formula which had yielded such nameless results; the message in minuscules found in Willett's pocket; the papers and the letters and all the talk of graves and "salts" and discoveries—whither did everything lead? In the end Mr. Ward did the most sensible thing. Steeling himself against any realization of why he did it, he gave the detectives an article to be shown to such Pawtuxet shopkeepers as had seen the portentous Dr. Allen. That article was a photograph of his luckless son, on which he now carefully drew in ink the pair of heavy glasses and the black pointed beard which the men had brought from Allen's room.

For two hours he waited with the doctor in the oppressive house where fear and miasma were slowly gathering as the empty panel

con gafas. En cuanto al registro de la habitación de Allen por parte de los detectives, no arrojó nada definitivo, salvo la barba y las gafas, y varias notas a lápiz en una escritura rasposa que Willett vio enseguida que era idéntica a la que compartían los viejos manuscritos de Curwen y las voluminosas notas recientes del joven Ward encontradas en las desaparecidas catacumbas del horror.

El Dr. Willett y Mr. Ward captaron cierta sensación de terror cósmico profundo, sutil e insidioso, de estos datos a medida que se iban desvelando y casi temblaron al seguir el vago y loco pensamiento que había llegado simultáneamente a sus mentes. La barba postiza y las gafas... la caligrafía rasposa de Curwen... el viejo retrato y su pequeña cicatriz... *y el joven alterado en el hospital con semejante cicatriz*... esa voz profunda y hueca al teléfono... ¿no era esto lo que recordaba Mr. Ward cuando su hijo ladraba esos tonos lastimeros a los que ahora decía estar reducido? ¿Quién había visto alguna vez juntos a Charles y Allen? Sí, los funcionarios lo habían hecho una vez, pero ¿quién después? ¿No fue cuando Allen se marchó que Charles perdió de repente su creciente miedo y empezó a vivir enteramente en el bungalow? Curwen... Allen... Ward... ¿en qué fusión blasfema y abominable se habían involucrado dos edades y dos personas? Ese maldito parecido del cuadro con Charles: ¿no solía mirar y mirar fijamente, y seguir al muchacho por la habitación con la mirada? ¿Por qué, también, tanto Allen como Charles copiaban la caligrafía de Joseph Curwen, incluso cuando estaban solos y desprevenidos? Y luego, el espantoso trabajo de aquella gente... la cripta perdida con sus horrores que había envejecido al doctor de la noche a la mañana, los monstruos hambrientos en las fosas ruidosas, la horrible fórmula que había dado resultados tan anónimos, el mensaje en minúsculas encontrado en el bolsillo de Willett, los papeles y las cartas y todo lo que se hablaba de tumbas y «sales» y descubrimientos... ¿a dónde conducía todo? Al final, Mr. Ward hizo lo más sensato. Armándose de valor para no ser consciente de por qué lo había hecho, entregó a los detectives un artículo para que lo mostraran a los tenderos de Pawtuxet que hubieran visto al portentoso Dr. Allen. Ese artículo era una fotografía de su desdichado hijo, sobre la que ahora dibujaba cuidadosamente con tinta el par de gafas pesadas y la barba negra puntiaguda que los hombres habían traído de la habitación de Allen.

Durante dos horas esperó junto al doctor en la opresiva casa donde el miedo y el miasma se acumulaban lentamente mientras el panel va-

in the upstairs library leered and leered and leered. Then the men returned. Yes. *The altered photograph was a very passable likeness of Dr. Allen.* Mr. Ward turned pale, and Willett wiped a suddenly dampened brow with his handkerchief. Allen—Ward—Curwen—it was becoming too hideous for coherent thought. What had the boy called out of the void, and what had it done to him? What, really, had happened from first to last? Who was this Allen who sought to kill Charles as too "squeamish", and why had his destined victim said in the postscript to that frantic letter that he must be so completely obliterated in acid? Why, too, had the minuscule message, of whose origin no one dared think, said that "Curwen" must be likewise obliterated? What was the *change*, and when had the final stage occurred? That day when his frantic note was received—he had been nervous all the morning, then there was an alteration. He had slipped out unseen and swaggered boldly in past the men hired to guard him. That was the time, when he was out. But no—had he not cried out in terror as he entered his study—this very room? What had he found there? Or wait—*what had found him?* That simulacrum which brushed boldly in without having been seen to go—was that an alien shadow and a horror forcing itself upon a trembling figure which had never gone out at all? Had not the butler spoken of queer noises?

Willett rang for the man and asked him some low-toned questions. It had, surely enough, been a bad business. There had been noises—a cry, a gasp, a choking, and a sort of clattering or creaking or thumping, or all of these. And Mr. Charles was not the same when he stalked out without a word. The butler shivered as he spoke, and sniffed at the heavy air that blew down from some open window upstairs. Terror had settled definitely upon the house, and only the business-like detectives failed to imbibe a full measure of it. Even they were restless, for this case had held vague elements in the background which pleased them not at all. Dr. Willett was thinking deeply and rapidly, and his thoughts were terrible ones. Now and then he would almost break into muttering as he ran over in his head a new, appalling, and increasingly conclusive chain of nightmare happenings.

Then Mr. Ward made a sign that the conference was over, and everyone save him and the doctor left the room. It was noon now, but

cío de la biblioteca del piso de arriba miraba y miraba y miraba. Entonces volvieron los hombres. Sí. *La fotografía alterada era un parecido muy pasable del Dr. Allen.* Mr. Ward se puso pálido y Willett se enjugó con el pañuelo una frente repentinamente humedecida. Allen... Ward... Curwen... se estaba volviendo demasiado horrible para un pensamiento coherente. ¿Qué había llamado el muchacho desde el vacío y qué le había hecho? ¿Qué había ocurrido, en realidad, desde el principio hasta el final? ¿Quién era ese Allen que pretendía matar a Charles por demasiado «aprensivo» y por qué su destinada víctima había dicho en la posdata de aquella frenética carta que debía ser tan completamente obliterado en ácido? ¿Por qué, también, el minúsculo mensaje, de cuyo origen nadie se atrevía a pensar, decía que «Curwen» debía ser igualmente obliterado? ¿Cuál era el *cambio* y cuándo se había producido la etapa final? Aquel día en que se recibió su frenética nota... había estado nervioso toda la mañana, en ese momento se produjo una alteración. Se había escabullido sin ser visto y había entrado audazmente pasando por delante de los hombres contratados para vigilarle. Ese fue el momento, cuando salió. Pero no, ¿no había gritado de terror al entrar en su estudio... en esta misma habitación? ¿Qué había encontrado allí? O, un momento... *¿qué le había encontrado a él?* Aquel simulacro que entraba atrevidamente sin haber sido visto salir... ¿era una sombra ajena y un horror que se imponía a una figura temblorosa que nunca había salido? ¿No había hablado el mayordomo de ruidos extraños?

Willett llamó al hombre y le hizo algunas preguntas en voz baja. Había sido, sin duda, un mal asunto. Había habido ruidos... un grito, un jadeo, un ahogo y una especie de traqueteo o crujido o golpeteo... o todo ello. Y Mr. Charles no era el mismo cuando salió sin decir palabra. El mayordomo se estremeció mientras hablaba y olfateó el aire pesado que soplaba desde alguna ventana abierta del piso de arriba. El terror se había instalado definitivamente en la casa y sólo los detectives oficinescos no consiguieron impregnarse plenamente de él. Incluso ellos estaban inquietos, pues este caso había mantenido en el trasfondo vagos elementos que no les agradaban en absoluto. El Dr. Willett pensaba profunda y rápidamente y sus pensamientos eran terribles. De vez en cuando casi se quebraba y murmuraba mientras repasaba en su cabeza una nueva, espantosa y cada vez más concluyente cadena de sucesos pesadillescos.

Entonces Mr. Ward hizo una señal de que la reunión había terminado y todos, excepto él y el doctor, abandonaron la sala. Ya era medio-

shadows as of coming night seemed to engulf the phantom-haunted mansion. Willett began talking very seriously to his host, and urged that he leave a great deal of the future investigation to him. There would be, he predicted, certain obnoxious elements which a friend could bear better than a relative. As family physician he must have a free hand, and the first thing he required was a period alone and undisturbed in the abandoned library upstairs, where the ancient overmantel had gathered about itself an aura of noisome horror more intense than when Joseph Curwen's features themselves glanced slyly down from the painted panel.

Mr. Ward, dazed by the flood of grotesque morbidities and unthinkably maddening suggestions that poured in upon him from every side, could only acquiesce; and half an hour later the doctor was locked in the shunned room with the paneling from Olney Court. The father, listening outside, heard fumbling sounds of moving and rummaging as the moments passed; and finally a wrench and a creak, as if a tight cupboard door were being opened. Then there was a muffled cry, a kind of snorting choke, and a hasty slamming of whatever had been opened. Almost at once the key rattled and Willett appeared in the hall, haggard and ghastly, and demanding wood for the real fireplace on the south wall of the room. The furnace was not enough, he said; and the electric log had little practical use. Longing yet not daring to ask questions, Mr. Ward gave the requisite orders and a man brought some stout pine logs, shuddering as he entered the tainted air of the library to place them in the grate. Willett meanwhile had gone up to the dismantled laboratory and brought down a few odds and ends not included in the moving of the July before. They were in a covered basket, and Mr. Ward never saw what they were.

Then the doctor locked himself in the library once more, and by the clouds of smoke which rolled down past the windows from the chimney it was known that he had lighted the fire. Later, after a great rustling of newspapers, that odd wrench and creaking were heard again; followed by a thumping which none of the eavesdroppers liked. Thereafter two suppressed cries of Willett's were heard, and hard upon these came a swishing rustle of indefinable hatefulness. Finally the smoke that the wind beat down from the chimney grew very dark and acrid, and everyone wished that the weather had spared

día, pero sombras como si se aproximara la noche parecían envolver la mansión encantada de fantasmas. Willett empezó a hablar muy seriamente con su anfitrión y le instó a que le dejara a él gran parte de la investigación futura. Habría, predijo, ciertos elementos detestables que un amigo podría soportar mejor que un pariente. Como médico de la familia debía tener vía libre y lo primero que necesitaba era un período a solas y sin ser molestado en la abandonada biblioteca del piso de arriba, donde el antiguo sobremantel había reunido en torno a sí un aura de ruidoso horror, más intenso que cuando las propias facciones de Joseph Curwen miraban disimuladamente desde el panel pintado.

Mr. Ward, aturdido por la avalancha de morbosidades grotescas y sugerencias impensablemente enloquecedoras que le llegaban de todas partes, sólo pudo asentir; y media hora más tarde el doctor estaba encerrado en la rehuida habitación con los paneles de Olney Court. El padre, que escuchaba desde fuera, oyó a medida que pasaban los momentos ruidos de movimientos y revueltas y finalmente un tirón y un crujido, como si se abriera la puerta de un armario hermético. Entonces se oyó un grito ahogado, una especie de resoplido sofocado y un portazo apresurado de lo que se hubiera abierto. Casi al instante sonó la llave y Willett apareció en el vestíbulo, demacrado y espantoso, pidiendo leña para la verdadera chimenea de la pared sur de la habitación. La caldera no era suficiente, dijo; y la chimenea eléctrica tenía poca utilidad práctica. Anhelante, pero sin atreverse a hacer preguntas, Mr. Ward dio las órdenes necesarias y un hombre trajo unos troncos de pino robustos, estremeciéndose al entrar en el aire viciado de la biblioteca para colocarlos en la rejilla. Entretanto, Willett había subido al laboratorio desmantelado y había bajado algunos utensilios que no se habían incluido en la mudanza del mes de julio anterior. Estaban en una cesta tapada y Mr. Ward nunca vio lo que eran.

Entonces el doctor volvió a encerrarse en la biblioteca y por las nubes de humo que rodaban por las ventanas desde la chimenea se supo que había encendido el fuego. Más tarde, tras un gran crujido de periódicos, volvieron a oírse aquel extraño tirón y crujido, seguidos de un golpeteo que no gustó a ninguno de los fisgones. A continuación se oyeron dos gritos reprimidos de Willett y justo después un crujido de odio indefinible. Finalmente, el humo que el viento lanzaba desde la chimenea se hizo muy oscuro y acre y todos desearon que el tiempo les hubiera ahorrado esta inundación asfixiante y venenosa de humos peculiares.

them this choking and venomous inundation of peculiar fumes. Mr. Ward's head reeled, and the servants all clustered together in a knot to watch the horrible black smoke swoop down. After an age of waiting the vapors seemed to lighted, and half-formless sounds of scraping, sweeping, and other minor operations were heard behind the bolted door. And at last, after the slamming of some cupboard within, Willett made his appearance—sad, pale, and haggard, and bearing the cloth-draped basket he had taken from the upstairs laboratory. He had left the window open, and into that once accursed room was pouring a wealth of pure, wholesome air to mix with a queer new smell of disinfectants. The ancient overmantel still lingered; but it seemed robbed of malignity now, and rose as calm and stately in its white paneling as if it had never borne the picture of Joseph Curwen. Night was coming on, yet this time its shadows held no latent fright, but only a gentle melancholy. Of what he had done the doctor would never speak. To Mr. Ward he said, 'I can answer no questions, but I will say that there are different kinds of magic. I have made a great purgation, and those in this house will sleep the better for it.'

La cabeza de Mr. Ward se estremeció y todos los sirvientes se agruparon formando un nudo para observar cómo descendía el horrible humo negro. Tras una eternidad de espera, los vapores parecieron aligerarse y se oyeron ruidos medio insulsos de raspado, barrido y otras operaciones menores detrás de la puerta cerrada con cerrojo. Y por fin, tras el portazo de algún armario del interior, Willett hizo su aparición: triste, pálido y demacrado, y portando la cesta envuelta en tela que había cogido del laboratorio del piso superior. Había dejado la ventana abierta, y en aquella habitación antaño maldita entraba una gran cantidad de aire puro y sano que se mezclaba con un nuevo y extraño olor a desinfectantes. El antiguo sobremantel aún perduraba; pero ahora parecía despojado de malignidad y se alzaba tan tranquilo y majestuoso en su revestimiento blanco como si nunca hubiera albergado el retrato de Joseph Curwen. La noche se acercaba, pero esta vez sus sombras no encerraban ningún miedo latente, sino sólo una suave melancolía. De lo que había hecho, el doctor nunca quiso hablar. A Mr. Ward le dijo: «No puedo responder a ninguna pregunta, pero diré que hay diferentes tipos de magia. He hecho una gran purgación y los que están en esta casa dormirán mejor por ello».

CHAPTER 7

That Dr. Willett's "purgation" had been an ordeal almost as nerve-racking in its way as his hideous wandering in the vanished crypt is shown by the fact that the elderly physician gave out completely as soon as he reached home that evening. For three days he rested constantly in his room, though servants later muttered something about having heard him after midnight on Wednesday, when the outer door softly opened and closed with phenomenal softness. Servants' imaginations, fortunately, are limited, else comment might have been excited by an item in Thursday's *Evening Bulletin* which ran as follows:

NORTH END GHOULS AGAIN ACTIVE

After a lull of ten months since the dastardly vandalism in the Weeden lot at the North Burial Ground, a nocturnal prowler was glimpsed early this morning in the same cemetery by Robert Hart, the night watchman. Happening to glance for a moment from his shelter at about 2 a.m., Hart observed the glow of a lantern or pocket torch not far to the northwest, and upon opening the door detected the figure of a man with a trowel very plainly silhouetted against a nearby electric light. At once starting in pursuit, he saw the figure dart hurriedly toward the main entrance, gaining the street and losing himself among the shadows before approach or capture was possible.

Like the first of the ghouls active during the past year, this intruder had done no real damage before detection. A vacant part of the Ward lot showed signs of a little superficial digging, but nothing even nearly the size of a grave had been attempted, and no previous grave had been disturbed.

Hart, who cannot describe the prowler except as a small man probably having a full beard, inclines to the view that all three of the digging incidents have a common source; but police from the Second Station think otherwise on account of the savage nature of the second incident, where an ancient coffin was removed and its headstone violently shattered.

CAPÍTULO 7

Que la «purgación» del Dr. Willett había sido una prueba casi tan angustiosa a su manera como su horrible vagabundeo por la cripta desaparecida lo demuestra el hecho de que el anciano médico cayó rendido por completo en cuanto llegó a casa aquella noche. Durante tres días descansó constantemente en su habitación, aunque los criados murmuraron más tarde algo sobre haberle oído después de la medianoche del miércoles, cuando la puerta exterior se abrió y cerró suavemente con una suavidad remarcable. La imaginación de los sirvientes, afortunadamente, es limitada, de lo contrario los comentarios podrían haber sido excitados por un artículo en el *Evening Bulletin* del jueves que decía lo siguiente:

LOS DEMONIOS NECRÓFILOS DE NORTH END NUEVAMENTE EN ACTIVIDAD

Tras una tregua de diez meses desde el ruin acto vandálico en la parcela de Weeden en el Cementerio Norte, un merodeador nocturno fue avistado esta madrugada en el mismo cementerio por Robert Hart, el vigilante nocturno. Al echar un vistazo por un momento desde su refugio hacia las dos de la madrugada, Hart observó el resplandor de un farol o linterna de bolsillo no muy lejos hacia el noroeste y al abrir la puerta detectó la figura de un hombre con una pala muy claramente silueteada contra una luz eléctrica cercana. Inmediatamente salió en su persecución, vio cómo la figura se dirigía apresurada hacia la entrada principal, llegando a la calle y perdiéndose entre las sombras antes de que fuera posible acercarse o capturarla.

Al igual que el primero de los necrófagos activos durante el último año, este intruso no había hecho ningún daño real antes de ser detectado. Una parte vacía de la parcela de los Ward mostraba signos de un poco de excavación superficial, pero no se había intentado hacer nada del tamaño de una tumba, y no se había removido ninguna tumba previamente.

Hart, que no puede describir al merodeador más que como un hombre de baja estatura probablemente con barba poblada, se inclina por la opinión de que los tres incidentes de la excavación tienen un origen común; pero la policía de la Segunda Comisaría opina lo contrario debido a la naturaleza salvaje del segundo incidente, en el que un antiguo ataúd fue retirado y su lápida violentamente destrozada.

The first of the incidents, in which it is thought an attempt to bury something was frustrated, occurred a year ago last March, and has been attributed to bootleggers seeking a cache. It is possible, says Sergt. Riley, that this third affair is of similar nature. Officers at the Second Station are taking especial pains to capture the gang of miscreants responsible for these repeated outrages.

All day Thursday Dr. Willett rested as if recuperating from something past or nerving himself for something to come. In the evening he wrote a note to Mr. Ward, which was delivered the next morning and which caused the half-dazed parent to ponder long and deeply. Mr. Ward had not been able to go down to business since the shock of Monday with its baffling reports and its sinister "purgation", but he found something calming about the doctor's letter in spite of the despair it seemed to promise and the fresh mysteries it seemed to evoke.

10 Barnes St., Providence, R. I.

April 12, 1928.

Dear Theodore:—

I feel that I must say a word to you before doing what I am going to do tomorrow. It will conclude the terrible business we have been going through (for I feel that no spade is ever likely to reach that monstrous place we know of), but I'm afraid it won't set your mind at rest unless I expressly assure you how very conclusive it is.

You have known me ever since you were a small boy, so I think you will not distrust me when I hint that some matters are best left undecided and unexplored. It is better that you attempt no further speculation as to Charles's case, and almost imperative that you tell his mother nothing more than she already suspects. When I call on you tomorrow Charles will have escaped. That is all which need remain in anyone's mind. He was mad, and he escaped. You can tell his mother gently and gradually about the mad part when you stop sending the typed notes in his name. I'd advise you to join her in Atlantic City and take a rest yourself. God knows you need one after this shock, as I do myself. I am going South for a while to calm down and brace up.

El primero de los incidentes, en el que se cree que se frustró un intento de enterrar algo, ocurrió hace un año, en marzo pasado, y se ha atribuido a contrabandistas que buscaban un botín. Es posible, dice el Sgto. Riley, que este tercer asunto sea de naturaleza similar. Los oficiales de la Segunda Comisaría están poniendo especial empeño en capturar a la banda de malhechores responsable de estos repetidos desmanes.

Todo el día del jueves el Dr. Willett descansó como si se estuviera recuperando de algo pasado o estuviera nervioso por algo por venir. Por la noche escribió una nota a Mr. Ward, que le fue entregada a la mañana siguiente y que hizo reflexionar larga y profundamente al padre medio aturdido. Mr. Ward no había podido ponerse a trabajar desde la conmoción del lunes con sus desconcertantes informes y su siniestra «purgación», pero encontró algo tranquilizador en la carta del médico a pesar de la desesperación que parecía prometer y los nuevos misterios que parecía evocar.

10 Barnes St., Providence, R. I.

12 de abril de 1928.

Querido Theodore:

Siento que debo decirte unas palabras antes de hacer lo que voy a hacer mañana. Concluirá el terrible asunto por el que hemos pasado (pues creo que ninguna pala llegará jamás a ese lugar monstruoso que conocemos), pero me temo que no te tranquilizará si no te aseguro expresamente lo concluyente que es.

Me conoces desde que era pequeño, así que creo que no desconfiarás de mí cuando te insinúe que algunos asuntos es mejor dejarlos sin decidir y sin explorar. Es mejor que no intentes especular más sobre el caso de Charles y casi imperativo que no le digas a su madre nada más de lo que ya sospecha. Cuando yo te visite mañana Charles habrá escapado. Eso es todo lo que debe permanecer en la mente de cualquiera. Estaba loco y escapó. Podrás contarle a su madre suave y gradualmente lo de su locura cuando él deje de enviar las notas mecanografiadas en su nombre. Te aconsejo que te reúnas con ella en Atlantic City y descanses también. Dios sabe que lo necesitas después de esta conmoción, como yo también lo hago. Me voy al Sur por un tiempo para calmarme y reponerme.

So don't ask me any questions when I call. It may be that something will go wrong, but I'll tell you if it does. I don't think it will. There will be nothing more to worry about, for Charles will be very, very safe. He is now —safer than you dream. You need hold no fears about Allen, and who or what he is. He forms as much a part of the past as Joseph Curwen's picture, and when I ring your doorbell you may feel certain that there is no such person. And what wrote that minuscule message will never trouble you or yours.

But you must steel yourself to melancholy, and prepare your wife to do the same. I must tell you frankly that Charles's escape will not mean his restoration to you. He has been afflicted with a peculiar disease, as you must realize from the subtle physical as well as mental changes in him, and you must not hope to see him again. Have only this consolation—that he was never a fiend or even truly a madman, but only an eager, studious, and curious boy whose love of mystery and of the past was his undoing. He stumbled on things no mortal ought ever to know, and reached back through the years as no one ever should reach; and something came out of those years to engulf him.

And now comes the matter in which I must ask you to trust me most of all. For there will be, indeed, no uncertainty about Charles's fate. In about a year, say, you can if you wish devise a suitable account of the end; for the boy will be no more. You can put up a stone in your lot at the North Burial Ground exactly ten feet west of your father's and facing the same way, and that will mark the true resting-place of your son. Nor need you fear that it will mark any abnormality or changeling. The ashes in that grave will be those of your own unaltered bone and sinew—of the real Charles Dexter Ward whose mind you watched from infancy—the real Charles with the olive-mark on his hip and without the black witch-mark on his chest or the pit on his forehead. The Charles who never did actual evil, and who will have paid with his life for his "squeamishness".

That is all. Charles will have escaped, and a year from now you can put up his stone. Do not question me tomorrow. And believe that the honor of your ancient family remains untainted now, as it has been at all times in the past.

With profoundest sympathy, and exhortations to fortitude, calmness, and resignation, I am ever

Sincerely your friend, Marinus B. Willett.

Así que no me hagas preguntas cuando te visite. Puede que algo salga mal, pero te lo diré si es así. No creo que suceda. No habrá nada más de qué preocuparse, porque Charles estará muy, muy seguro. Ya lo está... más seguro de lo que tú sueñas. No debes tener ningún temor sobre Allen, ni sobre quién o qué es. Forma parte del pasado tanto como el cuadro de Joseph Curwen y cuando llame al timbre de tu puerta puedes tener la certeza de que no existe tal persona. Y lo que escribió ese minúsculo mensaje nunca te perturbará ni a ti ni a los tuyos.

Pero debes endurecerte ante la melancolía y preparar a tu esposa para hacer lo mismo. Debo decirte francamente que la huida de Charles no significará su restablecimiento para ti. Ha estado aquejado de una enfermedad peculiar, como debes darte cuenta por los sutiles cambios tanto físicos como mentales que se han producido en él, y no debes esperar volver a verle. Sólo me queda este consuelo: que nunca fue un demonio, ni siquiera un verdadero loco, sino sólo un muchacho ansioso, estudioso y curioso, cuyo amor por el misterio y por el pasado fue su perdición. Tropezó con cosas que ningún mortal debería saber jamás y se remontó a través de los años como nadie debería remontarse jamás... y algo salió de esos años para engullirlo.

Y ahora viene el asunto en el que más debo pedirte que confíes en mí. Porque no habrá, en efecto, ninguna incertidumbre sobre el destino de Charles. Dentro de un año, digamos, podrás, si lo deseas, idear un relato adecuado del final; porque el muchacho ya no existirá. Puedes colocar una piedra en su parcela del Cementerio Norte exactamente a tres metros al oeste de la de tu padre y orientada en el mismo sentido, y eso marcará el verdadero lugar de descanso de tu hijo. Tampoco debes temer que marque ninguna anormalidad o cambio. Las cenizas de esa tumba serán las de sus propios huesos y tendones inalterados, las del verdadero Charles Dexter Ward cuya mente observaste desde la infancia, el verdadero Charles con la marca aceitunada en la cadera y sin la marca negra de hechicero en el pecho ni la cavidad en la frente. El Charles que nunca hizo realmente el mal y que habrá pagado con su vida sus «aprensiones».

Eso es todo. Charles habrá escapado y dentro de un año podrás poner su lápida. No me cuestiones mañana. Y cree que el honor de tu antigua familia permanece impoluto ahora, como lo ha estado en todo momento en el pasado.

Con la más profunda simpatía y exhortaciones a la fortaleza, la calma y la resignación, soy siempre

tu amigo sincero, Marinus B. Willett.

So on the morning of Friday, April 13, 1928, Marinus Bicknell Willett visited the room of Charles Dexter Ward at Dr. Waite's private hospital on Conanicut Island. The youth, though making no attempt to evade his caller, was in a sullen mood; and seemed disinclined to open the conversation which Willett obviously desired. The doctor's discovery of the crypt and his monstrous experience therein had of course created a new source of embarrassment, so that both hesitated perceptibly after the interchange of a few strained formalities. Then a new element of constraint crept in, as Ward seemed to read behind the doctor's mask-like face a terrible purpose which had never been there before. The patient quailed, conscious that since the last visit there had been a change whereby the solicitous family physician had given place to the ruthless and implacable avenger.

Ward actually turned pale, and the doctor was the first to speak. 'More,' he said, 'has been found out, and I must warn you fairly that a reckoning is due.'

'Digging again, and coming upon more poor starving pets?' was the ironic reply. It was evident that the youth meant to show bravado to the last.

'No,' Willett slowly rejoined, 'this time I did not have to dig. We have had men looking up Dr. Allen, and they found the false beard and spectacles in the bungalow.'

'Excellent,' commented the disquieted host in an effort to be wittily insulting, 'and I trust they proved more becoming than the beard and glasses you now have on!'

'They would become you very well,' came the even and studied response, *as indeed they seem to have done.*'

As Willett said this, it almost seemed as though a cloud passed over the sun; though there was no change in the shadows on the floor. Then Ward ventured:

'And is this what asks so hotly for a reckoning? Suppose a man does find it now and then useful to be twofold?'

Así, en la mañana del viernes 13 de abril de 1928, Marinus Bicknell Willett visitó la habitación de Charles Dexter Ward en el hospital privado del Dr. Waite en la isla de Conanicut. El joven, aunque no intentó eludir a su interlocutor, estaba de un humor hosco y parecía poco dispuesto a entablar la conversación que Willett obviamente deseaba. El descubrimiento de la cripta por parte del doctor y su monstruosa experiencia en ella habían creado, por supuesto, una nueva fuente de incomodidad, de modo que ambos vacilaron perceptiblemente tras el intercambio de unas tensas formalidades. Entonces se introdujo un nuevo elemento de coacción, ya que a Ward le pareció leer tras el rostro circunspecto del doctor un terrible propósito que nunca antes había estado allí. El paciente se estremeció, consciente de que desde la última visita se había producido un cambio por el cual el solícito médico de familia había dado paso al implacable y despiadado vengador.

Ward se puso realmente pálido y el doctor fue el primero en hablar. «Se ha descubierto algo más», dijo, «y debo advertirle con toda justicia que habrá un ajuste de cuentas».

«¿Cavando de nuevo y encontrando más pobres mascotas hambrientas?», fue la irónica respuesta. Era evidente que el joven pretendía mostrarse bravucón hasta el final.

«No», replicó Willett lentamente, «esta vez no he tenido que cavar. Hemos enviado hombres a buscar al Dr. Allen y encontraron la barba postiza y las gafas en el bungalow».

«Excelente», comentó el inquieto anfitrión en un esfuerzo por ser ingeniosamente insultante, «¡y confío en que le hayan sentado mejor que la barba y las gafas que usted lleva ahora!».

«Le vendrían muy bien», fue la respuesta uniforme y estudiada, *«como de hecho parece que han hecho»*.

Mientras Willett decía esto, casi parecía como si una nube pasara por encima del sol, aunque no había ningún cambio en las sombras del suelo. Entonces Ward aventuró:

«¿Y es esto lo que pide tan acaloradamente un ajuste de cuentas? Supongamos que a un hombre le resulta útil de vez en cuando tener dos caras».

'No', said Willett gravely, 'again you are wrong. It is no business of mine if any man seeks duality; *provided he has any right to exist at all, and provided he does not destroy what called him out of space.*'

Ward now started violently. 'Well, Sir, what *have* ye found, and what d'ye want of me?'

The doctor let a little time elapse before replying, as if choosing his words for an effective answer.

'I have found', he finally intoned, 'something in a cupboard behind an ancient overmantel where a picture once was, and I have burned it and buried the ashes where the grave of Charles Dexter Ward ought to be.'

The madman choked and sprang from the chair in which he had been sitting:

'Damn ye, who did ye tell—and who'll believe it was he after these two full months, with me alive? What d'ye mean to do?'

Willett, though a small man, actually took on a kind of judicial majesty as he calmed the patient with a gesture.

'I have told no one. This is no common case—it is a madness out of time and a horror from beyond the spheres which no police or lawyers or courts or alienists could ever fathom or grapple with. Thank God some chance has left inside me the spark of imagination, that I might not go astray in thinking out this thing. *You cannot deceive me, Joseph Curwen, for I know that your accursed magic is true!*'

'I know how you wove the spell that brooded outside the years and fastened on your double and descendant; I know how you drew him into the past and got him to raise you up from your detestable grave; I know how he kept you hidden in his laboratory while you studied modern things and roved abroad as a vampire by night, and how you later showed yourself in beard and glasses that no one might wonder at your godless likeness to him; I know what you resolved to do when he balked at your monstrous rifling of the world's tombs, *and at what*

«No», dijo Willett gravemente, «de nuevo se equivoca. No es asunto mío si algún hombre busca la dualidad; *siempre que tenga algún derecho a existir en absoluto y siempre que no destruya lo que le llamó fuera de su espacio*».

Ward se sobresaltó ahora violentamente. «Bien, señor, ¿qué *ha* encontrado y qué quiere de mí?».

El médico dejó pasar un poco de tiempo antes de responder, como si escogiera sus palabras para lograr una respuesta eficaz.

«He encontrado», entonó finalmente, «algo en un armario detrás de un antiguo sobremantel donde una vez estuvo un cuadro y lo he quemado y enterrado las cenizas donde debería estar la tumba de Charles Dexter Ward».

El demente se atragantó y saltó de la silla en la que había estado sentado:

«Maldita sea, ¿a quién se lo contó... y quién creerá que fue él después de estos dos meses enteros, conmigo vivo? ¿Qué pretende hacer?».

Willett, a pesar de ser un hombre pequeño, adquirió una verdadera especie de majestuosidad judicial al calmar al paciente con un gesto.

«No se lo he dicho a nadie. Este no es un caso común: es una locura fuera del tiempo y un horror de más allá de las esferas que ni la policía ni los abogados ni los tribunales ni los alienistas podrían jamás comprender o abordar. Gracias a Dios, alguna casualidad ha dejado en mí la chispa de la imaginación, para que no me extravíe al pensar en este asunto. *No puede engañarme, Joseph Curwen, ¡pues sé que su maldita magia es verdadera!*».

«Sé cómo tejió el hechizo que incubó más allá de los años y se aferró a su doble y descendiente; sé cómo le atrajo al pasado y consiguió que le levantara de su detestable tumba; sé cómo le mantuvo oculto en su laboratorio mientras usted estudiaba las cosas modernas y vagaba por el mundo como un vampiro por la noche, y cómo se mostró más tarde con barba y gafas para que nadie se extrañara de su impío parecido con él; sé lo que resolvió hacer cuando él se opuso a su monstruoso saqueo de las tumbas del mundo, *y lo que planeó después*, y sé cómo lo hizo».

you planned afterward, and I know how you did it.'

'You left off your beard and glasses and fooled the guards around the house. They thought it was he who went in, and they thought it was he who came out when you had strangled and hidden him. But you hadn't reckoned on the different contents of two minds. You were a fool, Joseph Curwen, to fancy that a mere visual identity would be enough. Why didn't you think of the speech and the voice and the handwriting? It hasn't worked, you see, after all. You know better than I who or what wrote that message in minuscules, but I will warn you it was not written in vain. There are abominations and blasphemies which must be stamped out, and I believe that the writer of those words will attend to Orne and Hutchinson. One of those creatures wrote you once, "do not call up any that you can not put down". You were undone once before, perhaps in that very way, and it may be that your own evil magic will undo you all again. Curwen, a man can't tamper with Nature beyond certain limits, and every horror you have woven will rise up to wipe you out.'

But here the doctor was cut short by a convulsive cry from the creature before him. Hopelessly at bay, weaponless, and knowing that any show of physical violence would bring a score of attendants to the doctor's rescue, Joseph Curwen had recourse to his one ancient ally, and began a series of cabalistic motions with his forefingers as his deep, hollow voice, now unconcealed by feigned hoarseness, bellowed out the opening words of a terrible formula.

'PER ADONAI ELOIM, ADONAI JEHOVA, ADONAI SABAOTH, METRA-TON...'

But Willett was too quick for him. Even as the dogs in the yard outside began to howl, and even as a chill wind sprang suddenly up from the bay, the doctor commenced the solemn and measured intonation of that which he had meant all along to recite. An eye for an eye—magic for magic—let the outcome skeptical how well the lesson of the abyss had been learned! So in a clear voice Marinus Bicknell Willett began the *second* of that pair of formulae whose first had raised the writer of those minuscules—the cryptic invocation whose heading was the Dragon's Tail, sign of the *descending node*—

«Usted se quitó la barba y las gafas y engañó a los guardias de la casa. Creyeron que era él quien entraba y creyeron que era él quien salía cuando le había estrangulado y escondido. Pero no había contado con el diferente contenido de dos mentes. Fue usted un necio, Joseph Curwen, al creer que una mera identidad visual sería suficiente. ¿Por qué no pensó en el habla, la voz y la escritura? No ha funcionado, después de todo. Usted sabe mejor que yo quién o qué escribió ese mensaje en minúsculas, pero le advertiré que no fue escrito en vano. Hay abominaciones y blasfemias que deben ser erradicadas, y creo que el autor de esas palabras se ocupará de Orne y Hutchinson. Una de esas criaturas le escribió una vez: "no invoque a nadie que no pueda derribar". Ya se deshizo una vez, quizá de esa misma manera, y puede que su propia magia maligna vuelva a deshacerlos a todos. Curwen, un hombre no puede manipular la Naturaleza más allá de ciertos límites y todos los horrores que ha tejido se alzarán para acabar con usted».

Pero aquí el doctor se vio interrumpido por un grito convulsivo de la criatura que tenía delante. Desesperado, sin armas y sabiendo que cualquier muestra de violencia física atraería a una veintena de asistentes al rescate del doctor, Joseph Curwen recurrió a su único y antiguo aliado, y comenzó una serie de movimientos cabalísticos con los dedos índice mientras su voz profunda y hueca, ahora no disimulada por una fingida ronquera, bramaba las palabras iniciales de una fórmula terrible.

«PER ADONAI ELOIM, ADONAI JEHOVA, ADONAI SABAOTH, METRA-TON...»

Pero Willett fue demasiado rápido para él. Incluso cuando los perros del patio exterior empezaron a aullar, e incluso cuando un viento gélido surgió de repente de la bahía, el doctor comenzó la entonación solemne y medida de aquello que había pretendido recitar todo el tiempo. Ojo por ojo —magia por magia— ¡que el resultado escudriñe lo bien que se había aprendido la lección del abismo! Así que con voz clara Marinus Bicknell Willett comenzó la *segunda* de aquel par de fórmulas cuya primera había suscitado el escritor de aquellas minúsculas... la invocación críptica cuyo encabezamiento era la Cola de Dragón, signo del *nodo descendente*...

Ogthrod Ai'f
Geb'l-Ee'h
Yog-Sothoth
'Ngah'ng Ai'y
Zhro

At the very first word from Willett's mouth the previously commenced formula of the patient stopped short. Unable to speak, the monster made wild motions with his arms until they too were arrested. When the awful name of *Yog-Sothoth* was uttered, the hideous change began. It was not merely a *dissolution*, but rather a *transformation* or *recapitulation*; and Willett shut his eyes lest he faint before the rest of the incantation could be pronounced.

But he did not faint, and that man of unholy centuries and forbidden secrets never troubled the world again. The madness out of time had subsided, and the case of Charles Dexter Ward was closed. Opening his eyes before staggering out of that room of horror, Dr. Willett saw that what he had kept in memory had not been kept amiss. There had, as he had predicted, been no need for acids. For like his accursed picture a year before, Joseph Curwen now lay scattered on the floor as a thin coating of fine bluish-grey dust.

Ogthrod Ai'f
Geb'l-Ee'h
Yog-Sothoth
'Ngah'ng Ai'y
Zhro

A la primera palabra salida de la boca de Willett, la fórmula iniciada anteriormente por el paciente se detuvo en seco. Incapaz de hablar, el monstruo hizo movimientos salvajes con los brazos hasta que éstos también fueron detenidos. Cuando se pronunció el horrible nombre de *Yog-Sothoth*, comenzó el horrible cambio. No fue una mera *disolución*, sino más bien una *transformación* o *recapitulación* y Willett cerró los ojos para no desmayarse antes de que pudiera pronunciar el resto del encantamiento.

Pero no se desmayó y aquel hombre de siglos profanos y secretos prohibidos nunca volvió a inquietar al mundo. La locura fuera del tiempo había cedido y el caso de Charles Dexter Ward estaba cerrado. Al abrir los ojos antes de salir tambaleándose de aquella habitación de horror, el Dr. Willett vio que lo que había guardado en la memoria no había sido guardado incorrectamente. No había habido, como él había predicho, necesidad de ácidos. Pues al igual que su cuadro maldito un año antes, Joseph Curwen yacía ahora esparcido por el suelo en forma de una fina capa de polvo gris azulado.

Rosetta Edu

CLÁSICOS EN ESPAÑOL

Esperamos que haya disfrutado esta lectura. ¿Quiere leer otra obra de nuestra colección de *Clásicos en español*?

En nuestro Club del Libro encontrarás artículos relacionados con los libros que publicamos y la literatura en general. ¡Suscríbete en nuestra página web y te ofrecemos un ebook gratis por mes!

Recibe tu copia totalmente gratuita de nuestro *Club del libro* en rosettaedu.com/pages/club-del-libro

Rosetta Edu

CLÁSICOS EN ESPAÑOL

Una habitación propia se estableció desde su publicación como uno de los libros fundamentales del feminismo. Basado en dos conferencias pronunciadas por Virginia Woolf en colleges para mujeres y ampliado luego por la autora, el texto es un testamento visionario, donde tópicos característicos del feminismo por casi un siglo son expuestos con claridad tal vez por primera vez.

Oscar Wilde escribe una sola novela, *El retrato de Dorian Gray*, ésta fue el objeto de una crítica moralizante mordaz por parte de sus contemporáneos que no pudieron ver que dentro de una trama perfectamente compuesta se escondía toda la tragedia del romanticismo. Cien años después no ha perdido su impacto original y sigue siendo un texto fundamental para los debates sobre la estética y la moral.

Otra vuelta de tuerca es una de las novelas de terror más difundidas en la literatura universal y cuenta una historia absorbente, siguiendo a una institutriz a cargo de dos niños en una gran mansión en la campiña inglesa que parece estar embrujada. Los detalles de la descripción y la narración en primera persona van conformando un mundo que puede inspirar genuino terror.

Rosetta Edu

EDICIONES BILINGÜES

En una atmósfera constante de misterio y amenaza, *El corazón de las tinieblas* narra el peligroso viaje de Marlow por un río (sin duda el Congo aunque no es nombrado en el relato) africano. Lo que el marino puede observar en su viaje le horroriza, le deja perplejo, y pone en tela de juicio las bases mismas de la civilización y la naturaleza humana.

Durante décadas, y acercándose a su centenario, *El gran Gatsby* ha sido considerada una obra maestra de la literatura y candidata al título de «Gran novela americana» por su dominio al mostrar la pura identidad americana junto a un estilo distinto y maduro. La edición bilingüe permite apreciar los detalles del texto original y constituye un paso obligado para aprender el inglés en profundidad.

En *La señora Dalloway* Virginia Woolf relata un día en la vida de Clarissa Dalloway, una señora de la clase alta casada con un miembro del parlamento inglés, y de un ex-combatiente que lucha contra su enfermedad mental. La innovación de la novela es la corriente de consciencia: Woolf sigue el pensamiento de cada personaje, siendo excelente a la hora de narrar emociones, asociaciones y sentimientos.